張恨水 著

——從顛沛
流離的士兵，看戰火中的無奈與掙扎——

大江東去

你的意思，我完全明白了。我到漢口去的時候，一定護送了嫂子一路去。
是到漢口以後，生活方面發生了什麼問題，我也當盡力而為。」於是三人
獨光下高舉了杯子一碰，然後各把酒飲乾了。

固西洋留學的愛國軍人志堅從戰爭中平安歸來，卻面臨妻子冰如變心。
託付妻子安危的軍人好友江洪，面臨女方的痴情，又會如何選擇？

目 錄

第一回
付託樽前殷勤雙握手 分離燈下慷慨一回頭

是一個陰沉的天氣，黑雲暗暗的，在半空裡結成了一張很厚的灰色天幕，低低地向屋頂上壓了下來。一所立體式的西式樓屋，前面有塊帶草地的小院落，兩棵梧桐樹，像插了一對綠蠟燭似的，齊齊地挺立在樓窗下。扇大的葉子，像半熟的橙子顏色，老綠裡帶了焦黃，片片翻過了葉面，向下堆疊地垂著，由葉面上一滴一滴地落著水點，那水點落在階沿石上，啪嗒有聲，很是添加著人的愁悶。原來滿天空正飛著那肉眼不易見的細雨煙子。在陣陣的西北風裡，把這細雨煙，捲成一個小小的雲頭，在院子上空只管翻動著。樓上窗戶向外洞開著，一個時裝少婦，亂髮蓬鬆地披在肩上，她正斜靠了窗子向外望著。向東北角看了去，紫金山的峰頭，像北方佳麗披了擋飛塵的薄紗一般，山峰下正橫拖了一縷輕雲。再向近看，一層層的高樓大廈，都接疊著在煙雨叢中，在這少婦眼裡，同時有兩個感想：第一個是好一個偉大的南京，第二個是在這煙雨叢中的人家，恐怕不會有什麼人快樂地過著日子。她痴痴地站立著，她聽到牆外深巷裡有一陣鏗鏘的聲音，由遠而近，她立刻喊著僕婦王媽去開大門。她的丈夫孫志堅，是一個在前方作戰的軍官，這兩天，正因有了

公事回京，順便來家看看。

　　他穿著制服，踏著馬靴，馬靴總是照例夾著一副白銅刺。平常聽到這種叮噹叮噹的馬刺碰了地面聲，就覺得既不騎馬，這馬刺在靴後跟夾著，就失去了馬刺兩個字的意義，徒然一步一響，增加人的煩惱。然而到了現在，這馬刺就給予了她自己一種莫大的安慰。所以馬刺響到門口，立刻心裡一陣高興。王媽去開大門了，她也就跟著追下樓來。在樓梯上便笑道：「志，你怎麼這時候才回來呢？你走後不多久，我就在樓窗戶上望著，直望到現在。」口裡說著，人奔下樓梯到了小客堂。門口一個穿呢制服的人，正脫下了雨衣，搭在朝外的窗戶臺上，他掉過臉來，這少婦卻是一怔。他約莫三十歲，圓圓的臉，筆挺的胸襟，是一位很健壯少年的軍人。他行過禮，取下了帽子，放在茶桌上，笑道：「我是江洪，和志堅是極好的同學。妳是孫太太吧？」她哦了一聲，笑道：「是的，是的，我常聽到志堅提起江先生。他是昨天晚上次來的，明日早上就要到前線去。今天是連在家裡吃碗飽飯的工夫都沒有，大概快回來了。」江洪道：「是的，志堅在今天早上已經和我會面，談了很久，還約著我這個時候到府上來暢談呢。」他說著，回頭看到牆角落裡的一張小沙發，便退兩步坐下去。

　　可是等著她向他望了一眼時，他又站起來了。孫太太笑道：「江先生，你不必客氣。天氣這樣壞，要你大遠的路跑

了來。」江洪又坐下了，笑道：「那不算什麼。在前方的弟兄們，還不是在泥裡水裡滾著，和人拚命嗎？」孫太太一笑，在對面椅子上坐下。江洪很少和婦女界交際。這時對了這位年輕太太，頗覺得手腳無所措。自己又是不吸紙菸的，女僕敬過了一遍茶菸，依然無事可以搭訕，便昂頭向屋子四周看看，對牆上掛的山水畫與對聯，都賞鑑了一會。孫太太心裡倒暗笑了，一個當兵人的，倒對著婦女有點害臊，因便故意找了一些問題來說話。由於問他讀書的學校，知道他有個姐姐叫江葦，在北平教會女中念過兩年書，彼此正是同學。孫太太又自己介紹著道：「我的學名叫薛冰如。」江洪聽了這話，才不覺引起笑容來，點著頭道：「這樣說，我們在若干年以前，一定是見過的。舍下在北平的房子，很是寬敞，家姐的同學，凡是感情還好的，都喜歡到舍下去玩。」冰如笑道：「是的，我們常到府上去玩的。江小姐有個弟弟穿著童子軍制服的，大概就是你了。」江洪笑了一笑，接著又嘆了口氣道：「光陰迅速，不覺我們都是中年人了。我們也想到過，國際戰爭，總會在我們手上發生，倒沒有想著發生得這樣快。」冰如隨了這話，也就發生了不少的感慨。客堂門一推，主人孫志堅進來了。冰如立刻迎上前，代他接過了雨衣。他約莫三十歲，瓜子臉，腮上帶了紅暈，證明他是個多血男兒，身體細長，若不穿了軍服，他竟是個文人。他和江洪握著手道：「失迎失迎！我在這兩天之內，要辦許

多事情，隨便一耽誤，就遲過了一兩小時，現在好了，我把所有的事情已結束了。冰如，家裡預備一點菜，我請江兄在家裡喝兩杯呢。」江洪兩手互搓著笑道：「不必費事，我們久談一會子，倒是無所謂的。」冰如為了丈夫在家裡只有兩日，他要辦什麼，就替他辦什麼，以免他失望。自聽這話以後，就到廚房裡去，督率著女僕，預備晚飯。這個時候，上海的戰事，已經發生了兩個月，南京城裡，為了防空的關係，普通住戶，已經沒有了電燈。在細雨紛飛的秋夜裡，窗門都已緊緊地關了，但還可以聽到隔戶的檐溜，不住地滴著。客堂中間的圓桌上，白銅燭臺，點了一對紅色的洋燭，燭影搖搖地照著兩個穿黃呢制服的軍人，對面而坐。一個是主人，白皙的面孔，目光有神。一個是客人，圓胖而平潤的面孔，粗眉大眼，透著忠厚。下方坐了女主人，她穿了紫綢長衣，上有葡萄點子的白花。長頭髮梳了兩個五寸長的小辮，各繫著一朵綠綢辮花，這覺著薛冰如活潑潑的還是一位青春猶在的少婦。燭光下陳設了酒杯菜碟，主人是很豐盛地辦著晚飯，招待這位客人。兩位軍人臉色紅紅的讓燭光照著，酒意是相當的濃厚了。男傭工又送了一瓶酒到桌上來，江洪卻把手心來接住了杯子，面向志堅道：「我們弟兄今天一會，很有意義。當軍人的隨時都預備為國犧牲，在對外戰事已發生了兩個月之下，我不能斷言，我明天還存在著。有酒當然是喝。但我們也有我們的正當責任，不能為喝酒誤了

大事。」志堅手握著桌上放的原來那個酒瓶搖撼了兩下，笑道：「就盡瓶裡這些個喝。」江洪笑道：「假如不是有責任，我和你喝醉了拉倒。」志堅道：「談了半天的話，我還有一句最要緊的話，不曾對你說。是你所說的話，軍人是隨時都預備為國犧牲的。我不得不趁今天我們還可以痛快喝幾杯，把這句話對你說了。在說這句話之先，我自然應當敬你一杯酒。」江洪把手按住的杯子放開，端起來先喝乾。然後兩手舉了杯子，送到志堅面前，鄭重道地：「我先接受你這杯酒。」志堅將他的杯子斟滿了，然後拿了瓶子舉著向冰如道：「冰如，妳也陪我敬一杯。這杯酒是為著你敬江兄的。」冰如笑道：「既是這樣說，我就勉力陪上一杯。」也兩手端著杯子，接了酒。志堅把三杯酒斟完了，放下酒瓶，向客笑道：「江兄你看我們這樣，不是相敬如賓嗎？！」江洪微笑著點了點頭。志堅道：「我們雖已結婚三年，但我們依然像在新婚期中，我們的感情是很好的。」冰如手扶了杯子，正等他說要喝這杯酒的理由。聽他說的是這些，便向他笑道：「客人沒醉，你倒先喝醉了嗎？」志堅笑道：「不，這話應該這樣遠遠地說來。江兄，我們是老同學，你當然很知道我。我這生命交付了祖國，但我還有兩件事放心不下，第一是我的老母已經到六十歲了，只有一個快將結婚的妹妹陪伴著，現時在上海。其次便是內人，嫁了我們這樣以身許國的軍人……」冰如笑著插嘴道：「我不因為你是一個軍人，我

才嫁你的嗎？嫁一個以身許國的男人，那是榮譽的事呀。」
志堅笑道：「冰如，妳等我說完。江兄你想，我這次能回南
京來看一看，那是極不容易的事。而這次再上前線，我想激
烈的鬥爭，也許要勝過以前的兩個月吧？我不敢說還一定
能回到南京來。」說著，他把胸脯挺了一挺，接著道：「這
是無所謂的，當軍人就不顧慮到生死。不過我既在難得回南
京來的情形下，終於得一個機會回來了，我應當把內人的事
情安排一下。至少，是最近的將來，可以計劃計劃。我昨日
已和她商量了，教她搬到漢口去住，她雖未加可否，我是決
定了這樣辦。現在你既要到漢口去，那就好極了，有便船的
時候，請你帶了她走，而且向後一切……」江洪不等他把話
說完，舉起酒杯了來道：「你的意思，我完全明白了。我到
漢口去的時候，一定護送了嫂子一路去。就是到漢口以後，
生活方面發生了什麼問題，我也當盡力而為。」志堅端起杯
子來，向冰如笑道：「妳也陪一杯。」冰如道：「陪吃一杯
酒，那是可以的，不過我不願到漢口去，因為那就彼此相隔
得更遠了。」志堅道：「且不管，妳先喝了這杯酒再說。」
於是三人在燭光下高舉了杯子一碰，然後各把酒飲乾了。冰
如道：「住在南京，不就為了怕空襲嗎？經過了兩個月的空
襲，我也覺得這件事很平常，何況我們屋後就有一個很好的
防空壕。」志堅道：「不是這樣簡單。這回戰事，也許有個
十年八年，南京兵臨城下，那是絕對可能的事。妳沒看到報

上載的西班牙內戰，馬德里是一種什麼情形。無論什麼事，我們要向極好的一點去努力，可是又要向極壞的一點上去準備退路。要不，政府為什麼極力地做疏散工作呢？」冰如道：「你這話是對的。不過總還沒有到那種時候，而且我到漢口去了，你再有這樣一個回南京的機會，我們也會不著了。」志堅道：「在前方的軍人，哪裡常有回到後方來的機會。這一回有了例外，還想一個例外嗎？」冰如道：「我也知道不會再有例外，不過我總捨不得離開南京。」說著皺了皺眉頭。江洪道：「這樣好了，這件事，暫且就算談定了。我要離南京的時候，一定來和嫂夫人商量，志堅兄放心就是了。」志堅道：「我看你也不會在南京待久了吧？這件事要立刻決定才好。到了你要走的時候，而她還不肯走，以後再托別的朋友，不能說沒有，但是我已不能回南京來面托，那成分就差得很遠了。」他說著話，端起酒杯子來要喝，卻又放到桌上去，剛放到桌上，卻又端了起來。江洪道：「嫂夫人，我以第三者的資格，從中插一句話。縱不打算到漢口去，也可以決定一個別的比較安全的地方，這讓我們志堅兄他就在前方安心服務了。」冰如道：「志堅，你果然為這個放心不下嗎？但你要相信我，我是一個自己能維持自己的婦女。」志堅道：「這一點我是完全了解的。不過妳在南京住下去，於我無補，於妳自己，也不見有什麼好處。說到對國家吧，當然不會需要妳在南京。」冰如笑著搖搖頭道：「用

不著抬出這種大題目來和我說話。但為了我在南京，讓你在前方不能安心作戰，那倒是我的責任。你既約了江先生到家裡來，深深地託付了他這件事，那我就勉從你的意思吧。」志堅笑道：「妳答應到漢口去？其實我們說了兩天這個問題，也應該得一個結論了。」冰如道：「你是一個出征軍人，我能騙你嗎？」孫志堅說了一聲好，把兩隻空杯子斟滿，笑道：「我們倆也對乾一杯。」他說時，舉起了杯子，向冰如道：「祝妳健康。」冰如臉紅了，眼睛向他一瞟，笑道：「我們還來這一套？」志堅道：「為了堅定妳這個允諾，當著我所重託的朋友，我們應該對乾一杯。這也無非表示我們鄭重其事的意思。」冰如笑著，也就陪他喝過了。志堅將空杯子移過來向江洪照著，笑道：「這問題算解決了。」江洪見話說到了這種程度，就不肯再飲酒。他又覺得志堅是個前線回來的人，夫妻會談的時間，是十分寶貴的，匆匆地吃過飯就告辭。

　　志堅夫婦親自送到門口，冰如先伸過手去和他握著，笑道：「有勞江先生了。在中國，婦女們能伸著手和朋友握的，那已是有知識而很文明的人了。」江洪在冰如那嫩軟的手輕輕一握之下，便自愧交際的手腕，大不如她。而志堅倒有這麼一個摩登夫人。他一剎那的感想不曾完，一隻肥厚的手，就伸了過來。那手是緊緊地握著，又搖撼了一陣。志堅道：「江兄，我們是多年的老同學，而且我們的性情又十分相投，我只有把這種事拜託你了。」江洪搖撼著手道：

「孫兄，你很安心地回前方去吧。我一定幫助嫂夫人到漢口去。」他收回手去，很莊敬地向孫氏夫婦行了個軍禮，然後轉身走了。天上雖不飛著雨絲了，但烏雲密布著，半空依然沒有一粒星光。冰如握了志堅的手道：「你的手很涼，進來加上一件衣服吧。」志堅便攜著她的手，一路上樓，冰如叫道：「王媽！今夜天氣很壞，不會有警報的，把那盞大燈給亮起來吧。」可是走進房裡時，桌上已經點了一盞很亮的白瓷罩子煤油燈。王媽在屋外答道：「先生在家裡，當然要點亮燈了。」冰如將志堅推在一張小沙發上坐著，自己在沙發的扶手上半坐半靠著，手搭了志堅的肩膀問道：「你不出門了嗎？」志堅笑道：「雖然還有兩件小事沒辦，但我為著陪伴妳起見，不去辦了。我丟下兩封信寄給朋友們就是了。」冰如道：「那麼，我來替你脫馬靴。」志堅道：「上面很多的泥，我自己來吧。」冰如也不再說什麼，蹲下身子，兩手托起志堅一隻腳，拉了靴子就向後扯。扯下了一隻靴子，又去脫那一隻。志堅笑道：「妳看，弄髒了手。」冰如笑道：「不說私人關係，就算你是一個普通出征軍人，伺候你，那還不是應當的事嗎？」她脫下了靴子，在床底下掏出一雙拖鞋放在志堅面前。然後在洗手盆裡洗了手，見王媽打了洗臉水來，就擦了一把熱手巾，兩手托著，送到志堅面前。志堅要站起來，冰如兩手將他推著坐了下來，笑道：「你就好好地坐著，讓我好好地伺候你吧。」志堅笑著坐下來，兩

手捧著手巾擦了臉。笑道：「冰如，妳不要對我太好了。」冰如站在他面前，倒是一怔，因問道：「那為什麼？」志堅道：「那妳讓我回到了前線，特別的想妳。」冰如接過他的手巾，笑道：「那我就不管了。終不成你回得家來，難道我倒是對你愛睬不睬的？」志堅笑道：「到今天，才想起以往我們在一處麻麻糊糊地過著日子，未免可惜。你看，我們現在相處著，不是一分一秒鐘都很有意思嗎？」冰如且不答覆他的話，在洗臉架上洗過臉，將桌上那盞煤油燈移到梳妝臺上來，然後背對了志堅，臉朝著鏡子，又重撲了一回脂粉。脂粉撲好了，又打開了衣櫥，脫下身上的紫綢衣服，把一件粉紅色的絲棉袍子穿了起來。衣服牽扯得好了，把亮燈依然放在中間桌上。志堅道：「外面沒有街燈，又泥滑難行，妳還打算到哪裡去？」冰如笑道：「我哪裡也不去。」說著，坐在他對面的椅子上。志堅道：「打扮得像個新娘子似的就為了陪我嗎？」冰如笑道：「就說陪你，又有何不可呢？」志堅嘆了一口氣道：「妳的用心，是很可感的，只是我沒有什麼可以使妳滿足的。」冰如道：「你做了你軍人所應做的事，你就使我很滿足了。」志堅點點頭道：「妳是個有志氣的女子，妳看，妳儘管對我滿腔兒女情懷，卻不露一點兒女心態。」冰如笑道：「我們不像夫婦兩個。」志堅靠了沙發坐著，卻突然坐了起來，正色向她道：「那我們像什麼？」冰如走過來，又坐在沙發扶靠上，手搭了他的肩膀笑

道：「我們這樣文縐縐地說著話，像兩個演員在臺上演著話劇。」志堅不由得哈哈大笑起來，手挽了她的手道：「長夜漫漫，我們靜坐著談天，也很是可惜。」冰如道：「那麼，你說我們做一個什麼消遣呢？」志堅道：「下一盤圍棋。」冰如鼻子裡哼了一聲道：「我也安不下這個心去。」志堅道：「拿牙牌來接龍。」冰如道：「無聊得很。」志堅道：「那麼，妳高興興唱兩個歌，我來吹洞簫。」冰如道：「假如不是戒嚴時間，我早就唱了。不必想這樣想那樣了，我去把汽油爐子搬上樓來煮咖啡你喝，我們喝著咖啡，還是隨便談著過這個長夜。」志堅道：「喝了咖啡，我就睡不著了。回到後方來，我應當好好地睡個兩晚。昨晚上我們已經是談得很夜深了。」冰如道：「你明天早上幾點鐘走？」志堅頓了一頓，卻是緊緊地握了她的手，因道：「我不等天亮就要走。可以叫王媽先給我預備一點茶水。」冰如向梳妝臺上看去，那一隻小鐘，還是針指在七點半鐘上。因道：「你們的汽車幾時走？」志堅將手指了鐘面，笑道：「這鐘上的長短針，第二次再走到這個位置，我就離開南京了。」冰如默默著想了一想，突然站起身道：「我給你煮咖啡去。」志堅看到夫人這種豔妝，又是這個柔情似水，他也就不攔阻著她，隨她去預備了。梳妝臺上的鐘，本來不過茶杯大小，平常是不怎樣令人注意。假玉石做的鐘框子，不過像夫人的一種化妝品裝潢而已。今晚上卻不同，那小鐘裡面的機件，吱咯吱咯，不住

地把那響聲送進耳鼓裡來，讓對時間注意的人，特別覺得時間容易過去。因為如此，那小小的兩根長短時針，支配著這屋子裡的空氣，時時變換。長短針指著九點的時候，桌上是擁擠了咖啡壺、咖啡杯、糖果碟子。笑嘻嘻的談話聲，不斷地發生著，把小鐘的針擺聲都蓋過去了。時針指到十二點鐘的時候，這笑嘻嘻的聲音，改了低小的。咖啡杯子、糖果碟子，還放在桌上燈光下。燈光照出兩個人影相併地映在白粉牆上，人影下面，是椅子黑影的輪廓。時針指到兩點鐘的時候，燈光微小了，那件女粉紅袍子和一套黃呢制服，都掛在衣服架上，正面的床帳，低低地垂下了。帳子下面，是併攏的男女兩雙拖鞋。

三點鐘的時候，咖啡杯子、糖果碟子，依然放在桌上燈光下，燈光特別微細了。時針指著五點，到七點半那一個間隔是很近了，燈光突然發亮，男女主角都起來了。志堅對了梳妝臺上的鏡子，整理著自己的制服，挺了胸脯子笑道：「假如我是一個書生，這樣倒是相稱的。然而我是個軍人。」冰如也在旁邊挺了胸道：「是呀！可是你有丈夫氣概，並不帶一點兒女態。」志堅回轉身，提著放在屋角的馬靴，坐到椅子上來望著。冰如又走過來，彎了腰代扯了靴筒子。志堅見她的頭落在懷裡，便將手輕輕撫著她的頭髮道：「冰如，我走了，妳不感到寂寞嗎？」冰如道：「不！天天在報上看到我軍浴血抗戰的消息，我只有興奮。因為我有一個

丈夫也在這浴血人群之中。」說著話，馬靴穿起來了。那馬刺接觸著樓板，又在鏗鏘作響，志堅笑道：「妳現在不討厭這馬刺的聲音了嗎？」冰如道：「根本我就不討厭。我以為這聲音代表了軍人步伐的前進聲。」志堅道：「好！我們的步伐是前進的；快天亮了，我要前進了。」說著，在燈下握著冰如的手，很誠懇道地：「祝你平安，我要走了。」冰如道：「現在還只五點半鐘，下樓去喝杯熱茶，王媽已經給你預備下點心了。」志堅在衣架上取了帽子蓋在頭上。兩人手挽了手臂，一同走著下樓。樓下的客堂正中桌上，放了一盞亮燈，一壺熱茶，兩碟子點心餅乾與雞蛋糕。冰如道：「我本來想下碗麵給你吃，王媽起晚了，已是來不及了。」志堅道：「我也吃不卜去，喝點茶就好。」冰如拿起茶壺，將放好的茶杯，斟滿了兩杯茶，然後坐下來笑道：「不忙，等著天亮你再走吧。」志堅道：「我願意在天亮之前就走，象徵著我們的前途是光明的。」冰如道：「我們又來演戲。」志堅坐下道：「不是演戲，真話！我們這一別是很有意義的，我們的動作，也要做出一點意義來，使我們別後的印象加深些。」冰如道：「我們就是一點有意義的動作沒有，我敢斷言，別後的印象，也是很深的。」志堅把那杯熱茶喝完了，抬起頭來，看了一看錶，然後用兩個手指夾了一塊餅乾，就站將起來。冰如道：「天沒亮，什麼車子也找不到，你要走到司令部去，是要相當的時間的。」志堅左手把餅乾送到嘴

裡，右手又提茶壺斟茶，他就站在桌子邊把那茶喝了。手撫了一下衣領，把搭在椅子背上的雨斗篷取過來，披在肩上，然後伸手握住了冰如的手道：「我走了，妳一切珍重。」冰如讓他執了手，頓了一頓，然後笑道：「我想，我們下次見面，應該是東戰場吧？我等著身體好了一些，一定到前方去服務。」志堅握著她的手搖撼了兩下，笑道：「妳不愧是軍人之妻。」這時，王媽已開了客堂門，伸頭向外看了一看，因道：「天還黑著呢。」志堅道：「不要緊，越走越天亮。」他隨話走到了屋外天井，馬刺碰了地面石頭，鏘鏘有聲。冰如送出來，看看天上，東方微見有點魚肚色的天幕，映著人家屋脊的影子。因道：「好！黎明了，志堅，你正迎著亮光向東去，祝你不久凱旋。」志堅走出了大門，忽然回轉身來，立著正，向冰如舉手行了個軍禮，掉轉身去就走了。冰如站在小天井裡，聽到叮噹叮噹，馬刺向著路面鵝卵石過去，於是追了出來，追到了弄堂口，見晨光熹微中，志堅挺了身子，大開步向前走，情不自禁地叫了一聲志堅。遙見志堅回轉身來，立了一個正，再行一個禮。他並沒有說什麼，就這樣走了。叮噹叮噹，馬刺碰了地面石頭，越響越遠，以至於聽不到。看看巷口人家窗戶裡透出來的燈光，已經暗下去，遠近人家，在青灰色的晨光裡，慢慢呈現出來，軍人一步一步地走向了前方，天隨著亮了。

第二回
匆促回舟多情尋故劍 倉皇避彈冒死救驚鴻

　　客堂的桌上，放了一盞很亮的煤油燈，燈光下映照著有
兩碟點心，一碟餅乾和一碟雞蛋糕，一把茶壺，兩隻茶杯。
牆上掛的時鐘，也正指著六點。這一切和孫志堅離家的時
候，沒有什麼分別。但時鐘所指的是下午的六點，日子卻退
後了一個禮拜了。女主角正招待著客人江洪在談話。江洪坐
在桌子左邊，很沉著地向對面的冰如道：「嫂嫂，我看妳不
必猶豫了。後天這隻船，是我們三個機關聯合包定的，要算
是最後一批疏散家眷了。若再不去，恐怕以後不會得著這個
機會。現在輪船上擁擠的情形，妳總也聽說過，單是由下關
江邊，坐小划子到江心上船，很可能是一個人就花上三五十
塊錢，因為到下關的輪船，早就不靠碼頭了。至於由南京到
漢口這一大截長途水程，現時也像以前，也許四五天，也許
走六七天。這幾天之內，吃喝睡都成問題。不用談客艙，貨
艙裡都有人擠得只坐著。若坐後天這條船去，這一切困難，
都可以避免。」冰如道：「我已接到志堅兩封信，都是勸我
到漢口去的。我若不走，他不放心服務，我也回了他兩封
信，決定走。只是我對於南京，很有點戀戀不捨，希望能再
遲兩天走。」江洪道：「既然決定走，遲兩天，那是徒增加

自己旅行的困難。」冰如手扶了桌沿，低著頭很久沒做聲，最後，她竟是垂下兩行淚來了。江洪見她如此，也只好默然著。冰如在身上掏出手絹來擦了兩擦臉腮。因道：「並非別的緣故，我總覺今天說離開南京，心裡頭就有一分淒楚的滋味。」江洪道：「足見嫂嫂是個有熱血的女子。只要中國人都藏著這麼一股淒楚的滋味在心裡，我們就永遠不會拋開了南京。」冰如低了頭沉思了很久，只是默然。江洪覺得對了她枯坐著，很是無聊，便站起來道：「嫂嫂可以仔細考量考量。除了後天這隻船的話，第二次恐怕要坐火車到蕪湖去坐船了。不過我受了孫兄的重託，一定盡力而為，嫂嫂真是後天走不了的話，也不要緊，我們這機關裡的人，本來做幾批疏散，後天還不算是掃數疏散的一批，依然有幾個人留著。」冰如道：「那就太麻煩了，我今天晚上考量考量，明天早上，我一定要有一個答覆的。江先生公事忙，自己不必來，只派一個人到這裡來一趟就是了，我會預先寫好一封信讓來人帶回去。」江洪答應是是，便走了。他勸冰如這晚上考量考量，冰如自有她的一番考量。次日早上七點多鐘，還不曾起來，王媽卻進來叫著：「太太，那位江先生來了，在樓下等著呢。」冰如只將冷手巾擦了一把臉，摸撫著頭髮，走下樓來，見江洪兩手背在身後，看牆上掛的畫，便先笑道：「真是不敢當，這麼一大早就讓江先生跑了來。」江洪皺了眉道：「上司的命令，明天我是非走不可的，丟了嫂嫂

在這裡，將來和孫兄見面，我何辭以對呢？」冰如道：「江先生你對朋友的事太熱心，我不能過拂你的盛情，明天決定跟江先生走。」江洪道：「那很感激嫂嫂能原諒我。」說著，微微地一鞠躬，冰如道：「其實我不走也不行了。前幾天那個男傭人走了，到了昨天晚上，女傭人又要辭工。南京城裡，已無法找傭人了，我不走怎麼辦呢？江先生倒轉過來說，是我原諒你，這不是笑話嗎？不是江先生念著志堅的交情，又料定了我在南京無辦法，還不肖無早無晚地來勸我呢。」江洪道：「我們那船上，多帶一兩個人，大概沒有問題。嫂子到漢口去，猛然間，或者找不到相熟的人來往，這王媽如願同去……」王媽便由屋後接聲出來了，因道：「那就好極了，我先生我太太，待我都很好，我本是捨不得離開這裡的，只是大家都走了，我怕將來走不了。於今江先生能讓我和太太一路，將來還可以和我們先生見面，我有什麼不甘呢？」江洪向王媽道：「既是如此，那就很好。妳今天可以和太太在家裡收拾東西，不是明天絕早，就是明天晚上，一定要上船。」冰如道：「晚上罷了，若是天早……」江洪道：「嫂子只要把東西收拾好了，在家裡等著我就是。我自然會在事先來打招呼，讓二位從從容容地上船。」說著，他匆匆走了。王媽道：「我們先生拜託這位江先生，實在是拜託著人了。待自己嫂子，也不過這樣周到。」冰如站在屋子裡，抬頭四面看看，因嘆口氣道：「說聲走，不要緊，要丟

了多少東西。」話不曾完結，卻見江洪又轉身進門來了，他道：「我糊塗，有一件極要緊的事忘記交代。現在滿城找搬運車子是很困難的事。嫂子有多少行李，請歸併了，預先點個數目，我負責搬上船，至於搬不了的笨重家具，儘管放在屋子裡，開一張清單就行，我可以把這單子交給我一個朋友。我們在這西郊鄉下租了一幢房子，這些東西都可以堆到那裡去。假如到了最後一著，依舊不能保留的話，那損失也不是任何一個人，就不必介意了。」冰如笑道：「各事全都費江先生的心替我留意。」江洪就在門口站著也沒有進來，因問道：「還有什麼事要辦的嗎？我實在一時想不起來。請嫂子不必客氣，有為難之處，儘管說出來。」冰如道：「現在辦疏散的人，最為難的是一張火車票，輪船票，只要有了船票車票，還有什麼為難的呢？」江洪站著停了一停，笑著點了兩點頭道：「等我慢慢去想吧，回頭見。」說完，這總算是真走了。這日下午卻接連地有了三次警報，最後一次解除，已經是晚上七點鐘。還不到十分鐘，江洪又來了，冰如在樓梯口上看到，就很快地跑下樓來迎著。因笑道：「真是讓我不過意，一天要江先生跑上好幾次。」江洪道：「我不能不來告訴嫂子，我們的船，今晚上停在下關上游五里路的地方，天亮的時候，我們上船，八點鐘就要開船，有些人今晚上就要上船了。嫂嫂若趕得上今晚上船最好。」冰如道：「我們的東西，從八一三以後就歸束了的，要走隨時

可走。」江洪道：「那就好，我去把卡車押了來。最好我們能在十點鐘以前出城。到了城外，就稍晚一點上船，也不要緊。」他見桌上放著茶壺茶杯，竟是自提起茶壺來斟著涼茶喝。冰如見他帽子下額角上，冒出豌豆大的汗珠子，因道：「為了我們的事，把江先生跑壞了。」江洪笑道：「不巧得很。就在座安了高射機關槍的樓下，遇到了緊急警報，在屋簷下站了一個多鐘頭。希望今晚上不再有警報，交通一斷，我們出城是會發生問題的。唯其如此，所以我跑來跑去比較著忙。」冰如道：「這樣說，江先生定沒有吃晚飯。我們就沒有吃晚飯，剛才下了兩子掛麵吃。江先生請坐一會，我們家裡還有掛麵。」江洪抬起手臂看了看手錶，點著頭道：「時間不許可，我回頭來吧。」一掉頭開門出去，可是他走到天井裡，又回轉身來叮囑了一句：「嫂子，請你準備著，我八點半鐘可以來。」冰如說：「江先生，你儘管處理你的公事，不要為了我，只管來去地忙。」江洪也只說得一句沒關係，人就走遠了。果然，在晚上八點一刻鐘江洪帶著幾個壯漢來了。他交代著幾個粗人代冰如搬運行李，向巷子裡卡車送上去，自己卻在手上拿了一大塊乾麵包，一面指揮，一面將麵包送到嘴裡去咀嚼。冰如道：「直忙到現在，江先生還沒有吃晚飯嗎？」江洪抽出口袋裡的手絹，擦了一擦額角上的汗珠道：「實不相瞞，我由上午到現在，腳步不曾停得一下。要不是這麼著，實在也就趕不過來。」冰如自知道他是受著

志堅之托，不能不十分賣力。可是自己身受人家的厚惠，總覺心裡過不去。因之一切聽江洪去調度，並不曾一絲一毫地執拗著。

江洪監督著搬過了一陣，見已是沒有什麼細軟東西放在面前了，因引著一個穿短衣的壯漢和冰如相見，告訴她道：「這個黃君是南京人，他在水西門外種地，無論如何，他家是不走的。運不走的東西，我們都託了他運到鄉下去。嫂子只交一張清單給他，自留一張清單，將來⋯⋯」冰如笑道：「整個民族都在為生存忍受犧牲，我們這點家具，還值得介意嗎？江先生信得過的人，我當然信得過，就照江先生的辦法，請這位黃老闆照顧就是了。鐘點已到了，我們出城吧。」於是帶上了大門，將鎖把外面鎖了。因為這位姓黃的，要幫著搬運行李上船，也跟了坐上卡車去。江洪因是一輛載重的汽車，特意把冰如引到司機的座上坐著。汽車轉了幾個彎，奔上最有名而又最長的中山北路。柏油路面還是那般平正，車輪子很快地滑過去。但眼睛向外看去，情形就大變了，很遠的距離，有一兩盞電燈，隱在暗空裡，且電燈上有黑罩子罩住，那燈光只是猛烈地向路面上照著。路兩邊的店戶，黑沉沉的關閉著，卻不見有一家開了門或窗戶。除了崗位上的警察而外，行人是很稀少，往日那成串奔跑的汽車，這時全沒有了。

偶然有一輛汽車過來，卻看到兩個穿軍服的人，很嚴肅

地挺了腰桿子坐在裡面，那車子過去了，又可以很久地不遇到什麼，冰如心裡像火燒一般，說不出是一種什麼情緒。糊裡糊塗的，覺得車子停在一座城門洞口上，這才知道到了挹江門，電燈下，見一排軍警直立著，江洪由行李堆上跳下了車子，和一位憲兵說了幾句話。他上了車，車子又開了。冰如覺得車外的路燈，已特別稀少，馬路兩邊，也很寬闊，一陣陣的寒風，由車側吹了過來，便有了水浪聲，原來到了江邊了。車子停在兩三棵高大的柳樹下，江洪已開了車門，低聲叫道：「嫂嫂，已經到了。」冰如推開車門出來，見前後左右，有四五輛車子停著，行李箱子亂七八糟，堆了遍地。這裡便是江岸，星光下看到活動的水浪影子漸漸向遠，是一片渺茫的景象。星光在天幕上，像一個圓蓋，蓋在水面上，昏沉沉的看不到什麼。江岸下有兩三盞燈光，隱約地看到三隻小划船繫在岸邊。岸上人便陸續地將物件向小船上搬。江洪道：「嫂嫂，你可以先上船去，留王媽和黃君在這裡看守著行李。東西很多，不到半夜也搬不完，你何必坐在江岸上吹西北風呢？」冰如也正要先到船上去看看，還未答言呢，王媽便道：「太太，你就先去吧。到了這裡，我那顆總是高懸起來的心，現在算是落下去了。」江洪是想得很周到，已把隨身上帶的手電筒按亮，走在前面引路。冰如隨了這燈光走下江岸來，江洪首先跳上船去，伸過一根竹篙子來，因道：「嫂嫂，你仔細著，這小船在江面上，可不像在玄武湖

裡。」冰如扶了竹篙，順著電光，上了小船，船上已先有幾
個人在等著，並不再運上一件行李，就向江心開去。到了這
時，冰如也不再有什麼顧戀，對著岸上，暗暗地說了一聲：
「南京，再會了。」船在黑暗中飄搖著，眼前看不到什麼。
船頭所對去的地方，有三五星燈火在水面閃動，漸近了那燈
火，江面現出一個龐大的影子，到了輪船邊了。小船靠近
了，輪船上掩蔽著的燈火，已緩緩現出，人聲也跟著喧雜起
來，果然是上船來的人已不少。江洪引著她上了船，見雖是
一隻航行長江的中型輪船，但所過之處，都是行李堆塞著，
人就坐在行李上。

　　她爬過了許多行李堆，走到二樓，江洪卻把她引進了大
餐間，因道：「我對上司說明了，因為孫兄是在前方作戰的
軍人，對嫂嫂特別優待，和幾位上司的眷屬在一處。」冰如
見這大餐廳裡，很稀落的，只有七八個人坐著，也沒有堆什
麼行李，靠窗戶的長軟椅上，有人展開了鋪蓋，想起來是很
舒適的。江洪正待介紹她和兩位太太認識，冰如看到了艙壁
上掛的畫，哎呀了一聲。江洪道：「你有什麼事嗎？丟了東
西？」冰如道：「我非上岸去一次不可！那小船沒有開嗎？」
說著，就向艙外走了來。江洪見她面色變紅了，想到一定是
有了珍貴物品丟在岸上，就跟著她一塊兒出來。冰如道：
「江先生，我一定要進城，趁著明日天亮出城，當然還可以
趕上這隻船。」江洪道：「有什麼要緊的東西沒帶來嗎？」

冰如道：「在別人看來也許是極不要緊的東西，可是我非帶出來不可。」她一面走著，一面說。江洪道：「既然如此，我護送嫂子進城吧。」冰如道：「那不必。我趕不上這隻船，我一個空人，坐火車到蕪湖去，也許追得上，江先生有公事，趕脫了船，那責任太大。」江洪道：「那麼，我護送嫂嫂上了岸再說。看看汽車都走了沒有。」冰如不做聲，只是忙著走。

　　江洪越是看得這事情嚴重，只好跟了復回到小划子上，催了船伕，趕快攏岸。在小船上，冰如默然無語，船上沒燈，江洪看不到她的臉色，卻料著她在靜默中一定是十分焦躁的。船到了岸邊，冰如在船上就叫起來道：「王媽，我那個橡皮布袋，掛在樓上牆上的，你帶來了沒有？」王媽道：「那個裝相片的橡皮袋嗎？是呵！裡面還有先生留下來的一把佩劍。」說著話，冰如已上了岸，問道：「你帶來了沒有？」王媽道：「沒有帶來，那個袋子是太太很留意的，我以為太太總會帶著的。」冰如道：「就是心慌意亂，搶了出城，把這東西丟了。」王媽道：「袋子掛在牆上，大門是鎖著的，丟不了，我回城去拿一趟吧。」冰如道：「你回城去拿一趟嗎？可是拿著了東西，能不能趕上這條船卻是問題。」王媽聽了這話，就不做聲了。江洪這才知道冰如所要去拿的，不過是一隻裝相片的橡皮袋，因問道：「那袋子裡，除了相片，還有別的嗎？」冰如道：「裡面還有一柄舊的

佩劍。本來他這柄劍是佩帶有年了。因為上司獎送了他一柄新的佩劍。他說故劍不可忘，就交給了我。這次回來，他又對我說：『這劍是軍人魂，這個交給你隨身保留著，彼此的精神就永遠照顧著。我若丟了這柄故劍……」江洪道：「對的對的，應該取了來。我今晚是不能離開這裡，恐怕還有事情和船上人接洽。我可以在明日早上，到城裡來接嫂嫂。」冰如道：「那不必，若是走岔了路，那更要耽誤事情了。不要緊，我趕不上船，會坐明天十點鐘的早車趕到蕪湖去。」說到這裡，這裡停了兩輛卡車，都轟隆轟隆地響著機件，預備回到城裡去，其中一輛，就是原來坐出城的。江洪便重託了那個姓黃的，護送冰如到家。冰如對堆在江岸上的十幾件行李，都沒有介意，只在黑暗中叫了一聲王媽，好好地照應東西，車子就開了。進城回到家門口，和同車的黃君，討了半盒火柴，下車開著門進去，點了燈。這雖然還是數小時以前離去的舊家，然而樓上樓下東西凌亂，屋子裡並不見第二個人影，自己踏著滿地碎紙爛布走上樓梯，就聽到每一移步，樓板轟然有聲，這就反映著這屋子裡空氣淒然。手舉了一盞煤油燈，走到樓上臥室裡，首先看到白粉牆上，還掛了只小小的橡皮布袋。那佩劍的白銅柄，在袋口上露出了一截，心裡先放下了一塊石頭。於是將燈放在桌上，把布袋取了下來，就站著把袋裡的東西檢點一番，正是一樣不曾短少。

捧了志堅一副武裝小照看時，見他向人注視，嘴角正帶

了三分微笑。心裡也就想著：我總算對著這小照不用慚愧了。一場惶急，這時算是消除了。可是這個家裡的細軟是搬空了的，回了家了，反倒是沒有了睡覺的所在，因之提袋捧燈，就下樓在沙發上躺著。這巷子裡還有一個崗警，半夜看到這屋裡有燈光，他就來敲門。冰如開門出來，他將手電筒對她照了一照，失聲道：「孫太太走了的，怎麼又回來了？」冰如道：「我是來拿我們孫先生佩劍照片的，明天一早走。」此話言明，巡警也就走了。冰如東西拿到了手，便又惦記著江邊上的事，不知道江岸上的行李，可完全搬上了船？又不知道明早出城，能否趕得上這隻船？坐著本不舒服，心裡又有事，清醒白醒地望了窗子外面天亮。為了免再遺落東西起見，又在樓上樓下巡查了一遍，便提了那橡皮袋子出來。好在鎖大門的鑰匙，共有兩把，已經交給了那黃君一把，鎖了大門，便向大街走來。離家不幾步，老遠看到江洪跑著迎了上來，自己笑道：「還好，還好！沒有走岔。」冰如道：「哎呀！江先生真是太客氣，一定要進城來接著我。」江洪道：「嫂嫂要找的東西，大概找著了。」說時，望了她手提的橡皮布袋。

冰如微笑道：「東西是找著了，我們出城去，還可以趕上船嗎？」江洪道：「船是趕不上了，我離開船的時候，船已經開走了。」冰如怔了一怔，輕輕頓了腳道：「那怎麼辦？豈不耽誤了江先生的大事？」江洪道：「不要緊！這船要到

今日下午四五點鐘，才可以到蕪湖，我們坐了八點多鐘的京蕪火車到蕪湖去，可以趕上這隻船，他們要靠船在那裡買米買菜。萬一趕不上，還不要緊，蕪湖有兩隻船，在幾天之內，要陸續開去漢口，我們總可以搭上一隻船的。由此地到京蕪火車站，倒是有相當的路，我們這就走吧。」冰如見他很鎮定，大概不會發生什麼問題，自沒有什麼異議，走上大街，找了兩輛人力車子，就向中華門外來。這一條京蕪路，直到這時，還不曾受著戰事影響，所以向蕪湖開車的時間，還照常不曾改變。兩人到了站，好在是沒有帶一件行李，很容易地就買得兩張二等車票。因為預防空襲，車子就停在站外很遠，而且二三等車，都是疏散開了，相距有幾十丈路。江洪引著冰如把月臺走盡了，又走了幾十步鐵路，才找著一列頭二等混合車廂。走上去看時，三停座位，已坐了兩停人了。隔了車窗向外張望，北邊有一帶木欄杆，木欄杆外，又有兩三幢磚牆人家。

向南隔一片空地，有兩棵老柳樹，樹外有一片矮屋和一個很大的豬圈。向東有兩列車子停在鐵軌上。向西有幾個火車頭，也散落地放著，看一看手錶，到火車開出的時間，約莫還有半小時。水泥月臺上腳步摩擦得沙沙有聲，那乘火車的人還正陸續地來。江洪看到車廂裡座位無多，將冰如讓著和一位太太同坐了。自己也在人群中擠了下去，坐了一個椅子角，自然是不敢移動。忽然車子裡有人叫了一聲警報！

江洪向窗外看去，車子上已有人紛紛向下跳，電笛的悲號聲，在長空裡嗚嗚地叫著。看車廂裡時，旅客全擁著奔向車門。有幾個人擠不出去，就由窗子裡向外鑽。冰如也擠落在旅客群後面，四處張望著叫江先生。江洪跳著在坐椅上站著，搖擺了手道：「嫂嫂，不要緊，不要緊，才放空襲警報呢。」直等車廂裡旅客完全下去了，江洪由車門先跳下去。冰如一手提橡皮袋，一手抓著江洪肩膀，也向下一跳，看時，旅客像出巢的蜂了，四處紛跑，江洪因站著定·定神，向冰如道：「我們還是向西走好一點，越走是越離開車站。」冰如手提了那橡皮布袋，因道：「我們再向前一點吧。我看到有些人由火車頭帶跑了。」說著，順了鐵軌外的便道，加緊了步子。幾次撞跌著，都扶了江洪站住。

約莫走有大半里路，嗚呀嗚呀，長空又放出了緊急警報。江洪四周看了一看，因道：「嫂子，不必走了，這地方已很空曠，隨便找個所在掩蔽了吧。」冰如道：「那前面有道橋，已經有人鑽下去了，我們也去。」說著，她便先走，江洪卻隨在她後面，到了那裡看時，是一道干溝，兩岸用水泥堆砌著，鐵軌架在橋墩上，已經有不少的人藏在鐵軌下。冰如看到，卻一點也不加考慮，就向下一跳，擠到人叢中去，江洪看到不過兩丈見方的所在，已經有二三十人塞在一處，就不肯下去。遠遠看到十幾丈路外，有一條土溝，便奔到土溝的沿上站著。就在這一遷移的時間：飛機馬達轟轟軋

軋的響聲已臨到頭上，再抬頭看時，已經有三架飛機，比著
翅膀飛了過來。看那翅膀下面，畫著紅的膏藥影子，便覺有
些危險性。立刻身子向溝裡一滾，緊貼地伏在溝裡頭。

那轟轟軋軋的聲音，由遠而近，接著又由近而遠，心裡
念著，或已過去了，便微微地昂起頭來看了一看，突然震天
震地的兩三聲響，地面都震動著，看時，就在東向一些，兩
股濃黑的煙霧，沖上了雲霄。江洪根據著剛才一陣熱風，由
身上竄過去，料著中彈的地方不遠。接著咯咯咯一陣機關槍
響，就不免為了伏在鐵路四處的人擔心。由土溝裡伸出頭
來，見飛機已去遠，便俯了身子，飛奔向鐵軌的橋邊，口裡
叫著嫂嫂。那橋洞下的人，也驚慌了，一半竄出來，四處亂
跑，一半卻倒在地上動不得，冰如便是在空地上亂跑的一
個。一個不留神，被鐵路邊的石頭絆著腳頭向前鑽著橫拋出
去丈來遠，人倒在地上動不得。江洪走來她身邊，叫了兩聲
嫂嫂，冰如卻哎喲了兩聲。

這時，高射炮聲，轟咚轟咚，高射機關槍聲軋軋軋，飛
機馬達聲呼呼呼，加之前面兩股濃煙高升，鼻子裡充溢著硫
黃味，空氣十分緊張。江洪抬頭四下里看，見有三架飛機，
又自西方轉了圈直撲過來。這就顧不得嫌疑了，蹲下身去，
兩手抱了冰如，就向剛才藏躲的地溝裡奔了去。頭上咯咯
咯，已在飛著機關槍彈。於是半蹲了身子，抱住了她就向溝
裡一滾，但覺咚咚咚幾下大響，兩陣熱風，捲了飛沙由溝上

刮過，以後也就聲音寂然。江洪斷定了江南車站，已經成了
轟炸的目標，只好靜靜地伏在溝裡。約莫過了十分鐘，才站
起身來看了一看，冰如也隨著站起來，兩手撲了身上灰土，
慘笑道：「幾乎……」她口裡說著，看到剛才藏身的橋邊，
已經有二三十人倒在地面，衣服血泥糊了，把一句話嚇著
吞了回去。江洪道：「這是炸彈碎片炸傷的，我們算是躲過
了這一劫，嫂子不必害怕。」冰如不覺伸出手來，握著江洪
道：「你是我的救命恩人，你是我的救命恩人！」

第三回
鐵鳥逐孤舟危機再蹈 蘆灘眠冷月長夜哀思

　　江洪與薛冰如重慶更生的時候，在江南車站四處避難的旅客，都還沒有敢把頭伸出來。他們料到飛機已去遠了，便坐在土坡溝上一棵樹下，那自是打著主意，萬一飛機再來了，躲下溝去還不遲。這樣靜候了約一小時，警報氣放著解除的長聲。江洪向冰如笑道：「我們經過的空襲很多，這次算是身歷其境了吧？」冰如站起來拍著身上的灰土，搖搖頭笑道：「響聲倒不過如此，可是那幾陣熱風向身上撲了來，像一扇大門板壓在人身上似的，倒有些怕人。大概車站已沒有了吧？」說時，散藏在各處的人，都紛紛地走出來。江洪引了她向東也隨了大家走。四處看去，不但車站沒有一點損失，就是停在軌上的幾輛車皮也一些沒有損壞。只是那一帶窮人住的矮屋子，連那豬圈在內，卻變成了一堆破磚與碎瓦。豬圈那地方，有一攤血，原來的一大群豬倒全不見了。冰如正詫異著，偶然回過頭來，卻打了個冷戰，這對過那磚牆，已是斜歪了一半，還直立著的一半，那大塊小塊的豬肉，有幾百方黏貼在上面。那三棵柳樹上，掛了一條人腿，又是半邊身體，肉和腸胃，不知是人的還是豬的，高高低低掛了七八串，血肉淋漓，讓人不敢向下看。冰如偏著頭，三

步兩步向前直跑。不想停住腳向了正面看時，又不由得哎喲了一聲。

　　原來面前橫著兩個半截屍首，一具是平胸以下沒有了，流了滿地的血與腸肚，另一具，只炸去小半邊上身。衣服被血染透了，人的臉也讓血和泥塗成黑紫色。嚇得她身子向回一縮，轉身奔向江洪來，閉了眼道：「江先生，怎麼辦，我不敢看。」她站在江洪面前，真個一動不動，江洪皺了眉一看，覺得車站四周，有千百個旅客散藏著，絕不止炸死這幾個人。因道：「這個地方，就是先前我們上二等車的地方，我們在這裡等一等，說不定那二等車還會停在這裡的。」冰如搖搖頭道：「還是站到我們先前躲著的那個地方去吧。」說時，她依然閉了眼，要江洪牽著，孟軻說的有，嫂溺則援之以手，權也。江洪在這急難的時候，當然也不去理會那男女攜手的嫌疑，牽著她還到土坡前等著。總算車子並沒有受到什麼損失，不到一小時，疏散出去了的火車，便開了回來。當他們趕到蕪湖時，所乘的輪船，還未曾靠碼頭，自然也就從容準備候著船走了。在這船上大餐間裡，雖不如平常住大餐間那樣舒服，可是難民滋味，這裡是一點不會嘗到。江洪坐在他的同伴艙裡，不便向上司眷屬坐的大艙裡來探望，冰如出艙來，在甲板上散步的時候，就約著江洪閒談。

　　第二日的半上午，船過了馬當，船上的人，紛紛地出來，看小孤山的風景，這已到了深冬，江水低落，江北岸的

沙灘露了出來，沿著北岸的山腳，伸到了江心，這一來，卻把小孤山和北岸連成了一氣。輪船由小孤山的南漕江面進行，遠遠看到那順了小孤山山勢長的樹木，杈杈椏椏的叢擁著樹枝，小孤廟白色的粉牆，高高低低的，在樹叢裡一方一方露出。最頂上露出了一片屋脊，成群的烏鴉，像蒼蠅一般，在島的東北角削壁邊，上下亂飛。南岸的山，稀疏地長著樹木，在焦黃的草色上，長出來一團團的青松影子，太陽照著，顏色頗為調和。在那山坡上，迤邐向下沿江流突出幾塊石頭，有一塊大礁石上，還支起了一架漁網，時上時下，頗有畫意，江洪和冰如靠了甲板的欄杆向江上觀望著，指了給冰如看道：「妳看這地方多麼悠閒，我們在前方來的人，真不相信後方這樣自在。這樣看來，大概武漢方面，是不帶一點戰事痕跡的，到了漢口，嫂嫂可以暫時安心住一下子。」冰如淡笑道：「事已如此，便不安心又怎麼樣，不總也要耐著性子住下去嗎？」江洪道：「也不必焦急，只有暫時向寬處著想。妳看，在這船上的人，有幾個不是生離死別的分子的，要是一律放心不下，這船上只有哭聲，沒有人說話聲了。」冰如聽到，也只有默然著，靜靜地靠了欄杆望著江景。她不做聲，江洪也不做聲，默然的約莫有十來分鐘，忽然有人喊道：「飛機來了！」隨了這一聲喊，甲板上立刻一陣騷動。有一部分人往甲板下走，一部分人又從甲板下爬上來，有的喊著：「三架三架。」有的喊著：「它是由西向東

飛，大概是我們的。」有的喊：「怎麼辦？怎麼辦？」冰如是驚弓之鳥了，立刻臉色蒼白，手扶了欄杆，有些戰兢兢的，回過臉來向江洪望著，卻說不出話來。江洪道：「不要緊的，我們這樣一隻裝難民的船，不成其為目標。」船繼續地向前進行，說時遲，那船頭遠處，天空裡三架鳥大的飛機，已對了這船直飛過來，而且越飛越低，轟轟軋軋可怕的馬達發動聲，直臨到頭上，腦筋靈敏的人，都感到有點危險性。但人在船上，無地可跑，眼睜睜地，看著那飛機影子大過桌面，翅膀上的紅膏藥印子，十分清亮。大家的心房跳著，都要向喉嚨眼裡跳了來。

　　冰如不知不覺，抓住了江洪的手，連問怎麼辦怎麼辦？江洪覺得她的手其冷如鐵，急忙中找不出話來安慰她，只連連答應著不要緊不要緊！說時遲，那時快，那三架飛機，就在大家仰頭看去的時候，分開了隊形，徑直地飛了過去。在甲板上所有的人，連著薛冰如在內，算鬆了一口氣。然而江洪究竟是個軍人，他拖住冰如的手道：「快下甲板去。」說著，拉了她便走。她被拉著回到了樓梯口上，回過頭來看時，那散開隊形的飛機，卻在船後面，做了一個半弧形大旋轉，嗚的一聲，飛機翅膀刺激著空氣，發了怪叫，分明飛機已向輪船俯衝過來。二人只下了兩三層梯子，早是轟通幾下響，在離船舷不到幾丈遠的江面湧出三四起水柱，飛躍著比船頂還高。那水花啪嚓一聲，打在船上，船隨了這大聲，像

航海似的，很厲害地顛了幾顛。頃刻之間，只聽到人叫聲，人哭聲，東西撞跌聲，鬧成一片。樓梯口上的人，像倒水似的滾了下來。而那天空裡飛機的馬達聲，嘩嘩嘩，更是響得怕人，咯咯咯，啪啪啪，機關槍掃射著甲板，發出兩種可怕的聲音。冰如料著這一回是絕對的完了，只有讓江洪抓住了又跌又跑。

所幸自己的神志還是清楚的，只見滿眼都是男女旅客滾跌，有幾個人慌了手腳，爬出欄杆，卻向江心裡跳，江洪挽住冰如一隻手道：「嫂子，我知道妳會游泳。飛機還在頭上，找一個板……」這話他不曾說完，轟硐硐硐，又是幾下響。在這個大響聲裡，冰如只管這身子猛烈地讓東西顛動一下，就失去了知覺。等自己已清醒過來的時候，睜眼就看到了一片青天，四周空洞洞的，並不在船上。於是復閉了眼揣想著昏迷以前的事。記得機關槍在頭上掃射，船板亂響，炸彈落在身邊，水浪高飛，人就什麼都不知道了。這樣看來，分明是自己不在人世了。於是二次再睜開眼來看，卻見江洪站在身邊，因問道：「我們現時在哪裡，還活著嗎？」江洪笑道：「當然活著。可是和我們同船的人，已經有五分之四不在人世了。」冰如再定了一定神，四周看去，原來是躺在一片沙灘上，四周都是蘆葦，看到同船的人三三五五，散處在這沙灘上，有的坐著，有的來往散步，看蘆葦叢外的大江白茫茫的一片，西沉的落日，把那帶病態的金黃色光芒斜落

在波心，夾著微微的西北風，向臉上刮著，頗感到一份淒涼的意味。

因為是初醒轉來，還不能十分看清四周的事物，又閉著眼養了一會神。第二次還是人聲所驚醒的，已見王媽將手巾包著頭，將幾根長短不齊的棍子，在沙灘上插著，搭了一個三腳叉的架子。冰如這才看清楚自己，躺在一卷行李上，因問道：「王媽，妳也逃出了性命，總算難得。」王媽將行李索子網絮著長短棍子，因道：「真是難得。太太，妳還不知道呢，我們那隻船炸沉了，船尾上中了兩顆炸彈。總算這船上的船長好，沒有死的人都這樣說。在飛機追著我們這隻船的時候，他自己跑到舵樓上去扶了舵，把船對了這灘上一沖，船頭擱了淺，後半截炸沉了，前半截還在水面上。那飛機看到船炸沉了，也就走了。我們在船頭這半截的人，只要不撞傷，不跳下水去，總還可以留一條命。」說時，只見江洪身上背了一隻大包袱，由江邊一隻小划子上上了岸。另外還有幾個人也都是拿了各種東西上岸來。冰如這才看清楚了，離江岸有三四丈路，浮了半截船頭在水面。在那船頭向天的艙舷上，還有人爬在上面搬運東西。江洪到了面前，見冰如已清醒多了，便道：「嫂嫂要喝口水嗎？」王媽道：「這江裡的冷水可喝不得。我是實在口渴了，勉強喝了兩口，有兩個鐘頭了，心裡還在難受。」江洪道：「我怎能找冷水給你太太喝。我在破船上，四處找了一週，居然找到一隻溫水

瓶，這裡面足有三磅熱水。」說著，放下那包袱在沙灘上，打開包袱來，先提出一隻熱水瓶子，就把瓶蓋子當了茶杯，斟了一杯熱水，放在地上，笑道：「嫂嫂，妳慢慢地拿起來喝。這白鐵做的東西，傳熱不過，仔細燙了嘴。」王媽道：「這位江先生，凡事真是細心不過。」冰如道：「我要不是遇到江先生，江南車站那次逃得了命，今天在船頂篷上，決計是逃不了命的。」江洪笑道：「這些過去的話，我們將來再說吧，天氣晚了，我們應該趕快把帳篷支起來，天色已經很黑，再過一會，就會看不見了。」說著話，他把包袱開，扯出了床單被褥氈子等類，在木架棍上陸續地遮擋著，冰如因圍起來就悶得慌，慢慢地由地氈上爬了起來，坐在堆的一捆蘆葦稈子上，王媽立刻彎身上來，將她扶著。冰如推開她的手道：「用不著，我早已清醒過來了。」於是勉強撐住腿站了起來，斜站在帳篷外，身體晃了兩晃。王媽便搶著扶了她一隻手拐道：「江風很厲害，太太可不要勉強。」冰如笑道：「這倒讓我想起了一件事，我在船上撞暈過去了，是怎麼上了岸的？」王媽道：「連我在內，還不都是江先生背了上岸來的。」冰如不覺臉紅了，搖了頭笑道：「那真是有些對不起人。」江洪道：「我想嫂嫂一定能恕我冒昧。當那船初炸沉以後，秩序非常的混亂。嫂子那時暈倒在船舷的鐵梯口上，我若不把嫂子搬個地方，也許就會讓上上下下的人踩壞了。」王媽道：「江先生，你倒是這樣客氣。我們感謝你

也感謝不了，你倒要我們原諒呢。現在我們都困在這荒洲上，進退兩難，將來還有許多地方要江先生幫忙呢。」江洪道：「那沒有問題，我們逃難逃到這荒洲上來以後，隨後來了一隻長江輪船。我們這船上的船員，站在船頭上和他們打旗語，他們也就在江心停了輪，放下一隻小船來問消息。看到我們荒洲上有這麼多難民，船上還有行李，來人說：『我們船上已經連插腳的地方都沒有了，荒洲上這些個人不能帶去，只能把船上職員帶兩個到九江替我們想法子。』這樣，就有兩個職員，跟了那船去，大概今天晚上，他們可到。明天下午，九江會有船來接我們的。萬一沒有船，那也不要緊，我可以挑一擔行李，步送嫂子到九江去。我們得了性命，就算渡過了難關，以後的事，不必擱在心上，嫂子的傷勢大概還沒好，還是到帳篷裡去躺著吧。」冰如聽了他的話，先伸手摸摸頭，隨後又左右手互相摸著手臂，低頭向身上仔細看了一遍，因道：「這倒怪得很，我身上一點沒有受傷。」江洪道：「嫂嫂肌膚上，大概沒有受著傷，不過轟炸的時候，腦筋受了很重的刺激，身體又受了猛烈的震動，所以人昏昏沉沉的，大概無大關係。治這種病，唯一的方法就是休息。嫂子還是躺著吧。」冰如回頭一看天上，已沒有了日光，只是西邊天腳一帶紅黃色的晚霞，夾雜雲彩，成了青藍色的斑紋，那一抹霞光，先照到江面上，再反映到這荒洲上，但看到散落在這裡的難民，都在蒼茫的暮色裡飄動著衣

襟和頭髮，便有一種悽慘的景象。望對岸一帶不大高的山峰，這時也變成了一帶深藍色的輪廓。那江水為霞光所不曾對照的所在，便是青隱隱的。就在自己這樣一賞鑑之下，天色變得更幽暗了，但見東西兩頭，水天相接，全是一種混茫的青色，這其間有三兩點發亮的大星，露著光芒，若不是面前有人說話，自己幾乎疑心不在這花花世界上了。江洪倒不知道她在想什麼，見她默默無言，四處探望著，因道：「嫂子，妳什麼也不必想了。誰讓我們吃這些苦呢？誰讓我們受這些驚嚇呢？我們只要把這顆心放在這上面，自然就會興奮起來。」冰如站了許久，覺得身子有些疲乏，嘆了一口氣便鑽進帳篷裡去，可是剛一鑽了進去，復又扶著王媽站起來，因向江洪道：「蒙江先生的情，把我們主僕兩個都安頓好了，可是你自己怎麼辦呢？你不也支個帳篷嗎？」江洪笑道：「我們當軍人的，何必做出一點風霜都不能抵抗的樣子來？在前方打仗的武裝同志，天上下著雨，身子臥在水泥的戰壕裡，還不是端起槍來和人家拚命。我們在這荒洲上睡太平覺，怎麼也可對付過去，那毫無問題。」冰如道：「雖然那樣說，這究竟不是前方，大家都有一個地方安歇，不能讓你一個人在荒洲上當打更的孤雁。」江洪笑道：「那也不至於。我在船上找到了一床被，又是一床軍氈，我在蘆葦叢裡把葦稈堆起一堆，就可以睡。當軍人的人在戰時，這就是享福的事了。王媽，這些都交給妳。」說著，送過那

隻熱水瓶，又送了一支蠟燭來。冰如雖覺得江洪辛苦一點，可也無以慰之，只好隨他了。支帳篷的所在，是荒洲比較高的所在，三五步路，就有一個小帳篷，都是架蒙古包似的，用被單或衣服，用棍子支在蘆葦叢中。有的找不著棍子，就把蘆葦編編，把被單掛在上面。荒洲是沙地，究竟也不敢貼地睡，都是拔了蘆葦，在地面鋪得高高的當了床，然而這帳篷究竟有限，只能容納些老弱婦女，天雖黑了，在洲上散步談話的男子們還是不少。好在這不是江洪一個人的事，冰如倒不必十分為他難受，於是安心地鑽進了蒙古包，在葦稈上的床上睡著。先是王媽點了一支白蠟，插在泥沙裡面。她躺在床上和王媽談話。到底人是未能清醒復原，談著談著，也就睡著了。醒過來的時候，只聽到王媽睡在腳下，鼾聲大作，那帳篷外面，呼呼的風聲，瑟瑟的蘆葉聲，淙淙的江浪聲，卻是有生以來所未聽到過的聲音，睡在葦稈堆上，身上一動，那葉稈子也是窸窣作響，蠟是已經滅了的，清醒白醒地睜了眼睛睡著，在那帳篷縫裡，湧出了幾點星光，隨了幾點星光，卻像射冷箭似的，向臉上吹著江風。這些聲音，越來越加重，尤其是江裡的水浪聲，每碰到沙洲一次就嘩啦啪嚓幾下響。聽得久了，心裡透著有點害怕，就把毯子披在身上，掀開帳篷走出來看看。這時東角的山峰上，正有鐮刀似的一鉤殘月，在青雲影裡斜掛著，微微地灑一些混茫的光亮，當頂疏落的星點，在寒風吹過天空的時候，便有些閃動。

　　隨了這陣風，咿呀咿呀有幾聲雁叫，立刻在人心上增加了一份淒楚的情緒。因為遙遙地聽到有人的說話聲，便索性走出帳篷來幾步，向發聲音的所在看了去。那裡在這帳篷的下風頭，是一片荒灘，沒有蘆葦的所在。當那沙灘中間，生了一叢火，火光熊熊地照著四週一群人影子，圍了火光坐在沙上。火光去江不遠，殘月之下，看到渺渺茫茫，一片黑影，但彷彿又像有些東西，在黑沉沉的境界裡活動著，正是那月光照著了江心的波紋，心裡想著，還有不少的人向火坐著，大概是沒有鋪蓋分給這些人睡了。江洪給自己及王媽找了兩床被一床毯子來，也不見得還能夠給自己再找一份，頗想走到那火焰邊去看看他。於是兩手將披在身上的毯子緊緊地握著裹了起來，可是只走了幾步，那江風夾了洲上的碎沙，向身上撲了來，這身體頗有點搖撼不定。再四週一看各帳篷裡的人，都睡著了在打呼，一個青年少婦，深夜向那荒灘上去找人做什麼？於是靜靜望了那火光一陣，還是縮到帳篷裡去睡，叫了王媽兩聲，她在朦朧中哼了答應，並不曾清醒，心裡就想著，還是她們這樣無知識的婦女無所謂感想的好。至於自己，苦惱就多了。現在更覺得發動了戰爭的人，是世界上最殘酷的人。

　　這種人不但是人類的仇人，而且是宇宙的仇人。宇宙想盡了方法生人，發動戰爭的，卻想盡了方法殺人。丈夫在前方打仗也好，把中國人受著的這一股子怨氣，代為吐上一

吐。想到這裡，把生平的經歷慢慢想了起來，覺得就為了炮聲一響，把所有的好夢，都變成了碎粉。大時代到了，光是逃難，實在不稱其為辦法。而且就是逃得了逃不了，也很難說。譬如自己，在江南車站遇到了炸彈，在小孤山又遇到了炸彈。儘管滿船幾百人不向人類含有絲毫敵意，但那幾百磅重的炸彈，還是會由千里之外，帶到頭上丟下來。這樣尋思了一遍，真覺怒火如焚，心裡頭就像有開水在燙著，哪裡睡得著？約莫有半小時，卻聽到帳篷外面，窸窣窸窣，有了腳步聲。那聲音直走到帳篷附近來。冰如曉得附近各帳篷裡的人全不能睡得安穩，不知道有什麼人在走著，也不便向人搭腔，只有悄悄地聽著。後來那人咳嗽了兩聲，冰如聽出來了，那正是江洪。因為他已去得遠了，也不便在深夜去叫他。想他走的腳步，是繞了這帳篷一周走著的，那麼，他必然是來巡查這裡的情形。不然，他何以悄悄地來了，又悄悄地走開了呢？他雖然是一個青年的男子，可是看他那樣子，是很崇尚義俠的，倒不應疑惑他什麼。

想了一陣，又輕輕地叫了王媽幾句，然而王媽睡在腳頭，繼續打著呼聲，並不理會，冰如睜了眼看著帳子縫裡的星光，越發的睡不著。那帳篷外的乾蘆葦葉子，讓斷斷續續的寒風吹刮著，吱咯吱咯，窸窣窸窣，在寂寞的長夜裡，反是比較宏大的聲音，還要添人的愁思。恰是由北向南，又有一陣咿呀的雁叫聲，從頭上叫過去。冰如是再也忍不住了，

二次爬起來,又掀開一角帳篷,伸了頭向外看著。天空並沒有什麼形跡,不過那半鉤殘月,更走到了當頂,發出了一線清光,細小的星子,比以前又稀少些,卻有幾顆酒杯大的亮星,在月鉤前後。這樣,對面的山巒,畫出了一帶深青色的輪廓挺立在面前。回頭看沙灘上那叢火,萎縮了下去,火焰上夾了那股青煙,在半空裡繚繞著。那些圍火的人,隨著也稀少了,只看到三五個黑影子隔了火晃動。

各個帳篷雖然還是以前那個樣子,但在夜色沉沉的氣氛裡,不得這些帳篷,也只是要向下沉了去。看那月亮下東邊的天腳,倒還是白霧瀰漫,任壓了江面。自離開南京以後,不知道什麼緣故,就不敢向東張望。每次張望就心裡一陣痠痛,就覺兩股熱氣直射眼角,不由得兩行眼淚掛在了臉腮。這夜深時候,江風殘月之下,睡在這蘆葦洲上,本就是一種淒涼境地,再想到了家人分散,自己又是兩回死裡逃生,對著這滾滾的江濤,在黑暗中向東流去,覺得這面前的浪花,若干口後,總可以流到南京的下關,自己什麼時候再能回到南京,那就不可知了。手扶了帳篷,呆呆地站住,這眼淚就像拋沙似的,只管滾落下來。當眼淚滾落得很厲害的時候,就也禁不住嘴裡發聲。因為環看了左右,都是帳篷,不便驚動人,立刻手捂住了嘴,鑽到帳篷裡去躺下。

就在這時,聽到江洪在帳外輕輕叫著王媽。冰如正哽咽著,不便答應,便扯了毯子將頭矇住。王媽恰好是驚醒了,

就一個翻身坐了起來，隔了帳子問道：「江先生還沒有睡呢？」江洪聽她答應有聲了，才走近了兩步問道：「王媽，妳太太在咳嗽，妳沒有聽到嗎？」王媽道：「我不曉得呀。」江洪道：「妳勸勸你太太，自己保重一些吧。那熱水瓶子裡還有熱水，妳倒一杯給你太太喝吧，我去了。」說著，果然腳步響著走遠了去。王媽叫了兩聲太太，冰如勉強答應著，王媽才聽出來她不曾睡著，說話還帶一點哭音，因道：「太太妳這是何必呢？妳是個讀書識字的人，比我們明白得多。」冰如道：「睡吧，不要驚動了別人，我也不喝水。」她說完，真個又扯著毯子把頭蓋起來。心裡卻才知道，江洪暗中保護，卻是寸步留心的，吹了一天一晚的江風，也就不必給人再找麻煩了。

第四回
風雨繞荒村淚垂病榻 江湖驚惡夢血濺沙場

　　在這蘆葦洲上的人，誰都是飽含著一汪眼淚在眼眶子裡
的，雖然人是整天地勞碌著，疲倦得要睡，但是安然入夢的
卻沒有一個。風聲，蘆葉聲，水浪聲，繼續不斷地打人耳
鼓。便是不受驚擾，那寒氣向人周身的毛孔裡侵襲著，也把
人冷醒。在滿江霧氣瀰漫之下，已有了微微的曙光，冰如便
醒過來了，聽到帳篷外面已有很多人的說話聲，這就披了衣
服鑽了出來，見離著這裡不遠，沙灘上挖了一個地灶，江洪
蹲在地面，將拆斷了的蘆稈，向灶口裡燒著火，上面蓋了一
隻搪瓷面盆，正熱著江水。王媽手提了一隻小行李袋迎過來
道：「一大早的，我和江先生又上船去了一次，把太太洗臉
的東西尋了下來。」冰如道：「我們現在和鬼門關口，隔了
一張紙，哪裡還有心管洗臉不洗臉。一大早的，妳又去麻煩
江先生做什麼？」江洪被柴煙迷了眼眶，只管把手揉著，望
了冰如微笑了一笑。王媽道：「哪裡是我要去？都是江先生
說，他不認得太太這些零用的東西，引了我上大船去認。
那船在水裡差不多直立起來，才是真不好走呢。」冰如道：
「江先生，你別太客氣了，無論什麼，我們都要你操心。」
江洪站起來，向前走來，因道：「嫂子，妳還可以多休息一

會，操心說不上。我總這樣想，我們在極危難的時候，日常生活，能做到什麼地步，還讓它做到什麼地步。這並不是我要圖舒服，我覺得這是一種訓練，那水可以燒開，嫂子把那熱水瓶拿來，先灌上一瓶子。剩下的這些冷水就可以洗臉了。」冰如道：「多謝江先生替我想得周到。」江洪笑著搖搖頭道：「光是想得周到，那還不行。我們蒐羅的食物，至多是可以維持今天。船上的廚房，正浸在水裡，絕對想不到辦法。剛才有人爬到堤上朝裡望著，大概還要向裡走十里路，才有村莊。假如今日下午九江的船不來，我們只有離開這裡了。現在弄一隻輪船，又正不是一件容易事。」這時王媽拿了熱水瓶去灌水，兩人便在帳篷外說話，冰如對左右前後看看，不覺垂下了幾點淚。江洪看她半低了頭，在袋裡抽出手絹來，在眼睛角上，按了兩按。一時也不知道她是何感想，沒有什麼話說。隨著王媽捧了洗臉盆過來了，便笑道：「這兩三個月，我們做人真變得快，什麼沒有做過的事現在都要嘗嘗了。」她走到身邊，喲了一聲，將盆放在地上。

　　冰如這才強笑道：「不用喲，其實沒有什麼，不過我覺得東西快丟乾淨了，再要離開這裡，又要丟了逃命帶出來的東西，以後這日子怎樣過呢？自然，這也是痴想，多少人為了戰事，弄得家破人亡，我們總還撿到一條命，為了捨不得的東西，把命丟了，那才不合算呢。可是，到了什麼也沒有了，一個人就算活著，也沒有趣味。」江洪站在一邊，見

她說話前後顛三倒四，只管把眼望了她，卻沒有插嘴。冰如兩手捧了臉盆，把嘴伸到盆裡去含了水漱漱口。王媽立刻將牙刷牙膏送到她面前，笑道：「為了給太太找這個東西，江先生幾乎落到水浸的艙裡去，妳那個旅行袋，掛在艙壁上，船直立起來，艙壁是斜的，真不好拿。」冰如放下臉盆，向江洪微笑著，點點頭道：「一切都讓江先生費心。」江洪覺得自己每做一件事，都要人家道謝一番，這也是一種麻煩事，因之也微笑著一下，沒有切實答覆，便悄悄地退走了。冰如覺得受了人家的協助，道謝是十分應該的，自不會想到這事會讓人家難為情，倒是很坦然地漱洗了一番。然後捧了一杯開水坐在帳篷外，晒著東方初升起來的太陽，眼望了那些遭難的人在沙洲上來往，卻也心裡稍微舒適一點。

　　究竟還是初冬的日子，等太陽升到半天的時候，江風雖還依舊吹著，已是很暖和。人是糊裡糊塗地經過了一日夜，也不知道飢餓。曾經看到江上有三隻輪船，先後在江面上經過，它們對這蘆洲上的難民，並沒有加以理會，那等於天上飛過去一批帶有紅印的飛機，也不再來注視一樣。冰如坐得久了，便讓王媽看守著行李，自己到江邊上散步一兩小時，但是回到帳篷裡來時，卻不見到江洪。因問王媽道：「江先生來過了嗎？」王媽道：「他不是和太太一處散步？」冰如重複道地：「我是一個人走，我是一個人走。」王媽道：「這裡也沒有來，也許他找個地方睡覺去了。這樣大的人，絕不

會走失。」冰如笑道：「不是那個話，我想，我們老在這裡候著，什麼意思，也要打聽打聽，大家有什麼計畫沒有？」王媽道：「有什麼計畫呢？在這蘆葦洲上，除了天上有雁飛過去，什麼也看不到。」冰如道：「妳說的是看不到有一個生人來往嗎？我想，這又不是海裡的孤島上，多走進去幾里路，總可以找到人家的。我們今晚上絕不能在這蘆葦洲上再熬一夜。我們還縮在帳篷裡，有些人整夜在沙洲上燒蘆柴過夜，那是什麼情景？等江先生回來，要商議一下，搬到江邊村莊上去住一兩天。白天留幾個人在這裡等著來船就夠了。」王媽聽說，眼望沙洲裡面的江堤，兩手伸著懶腰，連打了幾個呵欠。冰如道：「你覺得沒有睡夠嗎？」王媽兩手互抱住了肩膀，記著過去的那一番滋味，因道：「別的都罷了，就是冷得難受。太太說的這個主意最好，等江先生來了，我就可以去找。」冰如道：「倒不是我說女人無用，在這種境遇裡，沒有一個男子保護著，無論幹什麼都要發生困難的。」王媽聽她這樣說了，也就不再多說。約莫有兩小時，只見江洪滿臉紅光，帶著兩個肩上扛了扁擔的人由蘆洲裡面跑了出來，迎著冰如笑道：「嫂嫂必定以為我失蹤了。我仔細想了一想，在這裡等船，不敢說十分有把握。船不來，難道大家又在這裡露宿一夜不成？因之我特意跑到這江岸裡面去找尋落腳的地方。只這向西北角斜走著三四里路，就有個江汊子，岸上有二三十戶人家，水裡也有十幾隻

小漁船，所有我們這裡的人，都可以到那裡去。我在那裡找
了兩個人來給嫂嫂挑東西，我們就去，我已託了一個老婆婆
給我們煮著飯了。」冰如聽說有個落腳的所在，心裡自是寬
慰了許多，立刻和王媽來收拾著東西。江洪又把兩隻箱子疊
起來，站在箱子上，對遭難的人，大聲報告了一番。

　　立刻這蘆葦灘上的人，就哄然一聲。有些人還歡喜得跳
起來。隨著又來了十幾個漁夫，自動地願意引難民到他們家
裡去安歇。這時大家有了歇腳的所在，江洪就不必再去顧到
全體，匆忙收拾兩挑東西，托引來的人挑著走，又和王媽各
拿了一個小包袱，隨後跑著。冰如因江洪在沉船上給她把那
橡皮袋找著了，她就只拿了那個橡皮袋。到了那江漢的漁村
子裡，見百十來棵老柳樹，在半空裡垂風拂著稀疏的枯條。
柳樹下沿岸一排，有七歪八倒的二三十幢泥牆草棚子。那江
漢裡水淺得像一條溝，在岸下低去幾丈深，有十來隻小漁船
停著。這時，驚動了全村子的人，船上的，屋裡的，都一齊
出來圍著看。江洪看這些人，黃著面孔，穿著補丁層疊的布
襖，怕冰如不願和他們接近，立刻引到一座草屋裡去。冰如
看時，這裡是裡外兩間屋，外面算是堂屋，正中泥牆上，貼
了歷代祖先之神位的紅字條，而左邊有個土灶，這裡又是廚
房了。祖先神案邊，直放了一張竹架床，上面還罩了一床灰
色的小蚊帳，只兩尺高。那裡面屋子半掩了門，漆漆黑，看
不到有些什麼，那灶上熱氣騰騰的，透出一陣稻米飯香。

在灶口下面，鑽出來一個半白頭髮的老婆子，身上穿青布襖子，雖然上面也綻有兩個補丁，卻還洗刷得乾淨，並沒有什麼油膩。便是她手上，也不是那般黃瘦怕人。這倒讓冰如心裡稍微舒服些。這人家反正是這一間屋子，所以漁網漁又船槳，莊稼人用的鋤鍬，漁籃，稻籮，到處都擺塞著。牆壁上又掛著蓑衣，吊著魚竿，真的很少有空地。所幸一張桌子和幾條板凳都沒有灰塵，地下也掃得乾淨。那老婆子見冰如張望著，便笑道：「我依了這位先生的囑咐，把屋子都打掃乾淨了，就是自己身上也把罩襖子的褂子脫了。太太，妳放心，我會弄得乾淨的。我也到九江去過，我知道城裡人的脾氣。」說著，她兩手牽著衣襟擺。冰如這才曉得這個地方，也是經江洪經營了一番的。便道：「唉！我們是逃難的人，還有什麼講究，老人家，妳隨便吧。」這時，江洪督率著搬行李的人，安放了東西。那老婆子卻搬出一張竹椅子來請冰如坐了。還在灶裡取出一隻烏黑的瓦罐子來，斟了一飯碗釅茶送過來。冰如看那茶，像馬尿一般，裡面又是無數的細末子翻騰，也沒有喝，放在桌上，只斜靠了椅子背坐著，眼望同船的人，紛紛地來到村子裡，各處去找落腳所在。這屋子裡有幾位女眷擠了進來。冰如也不動，也不做聲。

王媽站在面前，向她臉上張望了一下，呀了一聲道：「太太，妳身上不大舒服吧？你看，妳臉上青一陣，白一陣。」冰如將一隻手托住了頭，把頭歪枕在椅子靠背上，雙

目微閉，搖搖頭道：「腦子有一點暈，恐怕是走熱了。妳讓我靜靜地坐一會兒。」剛說到這裡，胸裡頭一陣噁心，禁不住向地面吐出了一注黃水，江洪本在門口和難民談話，聽到哇的一聲，奔向冰如這裡來。見她彎了腰還向地面吐著，因對王媽道：「妳太太絕是昨晚受了感冒，妳扶她到裡面屋子裡去睡下吧！帶來的鋪蓋，我已經替她在裡面床上展開了。」冰如嘔吐過了以後，益發感到腦子沉沉的，正是要找個地方躺下。聽說之後，就扶著王媽走到裡面屋子裡去。當時心裡鬱塞，只覺天旋地轉糊裡糊塗就倒了下去，也顧不得是髒是乾淨，好在所睡的還是自己的行李。王媽厚厚地給她蓋著，她也就蒙頭大睡。醒過來時，屋子裡已有一盞茶壺式的小小白鐵煤油燈，嘴子裡燃著燈草，寸多長的火焰，上頭冒著幾寸長的黑煙。燈光下，照見這屋子依然是堆著籮筐魚網之類。只靠牆有一張兩尺長的小桌子，雖然外面屋子裡人聲嘈雜，這裡面卻只有自己一個人，據著這漁戶的一張木架子床。

床上沒有那灰黑的帳子，架上的木頭，也還雪白，這算心裡安慰了一點。王媽靠了一堆簍籮，坐在短板凳上，睜眼望了床上。看見冰如睜開了眼，便迎上前道：「太太，妳覺得怎麼樣了？剛才可是大燒了一陣。」冰如喘了氣道：「大概是重性感冒，可是病在這個荒野的漁村上，那怎麼辦呢？」王媽道：「那倒不要緊。江先生說，他一定陪著我

們。九江船來了，接著這些人走，他一定不走。他找的這人家，是這村子上最乾淨的一家。這張木床，還是那個老太婆娶新兒媳的新床呢。」冰如閉眼養了一會神，見那小桌上，已放著一把洗白淨了的舊瓷壺，因在枕上點點頭道：「桌上那是開水嗎？」王媽道：「江先生把這村子跑遍了，找到這樣一把壺，又把瓦壺燒開了一壺水，他在門外問了好幾回了。」說著，把粗瓷飯碗，倒了一碗開水來。冰如喝了半碗開水，因向王媽道：「有些事妳不必去麻煩江先生了，我心裡非常的不過意。」王媽笑道：「妳說不過意，若聽了江先生的話，那才更新鮮呢。他說約著我們坐了這條船，才遇到了飛機轟炸，他心裡非常過不去。」冰如道：「我們先生交朋友，交到江先生這種人，總算交對了。」江洪正仲進一個頭來，向門裡探望著，聽了這話，便站定了，等了一等。

　　等著冰如不說話了，這才問著王媽道：「妳們太太，總算好些了吧？」王媽摸了一摸冰如的額頭，回轉來向江洪搖了兩搖頭，又把眉毛皺了兩皺。江洪低聲道：「發燒燒得很厲害嗎？」王媽又點點頭。江洪道：「請妳告訴太太，不必發急，我一定會在這裡等著的。」說完了這話，他縮頭就走了。冰如雖還燒得糊裡糊塗的，這些話卻聽到了，一方面固然是安了心，不至於被拋棄在這荒涼的漁村，一方面可又焦慮著，若是趕脫了九江來的輪船，就不能預料怎樣到漢口去，可要耽誤江洪的公事。心裡這樣想著，就迷糊著做了好

幾場夢，等到自己醒來，看到小桌上，已換了瓦器菜油燈，點著一粒綠豆大小的燈火，照著屋頂裡陰沉沉的，抬頭看見那茅屋上垂下來的亂草，在空中搖撼著。側耳聽聽屋子外面，呼呼沙沙地風颭了雨點響，在燈光下，看到那朝外的泥牆上，開了一方面盆大的窗眼，窗格子是直立的木棍子，上面糊的舊報紙，焦黃著破了幾塊窟窿，那窟窿裡的碎紙片兒，被風吹得飄飄閃動。這就聽到的篤的篤，茅檐下落下的水溜，打著地面響。先倒是不理會這響聲，在枕上把眼睛睜著久了，便覺得這檐溜聲一滴一滴地送入耳朵來，不容人再把眼睛閉上。

看看王媽，和衣睡在腳底下，牽著一床被，蓋了半截身子。只聽鼾呼聲，呼嚕呼嚕的不斷，想到人家伺候著整天的，也就不去驚動她，就這樣睜了眼睛，望著茅屋頂。雖然屋外面窸窸窣窣，雨點牽連地響，可是屋子裡面還沉寂極了，可以聽到外面屋子裡任何響動聲音。先是聽到有人腳步響，後來有人輕輕的說話聲，隨著就有人推開了屋子的門，冰如嚇了一跳，又不敢看，聽到腳步進了房，停了一會，那腳步卻又向外走著。冰如那心房幾乎要由腔子裡跳出來，周身出著汗，人不知道怎麼好。這時人走了，微微睜眼看時，正是這屋子裡的女主人那老太婆。她出得門去，又把門反帶上了，卻聽到她向人道：「江先生，她兩個都睡著了，睡得很好。」冰如這才明白，原來是江洪請這老太太代表進屋探

病的，他既是在暗裡注意，顯然他不願意人家知道，也就不必去感謝他。側了身子，向窗戶上望著，看了那碎紙片打著轉轉，只管出神。那碎紙悠悠地動著，外面的風勢已很微小，而那淅瀝淅瀝的雨聲，很清楚地聽著。夜已很深了，不知是茅屋下哪裡的縫隙，放進一絲一絲江風來，覺得那青油燈光，緩緩向下坐，而面孔上也觸得一陣涼氣。這時，心裡說不出來是怎樣的難受，眼角裡突然地擠出一陣淚珠。

　　自己傷心，自己沒有法子去遏止，隨了淚珠向枕頭上滾去。後來遠遠地聽到兩三聲雞叫，這才一個翻身向裡面模糊睡去。次日是讓外面屋子裡人的動亂所驚醒的。王媽倒是坐在屋子裡等候，立刻送茶送水。她並不用冰如來問，先告訴她，外面借屋子住的人，不願吵病人，都搬著走了，只有江先生和這老婆子一家人住在外面。冰如聽她這話，倒也沒什麼疑心。江洪聽到裡面有了談話聲，就站在房門外問道：「嫂嫂病好些了？」冰如在枕上抬起頭來點了兩點，哼著道：「不要緊，無非受點感冒罷了。江先生，你不必為我的事介意，假如九江有船來的話，你儘管走。我們將來包一隻漁船，也到得了九江。」江洪手扶了門框，深深地點著頭道：「嫂嫂安歇吧，我當然會料理自己的事。」冰如料著他也不會因了這幾句話就先走，可是不多多地這樣聲明兩句，心裡是過不去的。好在屋外面斜風細雨不停，料著在漁村裡避難的人，未必走得了。人清醒過來後，這位房東又帶了

她的兒媳婦進房來陪著談話，卻也不感到寂寞。雨下了兩天兩夜，冰如也就整睡了兩天兩夜。第三天早上，身上溫度已經低落，頭也輕鬆著不昏沉了。看那紙窗戶外面，有一片陽光，知道天氣晴了。漱洗以後，穿衣走到外面屋子來。

　　果然是太陽高高地照著，門外的道路，卻還是一片泥漿，左右鄰居，或開門，或半掩著門，靜悄悄的，並不看到同舟的難民。岸下的江汊子卻漲了一點水，那一排小漁船彷彿高升了些。江洪站在一隻漁船的船艄上，和那船伕在說話。她回頭見王媽也走出來，便忙問道：「九江已經來船，把人接走了？」王媽皺了眉道：「前天就走了，江先生怕妳著急，讓我千萬不要把話告訴妳。」冰如道：「難道大家都是冒著雨上船的嗎？」王媽道：「就是為了這個，江先生不願妳這生病的人在雨裡拖了走。」冰如靠了門框站定，極目一看江汊子對岸，蘆葦蒼茫一片，直接雲天。面前這幾棵柳樹，經過了幾天風吹雨洗，把枯條上的細小枝子打落了不少，那樹上更顯著空疏。心想，就留在這荒寒的地方住下去嗎？一回頭，不知道江洪幾時站在了面前，他笑道：「嫂嫂好了？我知道妳一定著急。不要緊，我已經和這隻漁船的老闆商量好了。」說著，伸手一指岸腳下一隻大些的漁船。接著道：「趁了這上午好晴天，讓他們把船上洗刷乾淨了，下午我們就搬上船去，由他們送我們到九江。他說了，縱然遇不到順風，背兩天半的縴，也可以把船拉到九江。既

是背纖，船就不會到江心去，嫂嫂妳可以放心了。」冰如對
那漁船看看，約有兩三丈長，中間的篷艙，卻不到一丈，兩
個船伕，正在那裡用布掃帚搓抹著船板。心裡想著，艙還沒
有床大，男女同處一艙，怎麼方便？但是卻點點頭道：「我
想著，一切江先生都會布置好的。等將來志堅回來，重重報
答。」江洪道：「朋友患難相交，有報答兩字，便是不安。
嫂嫂不必勉強起來，只管安心休息著。等船板乾了，就搬東
西上船，趁著天氣好，今天還可以走個二三十里路。」冰如
道：「船板容易乾的，我們收拾東西搬了上去，船板也就乾
了。我索性到那漁船上去躺下。」江洪只笑著說了一聲嫂子
比我還急，也就照辦了。他在那漁船小艙前後，掛了兩床氈
子擋了外面的風，將冰如主僕的鋪蓋相對地展開著，讓她二
人安歇。冰如經了一番行動，又疲倦了，上得船來，就躺下
了。心裡雖念著江洪和這兩個船伕，不知道在哪裡安歇。但
病後的身體，禁不住搖盪，不能細想。上船之後，船伕受到
江洪催促，就開了船了。岸上一個船伕背著纖，艄上一個船
伕把著舵，江洪卻露天坐在船頭上。

　　冰如在這一葉扁舟上，讓它搖動著兩三里路，便睡著
了，睡醒時，船已停在一個小江鎮上，江洪卻在船頭上支著
低小的笠篷，原來他就在船頭上展開了行李。這漁船簡陋，
前後並無艙板遮蓋。中艙和船頭尾只有一條毯子隔著。她心
想，若不是有王媽做伴，這事是太不方便了。一會子工夫，

船伕已做了晚飯送來。掀開艙前的毯子，飯茶碗就擺在船頭
艙板上。而那地方，還是江洪掀開一角被頭讓出來的。冰如
有三四天不曾吃乾飯，看到那裡擺著紅米飯，還有辣椒末乾
豆豉炒蘿蔔乾，煮青菜，煮魚，一切都很香，覺得食慾大
動，就讓王媽把蓋被做了一捆，撐腰坐住。那船頭上雖已支
蓋了笠篷，因為太低小，江洪卻推開了一塊笠席，露天坐
著，坐在那裡，倒可以看到天上的星光。冰如覺得這樣吃
飯，倒很別緻，浸著魚湯，便吃了一碗紅米飯。這時，天色
已十分昏黑，反襯著滿天星光燦爛。船艄上船伕送了一盞竹
筒架著瓦碟的菜油燈進來，燈有個長鉤子，便掛在笠篷下。

　　江洪坐在船頭上，見冰如面黃髮散，便道：「在船上，
吃了晚飯就睡覺，嫂嫂身體剛好，不必添飯了。有人說，
吃了飯就睡，也可以助消化。但是胃裡過飽，晚上一定做
夢。」冰如聽說，也就不敢吃了。飯後各用乾手巾浸些江水
擦擦臉，又睡下。江洪先扯下了遮隔艙內外的毯子，蓋起了
笠篷，並沒有什麼聲息，悄悄地便睡著了。冰如因白天睡夠
了，晚上睡不著，卻找了王媽閒談，直把一燈菜油都已點
乾，還在黑暗中和王媽談了一陣。她所以談得這樣有意思，
就因為想到了南京，又想到了上海的戰事，這多日沒有看到
報，也沒有聽到廣播，究不知時局的形勢，轉變到了什麼程
度，王媽並沒有出征的丈夫在前線，自然不如冰如那樣掛念
得厲害，慢慢地談著話，慢慢地只有了簡單的答覆，最後由

哼應著一兩聲而不說話了。夜深了，江潮打著船板，啪啪有聲，她的幻覺，感到這有些像軍人馬靴上的馬刺觸地聲。記得丈夫孫志堅臨別的那一晚上，十分的恩愛。送他走出大門，直等那馬刺碰地聲聽不到了，自己還不忍回去呢。這時，那馬刺嘩啦嘩啦的聲音，兀自響著。

這一顆心亂跳躍著，實在是忍不住了，就迎上前看去。果然丈夫孫志堅，全副武裝，手裡握著一支步槍走過來。他很驚訝地叫道：「冰如妳怎麼走到最前線的地方來？」冰如搶上前兩步，兩手握住了他一隻手，望了他的臉，因道：「我來找你的，你還好吧。」志堅道：「現在沒有工夫說閒話了，我們一共七個人奉著上官的命令，死守這個出口，掩護另外一營人，去達到他們的任務。剛才對方來了約一連人，讓我們兩挺機關槍掃滅了。前面還有更多的敵軍要來，走是來不及了，找一個掩蔽的地方躲著吧。」冰如聽說，大吃一驚，看時，前面是一座小山崗的峽口上。在峽口外是一條大路，梯形的田塊，緩緩挨疊了下去。在那荒廢的稻田上，橫七豎八倒了很多死屍。這峽口兩邊，僅僅是浮土挖的兩個小坑，兩挺機關槍，架在土堆上，槍口朝了梯形的田。槍後各伏著三個人，兩個按著步槍，四個守著機槍。冰如真想不到會身臨此地，待要找個退身之計的時候，立刻眼前轟然之聲大作，塵土飛起來幾丈高，正是砲彈向這裡打來。

糊裡糊塗和志堅伏在地上，志堅握了她的手道：「長官

讓我們死守這裡六小時，不到六小時，無論炮火怎樣猛烈，我們是不走的。這個不成功便成仁的機會，讓我夫婦雙雙遇著了，難得得很。」冰如只覺左右前後，全是砲彈落下。塵土硝磺的火焰，迷了天空，伏著的所在，地皮連衰草一齊震動，人簡直嚇麻木了，說不出話來。這樣炮擊了約半小時，連自己在內，守著的八個人，直挺地貼地趴著，一絲絲不敢動。可是炮一停了，便看到有一群騎兵，向峽口衝過來。這裡兩挺機關槍，咯咯咯響著，向峽口外掃射了去，就在這機關槍聲中，那騎兵連人帶馬，排竹子似的倒下，但未倒之先，他們也向這裡放著槍，八個人中，已有三個人在地面滾了兩滾而不能動了。志堅已不再顧到他的愛妻，跳到右邊掩蔽裡，代替了一名中彈的機槍手，他的頭向掩蔽空隙貼近，手捧住了槍膛，繼續著掃射，也不過二十分鐘，騎兵退了下去，一切聲音也停止。可是，冰如看那守著陣地的武裝同志，只有三個是活的了。

志堅伏在機槍下，抬起手臂來看了一看手錶，向左邊守著機槍的兩個志士大笑道：「我們接近勝利了，到限期只剩了一小時。」說著，在身上掏出火柴紙菸來，伏在掩體下面，微昂著頭，點了一支菸吸著。冰如見他態度自然，也就清醒過來。正想到那機槍下去，可是轟隆隆隆大響，砲彈又向這裡猛襲過來，一炮跟著一炮，沒有兩分鐘的停歇，她實在是不敢動。等到炮停止，就見左邊守著兩挺機槍的兩個士

兵，讓一塊倒下來的石頭壓住了。志堅卻還伏在掩體裡，很自在地噴著煙。冰如問道：「過了限期了嗎？」志堅看了手錶笑道：「我們完成了任務。過了限期十分鐘了。冰如，妳不要以我為念，江洪是我的生死之交，妳去依託著他吧，我們再會了，握握手吧。」他丟了嘴裡的紙菸，伸出一隻手來。冰如跳過去，蹲在地上看時，見他半邊胸襟，完全是血染了。只喊了一句志堅，便說不出話了。志堅坐起來，倒在她懷裡，一手握著她，一手掏出一方手絹，替她擦著眼淚，微笑道：「傻孩子，人生這樣結束了，不很痛快嗎？來！跟我一齊喊兩句口號。」說著，跳起來，高舉了手叫道：「中華民族萬歲！」冰如看他高舉了一隻流著鮮血的手，大為感動，也跳著叫起來道：「中華民族萬歲！」

第五回
離婦襟懷飄零逢舊雨 藝人風度瀟灑結新知

　　「中華民族萬歲！中華民族萬歲！」這呼號聲在夜半時候發出來，把船頭上睡得很熟的江洪，驚醒了過來，猛然間不省得是什麼人叫的口號，一骨碌由鋪上坐起，及至聽清楚了是冰如睡在艙裡面叫，便隔了毯子連連問了幾聲：「嫂嫂怎麼樣了？」她並沒有做聲，王媽答道：「我太太做夢呢。」說這話時，冰如也醒了，想到這麼大人還說夢話，究竟也不好意思，也就沒有搭腔。次日，船遇到半日東風，船老闆扯起小布帆，溯江而上，船小帆輕，不怕水淺，只貼近岸邊走，也沒有波浪的顛簸，坐在船上的人，就各自坐在鋪上，閒話消遣。冰如做了那樣一個噩夢，心裡頭怎樣放得下來？慢慢地就談到了這件事上去。隔著艙篷口的那副毯子，這時掀起了半邊，船頭上依然掀去了笠篷，江洪坐在鋪蓋上晒著太陽，眼望了江天，胸襟頗也廣闊。聽了這話，將胸脯一挺，手拍了船艙板道：「果然如此，那我也是心所甘願的。」冰如聽了這話，不免對他呆望著。他然後微俯了腰向冰如笑道：「嫂嫂有所不知，死守陣地，又能完成任務，雖炮火威力猛烈，絲毫不動聲色，這是軍人最高尚的武德。」他說時，看到冰如的臉色，青紅不定，便笑道：「這是嫂嫂一場

夢，當然不必介意。」冰如道：「江先生，你看志堅在前方，有這樣的可能嗎？」江洪道：「在前方作戰的人，接到以少數人掩護多數人退卻的命令，那是極平常的事。接到這樣的命令，自然希望成功回去。可是掩護的工作……」他越向下說，見冰如的臉色就越發難看，這就忽然一笑道：「我說的是事實，嫂嫂做的是夢，何必為難起來？」冰如昂頭想了一想笑道：「倒不是為難。我想起那夢的事，有頭有尾，倒像真的一樣，越想心裡越過不去。」江洪道：「這事說起來也奇怪，一個人在腦筋裡沒有留下印象的事，他是不會夢到的。嫂嫂做的這個夢，夢得這樣逼真，是哪裡留下來的印象呢？」冰如道：「可不就是這句話。」江洪道：「嫂嫂不必介意。我相信我們到了漢口，立刻可以得著孫兄的消息。我猜著，他早有電報打到漢口去了的。」冰如點點頭道：「但願如此吧！」她這樣淡淡地答覆了一句話，自是表示著她依然放心不下。江洪總覺得女人心窄，不要在這江面上出了別的事情，一路之上，只管逗引著談話。

　　好在這日的東風，送了這小船百里的路程，第二日下午的時候，這小漁船就到了九江，江洪在江岸邊找了一家旅館，把冰如主僕安頓好了，自己便出去打聽西上交通的情形。冰如住在旅館裡煩悶不過，便帶著王媽也出來走動走動。出得門來，首先看到江岸上來往的行人，是成串地走著。空場裡的零食攤子，間三聚五地背了江，向馬路陳列

著。橘子攤上，紅滴滴的成堆地擺著，煮山薯的大鍋裡，向上冒著熱氣。陽光照著，給予了一種初冬的暗示。挽著瓷器籃子的小販，把籃子都放在人家牆腳下，七八個人擁在一處，玩著江西人的民間賭法，拿了銅幣，在場地裡滾錢。南昌人海帶煮豬蹄的攤子，在一般攤子之間，是比較偉大的，碼頭上的搬運工人，圍著在那裡吃。江岸的一邊，發出咿嘿喲喃的聲音，常有兩三個工人，抬著貨包經過，這一切不但和平常一樣，在南京戰氣籠罩中出來的人，看到這種樣子，覺得比平常的都市情形，還要繁榮得多。要找出戰時的特徵來，只有牆上貼著那加大寫出的標語「抗戰到底」。冰如張望著街景，緩步向前走。

王媽笑道：「太太，這九江地方多好，什麼都像平常一樣，這個地方，沒有警報嗎？」冰如道：「怎麼沒有警報？漢口都受過兩次轟炸了。」王媽看到進街的巷子牆上，貼了許多紅紙金字，白紙紅字的長方紙單子。因指著道：「這好像是戲館子裡貼的戲報。」冰如笑道：「你不認得字，倒會看樣子。猜得果然不錯，這正是戲報。妳索性猜猜看，哪一張是京戲，哪一張是話劇？」王媽道：「什麼叫話劇？」冰如道：「在南京混了這麼多年，什麼叫話劇，妳都不知道，話劇就是文明戲。」王媽哈哈笑道：「太太要說文明戲，我老早就明白了。」她們這樣大聲談笑，卻把過路的人都驚動了，便有人輕輕在身後叫了一聲孫太太。冰如回頭看時，是

丈夫同學包先生的太太。只看她梳了兩個六七寸長的辮子，垂在後肩。身披咖啡色短呢大衣，敞開胸襟，露出裡面的寶藍色羊毛衫，一條紅綢圍脖，在胸前拴了個八節疙瘩。二十多歲的少婦，陡然變成了十幾歲的小姑娘了。也就咦了一聲道：「包太太，妳也到九江了。」她頓了一頓，笑道：「國家到了生死關頭，我們婦女，也應當盡一份責任，我現在辦著宣傳的事情。」冰如說：「那好極了，什麼刊物呢？我很願看看妳的大作。」說時，兩人彼此走近了，便握著手，同站在路邊。她笑道：「我不是辦刊物。我加入了大時代劇社唱戲。」冰如聽了這話，不覺大吃一驚，向她周身上下，很快地溜了一眼。王媽在冰如身後笑道：「包太太上臺唱戲，要送一張票我去看看的。」她臉上微微紅了一下，帶幾分愁苦的樣子，向王媽道：「妳不要叫我包太太了，妳叫我王小姐吧。」於是又掉過臉來向冰如笑道：「我和老包離婚了，現在我的藝名是王玉。」冰如抓住她的手，不覺搖撼了兩下道：「妳為什麼和包先生離婚呢？你們的感情不算好，也不怎麼壞呀。」王玉笑道：「這就是離婚的理由了，感情不壞，可也不怎麼好。」冰如道：「沒有別的原因嗎？」王玉道：「我喜歡文藝，他是個軍人。」冰如道：「我們是老朋友，我直率地說，這就是妳的不對。中國正在對外打仗，婦女有個當兵的丈夫，這是榮譽的。你自己還說為國宣傳呢，倒不願有個為國家打仗的丈夫，那妳還對社會宣傳什麼？」王玉紅

了臉，將脖子微微一扭道：「不，我嫌他那湖南人的脾氣，和我合不攏。」冰如道：「這更怪了。妳嫁他的時候，難道他不是湖南人嗎？既不願意湖南人的脾氣，以先為什麼嫁湖南人？」王玉和她撒了手，兩手插在大衣袋裡，將肩膀聳了兩聳，笑道：「過去的事，不必提了。反正我已和他離了婚，還談什麼理由不理由。妳住在什麼地方，回頭我來和妳談談。」冰如道：「我住在前面國民飯店。」她點點頭道：「好，兩個鐘頭以內，我一定來。」說著，她也並沒問冰如住在多少號房間，就匆匆地跨過馬路那邊去了。冰如看時，相隔三五十步路，一株樹下，站著一個西服少年。面貌不十分清楚，遠遠見他沒有戴帽子，長頭髮吹起來很高，脖子下打了一個碗大的黑領結子。王玉走過去，兩人就一同走了。王媽用手指著他們的後影，低聲叫道：「太太，妳看到沒有？」冰如道：「唉！天下事真難說，她和老包會離了婚，又跑來當戲子。」王媽道：「包先生一月掙三百塊錢，太不夠她用。聽說唱戲的人，一個月能掙幾千，自然是這樣合算。」冰如道：「妳在哪裡學到了這一點見識，唱戲的人一個月掙幾千，那是唱京戲的人，千里挑一的事，他們這跑江湖碼頭，不但掙不到錢，還要貼本，我在南京，把這消息聽得都耳熟了。」王媽道：「包太太離了婚，來幹這貼本生意，什麼意思呢？」冰如道：「各人有各人的見解，妳懂得這些事，那你更有辦法了。」王媽道：「唔！我也明白了。」

說著，她連連點了幾下頭。兩人說著話，由一條巷子裡插進了熱鬧的大街。這裡繁榮的情形，比江岸更要加倍。路兩旁走道的人，一個跟著一個，像是戲館子裡散了戲一般，成堆地擁擠著。只聽那行路的人腳步聲，嘩嘩啦啦響成了一片。街中心雖沒有多少汽車，但是人力車，卻連成了一條龍。王媽呀了一聲道：「街上怎麼這麼多人？」冰如道：「街上人多，妳害什麼怕？」王媽道：「妳看這些人，沒有事也是你碰我，我碰你。假如警報來了，那不是太慘嗎？」冰如笑道：「妳是讓飛機炸怕了。到了一個新鮮地方，我們總應當看一看。回到旅館去，又是坐著發愁，倒不如在街上混混。去年先生在廬山受訓的時候，就要我到九江來玩，我因為南京的朋友把我纏住了，我沒有來得及走開，我還說了，今年夏天，讓先生請一個月的假，我們一路好好地來玩一個月。不想我們倒是這個時候來了。你猜怎麼著，我要遇到一個穿軍衣的人由面前經過，我就要發生很大的感慨。」王媽對於她這話，當然不十分了解。

　　不過就在這個時候，迎面有一位穿了整齊軍服的青年軍官，緊隨了一位年輕太太的後面走著。所踏著的地面，正是水泥面的人行便道，那位軍人的馬靴後跟掛著的馬刺，碰了水泥地面，吱當吱當地響著，挨身過去。冰如聽著這聲音不由得出了神，慢慢走著，竟是把腳步停止住了。王媽扯著冰如的衣袖低聲道：「那包太太又來了，和那個穿西裝的。」

冰如卻是答非所問的，因道：「是的，我們回去。」她隨了
王媽這一扯，竟是扭轉身向回旅館的路上走。王媽雖覺得她
在幾分鐘內，態度就變成兩樣，在馬路上也不便怎樣問她。
回到旅館，她便在床上躺下了。那王小姐卻是不失信，在兩
小時之後，她果然來了。冰如躺在床上，聽到她問了一聲
道：「孫太太住在哪一號房間？」正想回答她，又聽到江洪
代答道：「這對面房間就是，大概是睡著了。這次來，我們
是太辛苦。貴姓是？」王玉道：「我姓王，和孫太太是多年
的朋友了。」冰如立刻趕了出來，見王玉臉上帶了微笑，只
管向江洪周身上下地打量著。便笑道：「我來介紹介紹，這
是王小姐。這是江先生，是志堅的同學，志堅特意托他護送
我到漢口去的。」於是讓著王玉到房間裡來坐，江洪卻沒有
跟進來。

　　王玉卻是很爽直握住了冰如的手，同在床沿上坐下，笑
道：「妳覺著我的態度，變得太快吧？」冰如道：「家家有本
難念的經，別人是難揣度家務的。」王玉道：「真的，不但
人家難斷我們的家務事，就是我自己也難斷我自己的事。說
到老包，我也不能說他待我不好，不過我總嫌他草包相。」
冰如道：「你們經過了什麼法律手續嗎？」王玉笑道：「這
就是草包也有草包的好處。他一點也沒有留難，就親筆寫了
一張離婚字據給我，還問我要多少錢。我說，我不是那種沒
出息的婦女，還要什麼贍養費。我只是把我自己的兩口衣箱

拿走了，此外是一根草沒有要他的。而且他要我送他一些東西作紀念，我還送了一點給他。」冰如道：「這樣說來，他對妳，還有些留戀。」王玉道：「要說我有點愛他，也未嘗不可以。不過人的愛好，是有個比較的。當更好的出來了，就不免把那次好的放下。」冰如抓著她的手，緊緊地搖撼了兩下，笑道：「這樣說起來，妳是有一個更好的了。」她的臉微微地紅著，搖了兩搖道：「不能那樣解釋。言歸正傳吧。我來妳，是有點事情的。妳剛才說了，是要到漢口去的，我也要去。大概半月後，我們可以在漢口會面的。我有兩樣東西，想在妳這裡押幾十塊錢用用。」說著右手就在左手的手指上，脫下了兩枚金戒指來，將手心托著，掂了兩掂道：「大概有三錢重，只用三十塊錢，照市價說，是不至於不值的。我為什麼不到金子店裡去換掉它呢？就是這一對戒指，有些原因在上面，非萬不得已，我還想保留著。」冰如笑道：「妳……」只說出了這個妳字，王玉按了她的手臂道：「不要忙，我的話沒有完。憑妳我往日的交情，不是我不能和妳借二三十塊錢。不過大家都在國難期間，誰也不會帶了多少錢逃難。妳借我一文，妳自己就少花一文，離婚的丈夫，我還不要他贍養一文，我能拖累朋友嗎？」冰如笑道：「妳的脾氣，怎麼這樣強硬？好，就是這樣辦。我到漢口之後，住在哪裡，卻還沒有一定，妳在報上登兩天小廣告……」王玉兩眉一揚，表示著很得意的樣子，挺了胸脯

子笑道：「我反正是跟了大時代劇團走的。我們要公演的時候，固然報上有廣告，就是我們到了，報上也會發表消息的。現在新聞界，對改良京戲，非常捧場。就是我也有個小小名兒，妳在報上看到王玉這個名字，來找我就是了。」說著，把兩枚金戒指放在冰如手裡，笑道：「我放心妳，不會把我這個小東西沒收了。」冰如笑道：「我鄭重地把妳這東西放好。」於是打開手提箱，把戒指放下去，取了三十元鈔票交給王玉。恰好王媽進來倒茶，便站在一邊笑道：「包太太，不，王小姐，是故意這樣做的吧？何至於二三十塊錢也沒有辦法？」王玉笑道：「我和妳一樣，現在是靠賣力氣吃飯了。」王媽笑道：「是呵，唱戲的人，都是賺大錢的，王小姐應該更有錢了。」王玉卻回轉頭來向冰如笑道：「我這個環境，大概普通人不容易了解。窮是窮，現在我得了自由。」說著，她揣起了鈔票，就站起來要走。冰如握了她的手道：「喲！難道我們也疏分了。」王玉道：「不是的，今天我們還要排戲，預備今晚上演，妳去看看好不好？我給妳留兩張票。今晚演的這齣戲叫《睢陽血》，悲壯極了。我在這戲裡，表演張巡的妾。」冰如笑道：「張巡不是湖南人？」王玉不覺紅了臉，笑道：「妳倒很同情老包。」冰如搖撼著她的手道：「妳不要介意，我給妳說著好玩的。今天晚上我就來。」王玉道：「妳找我不大容易，回頭我叫人送票子來就是了。」她說畢，扭轉身來，見江洪也站在門外夾道裡，

就伸手讓他握了一握，笑道：「再會，晚上請看戲。」然後一路響著高跟鞋子走了。

冰如送著她回房間來，才問道：「船票有希望嗎？」江洪道：「我打聽清楚了，長江大輪，那簡直很少有靠碼頭機會，多半是由下游來直放漢口。好在這裡有到漢口的中型小輪船，每天一班，我已託人買了後天的三張票，大概沒有問題。」冰如道：「不託人還有問題嗎？」江洪道：「豈但有問題，簡直就買不到票。我倒要問一句話，這位小姐是誰？」他面帶了笑容，突然把話引到王玉身上去。冰如笑道：「若問這個人，和江先生多少是有點淵源的。」江洪兩手同搖著道：「不會不會。」冰如笑道：「幸勿誤會。她的先生，是志堅的同學，說不定也就是你的同學了。」江洪道：「呵！她的未婚夫包先生也是軍人？」冰如道：「怎麼是未婚夫，她已經生過兩個孩子了。」江洪道：「這就奇怪了。她怎麼會變成一個小姐的樣子，又離開了家庭演劇？」冰如道：「兩個孩子，她都沒有養大，和先生離婚了。」江洪道：「她先生既是個軍人，在這個國難嚴重，全國以當兵為榮譽的日子，軍人的未婚妻，都應該趕快結婚，怎麼她反是在這個日子和先生離了婚呢？」冰如笑著，微微地把肩膀抬了兩抬。

江洪道：「嫂嫂，妳覺得我太為軍人說話了嗎？」冰如搖搖頭道：「倒不是為了這個……女人的事情，不是你們衝鋒陷陣的軍人所能了解的。」她說著這話時，手靠了自己房

門口的門簾子，半靠了自己的門框，將一雙腳伸在門檻外面，微微地抖動著。江洪在房門外夾道裡，兩手插在西服褲袋裡只管來回地走著。這樣來回有了好幾回，便向冰如笑道：「嫂嫂的這話，好像是為這位王小姐分辯。但這理由，不很充足。」王媽在屋子裡插嘴道：「我們太太，才不肯和她分辯呢！一聽到她說和包先生離了婚，背轉身來，就和我說，她的心事不好。」冰如道：「這是人家的自由，妳可不要瞎說。」她聽了這話，放下門簾子在屋子裡頭埋怨王媽，這個問題，也就擱下沒有再談。在這說話後，不到一小時，就有一個專人送了兩張戲票來。拿了這戲票，冰如倒為難起來了，是和王媽去看戲呢，還是和江洪一路去呢？丟下了江洪，禮貌上似乎欠缺一點。丟下了王媽，那又有一點嫌疑。先把票放在手提皮包裡，暫時沒有什麼表示。

不料吃晚飯的時候，一陣肚子疼，簡直讓人直不起腰來。只得將票子交給王媽，讓她隨江洪去。王媽也表示不去，把票子送到江洪屋子裡去就回來了。晚飯以後，江洪站在房門外問道：「嫂嫂不去看戲嗎？」冰如睡在床上道：「我起不來了，不要白廢了兩張戲票，江先生去吧。」江洪隔著屋子道：「坐在旅館裡也是無聊，我去一趟吧。」聽到一陣皮鞋響，江洪就走出去了。王媽悄悄地向冰如道：「江先生倒像很贊成王小姐似的。」冰如笑道：「不要胡說了，我們不要的戲票子，他才拿去的。」王媽道：「倒不是為這個，

王小姐和你說話的時候，他只管在門口走來走去聽著。後來王小姐站在門口和他打招呼，他周身上下地看著她。」冰如道：「你倒留意了。這又幹你什麼來呢？」這樣一反問，王媽就不好再說什麼了。

冰如睡了一覺醒來，聽到門外皮鞋響，又有門鎖開動聲，便問了一聲道：「江先生回來了嗎？」江洪答道：「嫂嫂還沒有睡？」冰如道：「我睡醒過來，肚子有點餓，讓王媽到街上麵擔子上給我下一碗餛飩來吃，請進來坐吧，我沒有睡。」江洪隨了這話，緩緩地推開著門進來了。冰如見他裡穿青細呢中山服，外加獺領皮大衣，帶了微笑走進來，手上把一頂灰海絨的盆式帽子放在桌上。冰如笑道：「西洋人聽戲，穿起大禮服來，江先生倒真有這點味兒。」江洪兩手插在大衣袋裡，在屋子裡來回走著，笑道：「倒並不是講什麼排場，覺得穿了軍服到戲館子裡去，不大合適。」冰如本是坐在床沿上，這就趿了拖鞋，一手扶著桌沿，一手緩緩地理了鬢髮，瞅了他笑道：「你看這位王小姐演得怎麼樣？」江洪點點頭道：「我滿意之至。散戲之後，我還到後臺去代嫂嫂致意，說是身體不爽快，不能來。她還介紹我和幾位明星照面了，說她不喜歡軍人，那也不見得。嫂嫂說起的這位包兄，我也記起來了，見過兩面，倒是一位老粗。」冰如笑道：「這樣說起來，江先生倒是同情王玉的。」江洪搖著頭笑道：「談不到同情兩個字，根本我就不大明白他們的結

合。何況嫂嫂又說了，婦女們的心事，男子不容易猜到。」冰如笑了一笑，沒有向下再說什麼。江洪看她有倦容，起身告辭，回房去安歇。王媽低聲向冰如道：「怪不得人家捧女戲子，江先生老實人也是這樣。」冰如笑道：「胡說！」王媽不便再說，在搭的小鋪上睡下。冰如靜坐著想了一想，笑了一笑，也睡了。次早在枕上，聽到外面有叫賣報的，趕快就叫王媽買一份報來看。也來不及起來了，兩手伸出被外，展開一張報，就在枕頭上看著。看過第一條消息，心裡就感十分抑鬱，那上面說得清楚，大場我軍，因陣地盡毀，轉進新陣地，其餘的新聞，就無心看了，將報一扔，牽了被頭蓋翻個身再睡。不多時，一陣高跟皮鞋響，王玉在門外問道：「孫太太沒出門嗎？」她說著，就推門進來了。她笑道：「不早了，還在睡？」冰如坐起來，將衣披在身上，皺了眉道：「我早醒了。看過報之後，我心裡悶得慌，又睡了。」王玉道：「那為什麼？」她道：「妳看，大場丟了，上海恐怕要失守。志堅現時不知道在什麼地方作戰。」王玉道：「妳這就沒有想通了。大局自然是很嚴重，我們只是發愁，於大局何補？於我們本身的事情又何補？我們既然捲入這個大時代的漩渦，只有在各人本位上去努力，空發一陣子愁，著一陣子急，那是沒用的。起來起來，我請妳和江先生到廣東館子裡吃早點去。」說著，就將冰如拖著。冰如被拖起來了，懶懶地梳洗著一陣，回頭卻看到江洪在門口站立著。冰如

點點頭道：「請進來，王小姐要請我們吃點心呢。」江洪進來了，見她兩人並坐在一個長沙發上，便笑道：「我希望王小姐能夠早一點到漢口去。」冰如聽了這話，便不覺向他望著，看他說出一個什麼理由來。恰好這個時候，有人在門外叫了一聲老江。他一回頭看到有個穿軍服的人站在門外，他立刻出去，把那人引到自己房間裡去了。冰如向王玉笑道：「江先生有什麼事托重著妳嗎？！怎麼希望妳早些到漢口去呢？」王玉道：「我也正要研究這句話。江先生又走了。也許⋯⋯」笑著對冰如看了一看，搖搖頭道：「我猜不著，等一會還是請他自己說出來吧。」然而江洪是隨口說的一句人情話，哪裡知道她們要追問根底，陪著朋友談話，卻把這件事情忘了。

第六回
擇友進微詞娥眉見妒 同行仗大義鐵面無私

　　在談話約有一小時之後，王玉沒有等得及江洪到這邊屋子來，自和冰如上廣東館子吃點心早茶去了。冰如回到旅館來，卻又不見江洪。王媽告訴道：「江先生送著客走了，立刻伸著頭到這屋子裡來張望著。他聽說妳們吃早點去了，還特意去追妳們。他說，王小姐昨天請了他看戲，今天他應當請王小姐吃點心。」冰如走進房來，先脫著自己的大衣，卻沒有理會王媽的臉色。特扭轉身來，見她笑嘻嘻的，便說道：「這也沒有什麼可笑的。」王媽笑道：「妳猜我笑什麼？我笑江先生平常是很規矩的。他一看到了王小姐，好像就高興得不得了。」冰如道：「這不過因為她是一個唱戲的，透著有趣罷了。其實江先生和我們差不多，也是滿腹心事，哪能夠萍水相逢的，追求著這樣一個浪漫女人？」王媽見太太反對自己說這一類的話，自也不敢再說什麼。到了吃午飯的時候，江洪才回旅館來，見冰如手裡捧了一張報皺了眉頭子在看著，便叫了一聲嫂子。冰如回頭看到，便站起來迎著他問道：「江先生看到了今天的報嗎？」江洪緩緩走進她的屋子低聲道：「上海的戰事，的確是不利。我們軍人，對這個地方的戰事，本也有兩種見解。第一種認為政治意義，大於

軍事意義，我們在京滬、滬杭兩路上多打一天，就表示我們的軍隊有多抗一天的力量，可轉移國際視線。第二種呢？就認為在這三角地帶取守勢，敵方可以用海陸空的力量集合於一點來攻我。我們的炮火既不如人，這樣作陣地戰，那是太不合算的。我個人的見解，是屬於第二種。我認為把所有的力量來死守這一塊土那太危險，所以……」冰如搖搖頭道：「你說這些我哪裡知道呢？我只為著志堅焦慮。」江洪被她這樣解釋了，倒把話鋒頓了一頓，因道：「我為這個，也曾屢次和嫂嫂解說過了。妳焦慮著與他無補，可與妳自己的身體有礙。」他口裡這樣說著，眼偷看冰如的臉色，見她十分憂鬱，便想得了一個轉移話的法子，笑道：「那位王小姐，我在街上，又碰著了。不是嫂嫂說在先，她也是一位太太，我真看不出來。她在街上多麼活躍。」冰如道：「不過我對這種人，根本不能同意。夫妻相處得很好，為什麼要離婚？對丈夫如此，對朋友可知。」江洪笑道：「嫂嫂真是正人君子，大義凜然。其實我也沒有和王小姐交朋友的意思，她也根本不喜歡軍人。我不過為了她的戲演得很好，想在她面前領教一點藝術。」冰如聽了這話，回過頭來向王媽看著。

　　王媽對江洪這話，也想著和冰如的話，可以互相引證，也嘻嘻地笑了。江洪哪知這事的內幕，反正自己接近了王玉，是她們所引為笑話的。只好假裝不解，懶洋洋地走回自

己房間裡去。冰如雖不曾跟著向下說什麼，但是總在暗地裡注意著他的行動。到了這日晚上，江洪又換了一套西服出門去。直到十一點鐘以後，方才回旅館，但在這一點上，也可以知道他又是看戲去了。次日早上，冰如不曾起來，江洪便已出了旅館，王媽開門出來，接著茶房代交來的一張字條。王媽交給冰如看時，上面寫著：「船票還沒有到手，恐怕有變化，現在要趕快去把票拿到手。什麼時候回旅館來，說不定，請不必等候吃午飯了。」冰如把字條上的意思，告訴了王媽。王媽笑道：「這樣說著，江先生一定不會回來吃飯。」冰如笑道：「何以見得？」王媽道：「你看，江先生出去的時候，還只七點多鐘，怎麼就能知道到中午還不能回來吃飯呢？想必是有了吃飯的約會。可是在九江這個地方，江先生沒說過有什麼知己朋友呀。」冰如對於她這話雖沒有說是對的，卻也沒有駁回，只是微微地笑了一笑。果然這日中午，江洪並沒有回旅館來吃飯。

但是兩點鐘回旅館的時候，卻掏出了三張船票給冰如看，因搖搖頭道：「雖然這裡也是後方，可是到漢口去的人，依然不少於南京蕪湖的。朋友招呼我們，盡可能地早些上船。我們在九江並沒有什麼事，何必不到船上去等著呢？嫂嫂，我們收拾行李就走吧。」冰如道：「除非江先生在九江有事，我們正恨不得一刻就踏到漢口。」江洪卻也沒有理會冰如這有什麼俏皮話在內，首先回到房裡去就收拾著自己

的行李。在五點鐘以前，三人押同著行李上船。這船碼頭正離著旅館不遠，老遠的有個穿制服的人由趸船上迎到碼頭上來，向江洪笑道：「江兄，你再不來，我就沒有法子給你維持這個艙位了。好多人見艙門關著，就捶開了進去。」江洪道：「不是晚上才開船嗎？」那人道：「就是明天開船，也攔不住客人上去，除非是船不靠碼頭。」說著，大家經過一隻小趸船，向一隻中型江輪上去。這兩船之間，架著帶了欄杆的跳板，這跳板頭上就站有兩名憲兵和兩名航警，三個人齊到跳板頭上，將船票掏出來檢驗過了，憲警才放他們過去。就依這種監督情形看起來，沒有票子的人，是沒有法子上船的。可是過了跳板，這輪船外舷上，就是客人和行李堆擁著沒有 ·些去路。

　　幾個人還可以由行李縫裡夾擠過去，自己帶來的行李三個搬運夫橫了擔子，卻是過不去。那個引江洪的人，便道：「越過去人越多，擠是擠不上前的。江兄，你送這位太太先到房艙裡去，然後你站在樓上，放下繩子來把東西扯上去。我在這裡給你向上托著。」江洪站在這裡回頭四處看了一看，皺了眉道：「除了這樣，也沒有其他的法子可以把東西弄去。」於是向冰如道：「我先送嫂嫂上去吧。」冰如到了這時候，一點不由自主，只好一切聽江洪主持。在人叢裡擠到了二層樓上，江洪找著一個茶房拿出鑰匙來，把房艙門開了。那茶房苦了臉子，把眉皺了。看到江洪是個軍官，卻苦

笑道：「你先生以為這像平常一樣，有了船票，有了艙位，不拘什麼時候上船都可以。我為守著這個房艙門，和客人吵了三四回，還幾乎挨了打。」江洪這時就拍了他的肩膀道：「那真對不起！到了漢口請你看戲。」冰如聽到說請看戲，不覺向江洪微笑了一笑，江洪也不在意。這艙門也是在船外舷，向外開著的。江洪伏在欄杆上朝下看去，見下面正是上跳板不遠的所在。只一招手，下面就把行李舉著送上來。忙碌了一陣子，把行李都搬到艙裡來。這一個房艙除了上下兩張舖位之外，就只有一個擺凳子的地方。

現在把行李箱子一齊塞在艙裡，擠得冰如站不得，坐不得，卻爬到上層舖位上去盤了腿坐著。王媽站在艙門口，一隻腳在門裡，一隻腳在門外。至於江洪是不必提了，卻站在艙外船舷上。冰如向門外道：「江先生，你自己沒有找著舖位嗎？」江洪道：「舖位嗎？」說著把腳點點船板，笑道：「恐怕就在這裡了。」冰如道：「那怎麼行呢？」江洪道：「那再說吧。我們也不要太不知足，多少摩登太太，都還在船篷上站著，怎麼樣安頓自己還沒有解決呢？」冰如道：「我們當然知足，不過苦了江先生過意不去。」正說著已有一批人擁到了這船舷上。江洪搖搖頭，趕快由艙裡提了一捆鋪蓋捲出去，就攔了艙門，在船板上展了開來。總算他是能見機而作的，不多大一會子，前前後後都有人擺著行李和鋪蓋卷，冰如笑道：「真是不經一事，不長一智，我們若不是

江先生擔心船上滿了人，怕會擠掉舖位，那我們還在旅館裡舒服，也許要去看王小姐演一齣戲，定是吃了晚飯，從從容容上船，那時，恐怕要走上船都不行呢。」這一次，江洪算是聽明白了，便笑道：「嫂嫂老說到看戲。好像我對王小姐倒很醉心似的，其實……」他說著，抬起手來搔了兩搔頭髮，就在這時，偶然向欄杆外邊回頭看了一看，笑道：「說曹操，曹操就到了。」冰如道：「什麼？王小姐追到船上來了！」於是起身出艙，在欄杆上伏著，見王玉在趸船的船舷上站著，抬起一隻手來，連連向這邊招了幾招。冰如見她又換了一身穿著，沒有穿大衣，只穿了一件墨綠綢面的羊皮袍子，項上圍了一條長的白綢圍巾，那綢子在胸前拴了一個大蝴蝶疙瘩。頭髮也沒有梳辮子了，蓬著散在腦後，在頭頂心裡圍了半匝桃紅色細辮子，也拴了一個小小的蝴蝶結兒。兩塊臉腮把胭脂抹得紅紅的，眉毛畫得細而又長的，別是一種浪漫式的少婦裝束。便笑著點點頭道：「漂亮哇。真是對不起，要妳追到這裡來。」王玉笑道：「我到過旅館裡看你們的。茶房說是你們上了船了，我覺得這次在客中相遇，彼此覺得十分親熱，雖然不久是要相會的，可是這樣分手，總讓人戀戀不捨的樣子。」冰如也將手招招笑道：「我們房艙裡有兩個舖位，可以騰一張鋪給妳，妳和我們一塊到漢口去好嗎？」王玉道：「我本來要到船上來看看你們，可是我剛才試了一試。簡直無路可走。到處都是旅客和行李塞住

了。妳下來談談好不好？」冰如笑道：「那邊不是一樣嗎？我怎麼能夠下來呢？下來了，我又怎能夠上來呢？」王玉笑道：「妳可以由欄杆上爬下來。」冰如道：「那我推江先生做代表爬下去吧。當軍人衝鋒陷陣都不在乎，爬兩回欄杆算什麼？」王玉笑向江洪道：「江先生下來走一走嗎？」江洪道：「沒有什麼事嗎？」說著，望了冰如。冰如道：「江先生若不嫌爬上爬下麻煩的話，可以上岸去買些點心和水果來。」江洪道：「嫂嫂都替我說了，衝鋒陷陣都不怕，爬兩回欄杆，又算得了什麼？除了水果點心，嫂嫂還要買點什麼？」冰如道：「後天一大早就到漢口了，我也不買什麼。」江洪笑道：「我試試看呵，能不能爬？」說著，兩手抓了欄杆，人就跨將過去。王玉在下面看到，遠遠地在趸船的船舷上高伸了兩隻手笑道：「可不要跌倒了，這不是鬧著玩的。」江洪到了下層船舷上索性由欄杆上爬到趸船上去，他倒站著王玉一處，成了一個送客的姿勢向船上談話。王玉約站著一二十分鐘，由江洪陪著上岸去了。王媽等冰如進艙了，低聲笑道：「江先生正要上岸去呢。」冰如笑道：「我樂得做個好人。」王媽道：「王小姐離了婚，江先生說過，還沒有定過婚事，兩好湊一好，我們果然樂得做些好事。」冰如爬到上層舖位上去，在枕頭下面拿了一本書在手，將身子躺下去，把書舉了起來，口裡很隨便道地：「我們管他這些閒事呢，江先生真要這樣，也不好，一個和軍人離婚的女人，他

是一個軍人，不應當要她。」王媽道：「是呵！我們雖然是女人，但是女人做錯了事，我們也不能不說兩句公道話。」冰如也就笑笑。這位江先生上岸去了，果然直到天晚了，才帶了兩包東西回來。他笑道：「嫂嫂肚子餓了吧，不想走到街上，就遇到了兩位朋友，死拉活扯的，拉到茶酒館裡去。我怕妳們餓了，買了一包油菜和兩個大麵包來。沒開船以前，船上是找不到飯吃的。」冰如道：「天還早，我們也不餓。倒是王媽在艙門口給江先生看守這一張鋪位，幾乎和別的旅客衝突起來。」江洪道：「唉！關於交通方面，比這難堪十倍的還多呢。可是這個戰事，我們認定了是要苦幹的，倒也不必放在心上。反正中國人吃苦耐勞是民族特性。」冰如道：「江先生是始終不悲觀，唯其不是悲觀，也就有時很高興了。」王媽背著身子朝裡，在清理網籃裡的東西，這就抬頭向睡在上鋪上的冰如看了兩眼。江洪斜站在艙外窗戶口上，卻看到了，笑道：「說到高興，必定又是笑我看戲這件事了。」冰如見他自己說明了，這倒不能儘管開他的玩笑，也只好一笑了之。這時，整天紛擾著的旅客，慢慢地平定下來，江洪在船板的鋪位上，也就躺了下來。因為他是攔著艙門睡的，他睡下了，門就向外推展不開。冰如在窗子裡向外探望了一下，因笑道：「江先生這樣睡，倒保護了我們。不過這船板硬邦邦的，睡著恐怕不舒服。」江洪把被將身子完全卷蓋了，頭仰露在外面，笑道：「妳們睡的那個床板，還

不是一樣硬邦邦嗎？而況我們……」冰如笑道：「又要提到你們軍人毫不在乎了。」江洪道：「正是這樣。我們軍人有著大無畏的精神，什麼困難都可以掃除乾淨。有了困難，我們就應當這樣想，我是軍人。」冰如道：「既是這樣說，我就尊重江先生是個軍人，不再說你不行。」江洪將頭在枕上點點，也就把被頭向上一扯，把臉蓋著了。這一天，江洪實在疲倦了，將身子在被裡打了半個轉身，便睡著了。冰如在艙裡自也很舒服地睡了去。在朦朧著的時候，卻感覺到這身子搖撼不定。慢慢地醒來，隔著玻璃窗向外面張望，黑漆漆的不見一點燈火，正是船已離開了九江了。門窗這時雖都已關閉著，可是那水車葉打著江水的咚咚響聲，不斷地由窗縫裡送來。

　　送這響聲來的江風，由門縫裡射進來時，拂在臉上，很是冰人。同時，王媽在下鋪上也醒過來了。因問道：「太太，這船開了航了嗎？」冰如道：「似乎船走了好久了。妳聽著這船艙外面，風聲呼呼地響。」王媽道：「在艙裡面都這樣冷，那在艙外的人怎麼辦呢？」冰如道：「可不是？妳推開艙門看看。」王媽披著衣服，用力將艙門向外推開了一條縫，果然，那江風嗚的一聲，擁了進來，王媽呀了一聲，立刻鬆手把門掩上了。冰如道：「怎麼樣？風大得很嗎？」王媽道：「在艙外面的人，恐怕睡不得。」冰如本是和衣睡的，這就一翻身爬了起來，又把大衣加在身上。然後推開艙

門擠出來。這船外江天烏黑，星斗橫空，那尖厲的風，只管
向人身上撲打。在船面上睡覺的人，有些捲了被褥，不見人
影。有些藏在行李堆裡。有些穿了衣服在船面上來回地跳著
走著取暖。江洪卻是縮在被裡的一個。冰如連連叫了兩聲，
江洪由被裡伸出頭來問道：「開船了，嫂子還沒有睡著？」
冰如道：「你看，這樣大的江風，外面怎樣能睡呢？我看江
先生不必避什麼嫌疑了，可以睡到艙裡面下鋪上去。我可
以和王媽同睡在上鋪上。」江洪道：「不必不必。嫂子仔細
受了涼。船舷上的人很多，也不是我一個人。我縮在棉被
裡面，不怎麼冷。」冰如道：「假使江先生只管在外面睡一
個通宵，恐怕會生病的。」江洪笑道：「不必把我看得那樣
太嬌嫩了。最好把我看做一個鐵臂羅漢了才好。」他伸出頭
來，說過這話，又鑽進棉被裡面去了。冰如一個年輕太太，
絕沒有一定要把年輕男子拖進自己家屋內之理，見他堅執著
這番成見，只好罷了。她睡在枕上，始終聽著江面上的風，
在那不斷地吹刮，心裡總有點過不去。到了次日早上，所有
船舷上的人，都在聒噪著，王媽開了艙門看看，不覺呀了一
聲。冰如被她一聲驚醒，朝了窗子外看時，滿江細雨濛濛，
船外幾丈遠，便都在煙霧中。江洪在制服外穿了皮大衣，兩
手插在衣袋裡，站在艙門外。冰如便跳下床鋪來，開了艙
門，向他點著頭笑道：「孔夫子，現在可以到艙裡來坐吧？
我們都起來了。」江洪只好笑著走進艙來，因笑道：「嫂嫂

這番盛意，我是很感謝了，我有我的想法，一個當軍人的，若是在船邊上吹一口江風都受不了，那怎樣到冰天雪地裡打幾天幾夜的仗？船邊上也還有幾位武裝同志，他們也知道我護送的是一位嫂嫂。我若在深夜裡被江風吹著躲到房艙裡來，他們會笑我的。」冰如望了他，點點頭，微笑道：「江先生做事可以說鐵面無⋯⋯」這個無字下面，本來想接上一個情字，但是她第二個感想，隨著出口的這句話也發生了，覺得這個情字有些不太妥當。於是把這個無字拖得很長，以便把話改了。好在成語裡面還有一句鐵面無私，竟用不著怎樣的費力，已是把這個私字補了上去。江洪見王媽已起床了，站在一邊，便縮下身體，坐到那矮鋪上去，因答道：「我雖做不到鐵面無私這個程度，但也極力向這個方向做了去。」冰如道：「其實當軍人的，根本就抱著犧牲精神去服務，無所謂私。」江洪道：「那是嫂子太誇獎我們軍人了。若不是有點私心，這間房艙，恐怕我們就得不著。」說著，就將腳踏了兩下船板。王媽笑道：「江先生這樣，我倒想起一位古人來了。」冰如咦了一聲笑道：「妳還想起一位古人來了。妳肚子裡有什麼春秋，我倒願意洗耳恭聽。」王媽笑道：「我知道什麼古人呢？我在南京，和太太一路去看戲，有那關老爺過五關斬六將的戲。他保護二位皇嫂，千里迢迢投奔劉備。」冰如點點頭笑道：「妳比得倒是不錯。但是妳要曉得，那二位皇嫂是東宮西宮。妳這樣比著，不怕自己吃

虧嗎？」王媽把一張黑臉，臊得發紫，笑道：「我不在內，我不在內。」她說著，在網籃裡拿了洗臉盆就向艙門外走了去。看那樣子，好像去打洗臉水。可是她去了不到幾分鐘，依然拿了一隻空盆子走回來。她笑道：「不但是找不到茶房，連路都走不開，無論什麼地方都是人。我們這裡快到船艙上，總算船邊人少一點。」江洪道：「無論如何，水總要找一點來喝的，我來想辦法。」他走出去觀望了一陣，卻是由船欄杆翻到下層去，然後又由下面提了一壺水上來。冰如搖著手道：「這個玩不得，風大浪大，要是有一下失手了，那就沒辦法。」江洪道：「這下層不遠就是廚房。我已經找著一個茶房，允諾重重謝他，以後我可以不必翻槓子了，這件事交給了他。」冰如道：「真的，要是讓江先生這樣翻上翻下，我主僕二人，寧可不吃不喝，熬到漢口。」江洪只是笑笑，未置可否。他在艙裡休息一會子，便走出艙去。在冰如不介意的時候，茶飯熱水，陸續地送來，有時是茶房送來，有時是江洪送來。到了下午，江風已經息了，冰如打開艙門出來站站，恰好看到江洪一手提了開水壺，先由下層塞進欄杆裡來，然後兩手抓著欄杆，在船外面向上爬。冰如實在忍不住了，在他一隻腳跨著欄杆，掙扎了向裡鑽的時候，兩手扯住他一隻手，盡力地向裡面拉著。江洪跳了過來，臉上紅紅的，笑道：「不要緊，我爬了一天了。」冰如定了一定神，這才想起來，剛才握著他手的時候，像火樣的炙人。

再看到他臉上紅紅的，便道：「江先生，你怕是感冒了吧？好像在發燒。」江洪搖著頭道：「不要理它。」冰如聽了這話，將他讓進了房，正著臉色道：「江先生，不是我自大。你既和志堅是好友，像兄弟一般，我不妨算是你的嫂嫂。你一路辛苦，昨夜又吹了一夜的江風，人已經病了。便是在我艙裡休息休息，我當你是個兄弟，又要什麼緊？你是個鐵面無私的人，那就更不必抱什麼形跡，何況我艙裡還有一個王媽。」江洪見她如此說了，便強笑道：「倒不是我拘什麼形跡，身體上雖然有點不自在，倒是不在意的好，若要睡倒，那恐怕真會病了。」冰如依然正色道：「無論如何，我得要求你在下鋪上休息兩個鐘頭。你若不肯，我就和王媽一路到艙外去坐著。」江洪道：「既然如此，我就在床鋪上躺躺。」說著，微微地嘆了一口氣，在那下鋪斜躺下去。王媽站在艙門口道：「江先生，你脫了大衣，脫了皮鞋蓋上被，好好地睡一場，讓身上出些汗。」江洪說了一聲不用，隨手扯著被頭，蓋了半截身體。他的本意，白是敷衍她主僕的好意，躺一會就起來。不想身子倒下去之後，越久越是覺得昏沉，頭都抬不起來。朦朧中睡了一覺，睜眼看時，船艙的板壁上，已經亮著電燈。王媽和冰如靠了艙門，一個坐在箱子上，一個坐在行李捲上，正望了自己。心裡這就大為著急，天已晚了，難道就睡在這裡嗎？

第七回
送客依依倚門如有憶 恩人脈脈窺影更含愁

　　輪船上的電燈，照例是不怎麼的亮，照著屋子裡昏昏沉沉的，王媽坐在行李捲上，靠了艙板壁打盹，那輪船的水車葉，在水裡鼓浪前進，全船微微搖撼著，帶些催眠性，正好助長王媽的睡眠。她那靠在板壁上的身體，也是抖抖擻擻的，鉤著頭不住地下沉。冰如手上拿了一本書，就著燈光，半側了身子看，聽聽艙門外人語嘈雜的聲音，卻比較的清靜些。江洪連哼了兩聲，冰如便放下書向他看著。江洪道：「嫂嫂，幾點鐘了？我真病起來了，怎麼辦？」冰如道：「現在已經七點多鐘了。船外邊，你是睡不得。我也計劃好了，就在這外面有一位六七十歲的老頭子，也是身體不大好。我和他家屬商量好了，讓他也搬了行李捲進來，睡在艙板上，我和王媽就擠在上鋪上歪歪，好在明天一大早，就可以到漢口的。這屋子裡加上一位老人家，你就可以不必避嫌了。」江洪道：「那倒讓嫂嫂受了委屈，但不知道嫂嫂吃了晚飯沒有？」冰如道：「茶房送過飯了，你倒還為我們操心。」江洪哼著，又問長又問短。冰如皺了眉笑道：「就為了我們，把你累病了。再還要累你，我們就過意不去了。你安安穩穩地睡著吧。到了漢口，我們還有許多事要你替我們辦呢。」

096 | 第七回　送客依依倚門如有憶 恩人脈脈窺影更含愁

江洪聽了這話，倒有些警惕。

　　心想，不要船到了漢口，自己起不了身，那可要牽累這兩個女人，還是先休養休養的好，這樣也就側身睡了。等到醒來時，耳邊聽到鼾聲大作，向外看時，果然，有一個老人，展開被褥，睡在鋪下艙板上。心裡也就想著，孫太太倒也用心良苦。不過彼此都是青年人，要不如此，也很容易引起別人的閒話。雖然這透著麻煩一點，也只好由他了。江洪睡了大半下午，又睡了大半晚，出一身熱汗，精神爽多了，這就再睡不著。睜開了兩眼仰面在枕上，只管想著心事，忽然冰如在上鋪大聲道：「清者自清，濁者自濁，那是不怕什麼人說話的。」江洪倒嚇了一跳，以為她在責備自己多心。可是她突然說著這句話，也是突然把那話中止，說完了一點聲息沒有。因輕輕喊了兩聲王媽，回答的也是微微的鼾呼聲。原來冰如是在說夢話，這也只有擱在心裡。輪船是繼續著搖撼地前進，冰如同王媽都睡得很甜，江洪也昏昏地睡了過去。再睜眼時，卻見王媽在收拾網籃，船舷上紛紛的人來人往，在艙板上借住的那個老頭子也搬出去了。因問道：「靠了碼頭了嗎？」王媽道：「老早就靠了碼頭了。太太說，江先生還沒有退燒，讓你多睡了會子，她上岸找旅館去了。」江洪道：「我真想不到，我隨便在床上躺一下子，就病得爬不起來了。」王媽道：「已經到了漢口了，你還怕什麼？至多是到旅館裡去睡上兩天。東西我都收拾好了，你

不必動了。」江洪將身子撐起來望了一望，結果還是一陣天旋地轉的坐不起來，隨後還是躺下去。好在是不到半小時，冰如就匆匆回船了。她搖搖頭道：「像樣一點的旅館，大概都沒有了房間，問也不用問，他們帳房門口就掛了一塊牌子，上寫著，房間已滿，諸君原諒。我想，船上是不能久住的，只得在這碼頭上，找了一小旅館，我們先搬到那裡去住下再說。有了落腳的地方，總可以慢慢想法子。」江洪道：「這真是對不起，本來要我一路照應嫂嫂的，不想到了漢口倒要嫂嫂找旅館來讓我住。」冰如道：「這有什麼關係呢？於今全國人都在同舟共濟的時候，凡是中國人，只要有力可出，就可以拿出來幫助別人。何況我由南京出城起，一路都受著江先生的衛護，現時我可以出力了，我也應該『得當以報』。」江洪聽她說這話，倒不由在枕上點了兩點頭說道：「人生在世，是不可違背人情的。在嫂子一方面說，也許覺得要得當以報才對，那我就謹領受教。望嫂嫂只在『得當』這兩個字上照應我，不要過分了。」冰如聽了這話，先頓了一頓，然後笑問道：「難道江先生起不了床，我上岸去代找找旅館，這就過分嗎？」江洪道：「這當然可以。但願上了岸以後嫂嫂自去料理嫂嫂的事，不必問我。我不過受了一點感冒，我相信睡一天就好了的。」王媽在一邊聽著，也懂得了一點，因道：「江先生真是客氣。」大家就都一笑。在一笑裡結束了辯論，找著夫子來搬著行李上岸。江洪勉強地起

了床，由王媽挽著他過了躉船。上岸以後，他連王媽挽扶也不要，扶著人家牆壁走。好在一轉彎就到旅館，路還不遠。這旅館是個小鋪面，一座直上三層樓，除了迎街的那屋子，都不能開窗戶。冰如找的兩間房，都在樓後身，白天兀自亮著電燈。屋子裡除了一副床鋪板，就是一張小桌子，牆壁上亂糊了些破舊報紙，實在簡陋得很，冰如看著王媽替江洪鋪了床，因向他道：「這旅館哪裡能久住，我找朋友去，留王媽在這裡照應著你。不然的話，這旅館裡的茶房，恐怕不大聽指揮。」江洪因這話也是實情，就允可了。冰如出去了大半天，在下午回來，人在樓梯上就高聲道：「江先生，我們這問題解決了。」說著，高高興興地走進屋子來。江洪正清醒了些，斜靠在床頭板壁上，因道：「那很好。我看這旅館裡外一點防空設備都沒有。假使有了警報，那是心理上求不得安慰的，嫂嫂是早一點離開了這裡好。」冰如笑道：「不但我有了辦法，就是你呢，我也給你找了一個安頓的地方。我這個房東，他就是醫生。他那醫院裡可以住院，我們一塊兒走，好嗎？」江洪笑道：「聽嫂嫂這一連串地說著，想必是房子很滿意。可是房子在什麼地方，嫂嫂還沒有說出來。」冰如笑道：「呵！我忘記告訴你這最要緊的一句話。房子在法租界親仁裡。那房東的太太，和我是老同學，他不好意思說價錢，讓我照普通市價給錢。」江洪道：「我看還是說明了吧。漢口法租界的房子，每間月租一百元，也並不

稀奇。」冰如道：「我還是樓上大小兩間呢。」江洪道：「若不是嫌房租的負擔會過大的話，這倒是在漢口最幸運的事。既然說定了，那就趕快搬了去。我的看法，倒不是怕有別人搶這房子，只擔心房東會變卦。」冰如道：「照說，老同學是不會這樣對待我的。不過這旅館裡實在住得不舒服，沒有什麼可以留戀的。」那王媽也正因這旅館像黑牢，住得實在不耐煩。江洪又說有了警報危險，想到在輪船上所受的那次轟炸滋味，更是願意離開這裡。江洪說後，這就忙碌著收拾行李。在一小時後，江洪就坐著車子把她們護送到了法租界。江洪一看這地方，果然合用。

屋在樓上，前面是走廊，已經裝上了玻璃隔扇，也等於一間小屋子，屋後是洗澡間。她主僕二人，吃飯睡覺洗澡的所在都有了。最好的還是家具現成。原因是住在這裡的上批房客到香港去了，也留下了讓房東租人。走廊上有三張大小沙發，一張小茶桌，正好款客。太陽由玻璃隔扇穿了進來，這裡還相當暖和。冰如向房東討了茶水，就安頓江洪在大沙發上坐了。不多一會，房東太太來了，兩手拿了竹針，絨袍岔袋裡拖出一根綠毛繩來，手裡正結著毛繩褂。看她二十多歲年紀，長長的燙髮，沒有抹什麼油水。身穿一件八成新舊的綠綢駝絨袍子，趿了一雙拖鞋，頗像一位富家太太。在她那瓜子臉上，配著一雙黑溜溜的眼睛，透著十分精明。江洪正要起來打招呼，她倒先點了一個頭，笑道：「這是江先生

了。聽到孫太太說，江先生為人俠義得很，我很是佩服。」江洪起身相迎，連說不敢當。轉請教了一番，她笑道：「我們先生姓陳，我姓陸，同孫太太在北平中學裡同學。光陰似箭，現在我們都是中年人了。上月接到孫太太的信，我就給她留意房子了。慢說是多年老同學，就素昧生平，這抗戰軍人眷屬，我們就應當竭力幫忙。江先生身體好些了吧？我家裡還有點治感冒的藥丸子，送給江先生吞兩粒。這走廊上就可以搭鋪，江先生可以在這裡屈居一宿，明日再作道理。」她嘴裡說著話，手上結著毛繩，眼望了人，江洪倒有些望之生畏，連說是是，手扶了沙發要坐不坐的。陳太太笑道：「請坐請坐。名不虛傳，江先生真是多禮。孫太太，今天不必預備晚飯了，就在我家裡吃頓便飯。明天買好了廚房裡用的東西，你再開始起伙食吧。」說著話，突然她把身子掉過去，望了冰如。江洪這就很放心。有了這樣一位八面玲瓏的主人，是無須和她顧慮到生活方面去的。當日依了房東太太的話，在走廊上睡了。次日早上起來，精神就恢復了十分之七八。一大早就把鋪蓋捲了，睡的行軍床也折疊了。冰如開著房門出來時。見他整齊地穿著制服，挺了胸脯子坐在沙發上，因笑道：「也罷，江先生病好了。怎麼就是這種穿著，這就要去報到嗎？」江洪道：「我們那隻船被炸，總部裡是知道的。我雖在九江託人打了一個官電，也不知道辦到了沒有！我應當快些去報到。」王媽也由屋子裡搶出來道：

「江先生這就走了嗎？一路上都得你照應。我們倒相處得像
一家人樣的。」她說這話，望了江洪。冰如倒讓她這句話引
起了別情，不由得手扶了房門，把頭低下去，看了自己的鞋
尖，踢著走廊上的地毯。

　　江洪笑道：「我知道，我離開了，妳們會感到人地生
疏。可是這裡房東是熟人，那就好多了。我現在是去報到，
還不知道在哪裡落腳。回頭我還要來搬行李的。就是我搬走
了，兩三天，一定來看嫂嫂一次。」王媽道：「江先生還不
搬行李走，那下午再說吧。洗了臉沒有呢？」江洪道：「我
正等著妳起來去給我找熱水。」王媽答應著好，下樓找水去
了。冰如道：「水管子裡雖沒有熱水，到洗澡間裡洗臉，可
方便得多。江先生到裡面來洗臉吧。」說著，她先到洗澡間
裡去布置一陣。不一會，王媽提著一大壺熱水上來，向洗臉
盆裡倒著水，冰如就把手巾牙膏肥皂一齊送進屋來，因問
道：「江先生的牙刷子找出來了沒有？」江洪道：「在網籃
裡。」冰如立刻打開箱了，取了一支牙刷，送到洗澡間來，
笑道：「這是新的，沒有用過，不必找了，江先生就帶去用
吧。」江洪正彎腰洗著臉，點頭說聲謝謝。冰如見洗臉盆上
面牆上，雖也掛了一面鏡子，但是鏡面上有許多斑點。於是
又在手提箱裡很快地拿了一面鏡子來交給江洪。笑道：「我
想著，像江先生這樣的軍人，也許不需要鏡子。不過江先生
害了一場小病，現在去見上司，最好是不要帶一點病容，照

照鏡子，似乎也不妨。」江洪只好道謝接著。王媽在放下那壺熱水之後，又提了一壺開水上來泡茶。江洪洗完了臉，剛走到走廊上，就有一壺茶，兩隻小茶杯，放在茶桌上。王媽斟著一杯茶，放在桌沿上，江洪正彎著腰要去拿茶杯。卻見冰如兩手托著兩隻碟子走了出來，放在桌上，笑道：「我昨天晚上去買的點心，預備今天早上從從容容請客。現在江先生就要走了，我只好提前請客，恕我不能奉陪。我還沒有洗臉。」江洪笑道：「嫂嫂請便，我就要走了。」冰如道：「我在家裡，洗臉忙什麼呢？江先生隨便用兩塊點心。呵喲！你就是要走也沒有這樣忙，坐下來慢慢地吃一點。」江洪被她這樣催著，只好坐下來喝完了兩杯茶，又吃了兩塊點心，便站起身來，挺著胸脯，先扯扯衣襬，後摸摸領子。笑道：「嫂子，我走了，下午也許來搬行李。我若得著志堅的什麼消息，一定會打聽詳細，然後回來報告。」冰如道：「好，下午我在家裡等你，希望你不要接受別人的約會，我請你吃晚飯。」江洪道：「那再說吧。也許我下午不能來。」冰如見他眼望了前面，又要走的樣子，便伸出手來告別。江洪微彎了腰，接著她的手握著搖撼了兩下，笑道：「嫂嫂一切想寬一些。」然後又立正著，舉手和冰如行個軍禮。冰如情不自禁地跟在他後面，送下了樓梯。樓梯只是一條甬道直通到大門，冰如索性跟著他到了門口。江洪走出了門，下了三層臺階，回轉臉來望著道：「難道嫂嫂還要送？」冰如站

在門框下，向他點點頭道：「我就不送，但我希望你下午要來。」江洪又站定行了個軍禮，方才轉身走去。冰如將雙扇門掩了一扇，手扶著那扇掩的門，斜斜地靠了，望著江洪的後影，只管出神。江洪的影子，早已是不見了，冰如對著他所踏過的弄堂裡那段水泥路面，還是看得出神。馬路上槐樹葉子，凋黃著只剩了很稀少的幾片，被風吹著，撒在水泥路面上，或三或兩。冰如看著這個不曾轉了眼珠，很久，她又想到樹葉子一落下來了，無論用什麼科學方法，也不能再長到樹枝上去。樹葉子長在樹上，它不知道那環境可貴，等著落下了地來，回憶從前，覺得可貴而又不能享受了。人生在世……想到這裡，身後有人叫道：「太太，去洗臉吧，水都涼了。這裡迎面吹著風，多冷呵！」一句話把冰如驚醒，回轉頭來，見王媽站在樓梯口上，因笑道：「我在這裡站站，看看有些賣什麼東西的經過。」說著也就回轉樓上。她在洗澡間裡洗臉，王媽在外面收拾屋子，彼此有好久沒說話。王媽突然道：「太太，你看我們一路和江先生打著夥伴，倒很熱鬧的。現在他走了，我們倒好像怪捨不得似的。」冰如一回頭，要說什麼。見房東陳太太來了，便笑道：「妳真是當家人，老早就起來了。」陳太太笑道：「今天也許是特意早一點。把家裡事情弄清楚了，我陪妳到廣東館子裡吃早點去。」冰如道：「妳何必客氣，我要打擾妳的時候，還多著呢。」陳太太道：「我倒不是忙於請妳，妳要安一個家，總

要添置一些東西，吃了點心，妳可以去買東西了。我在樓下等妳，妳洗完了臉，就下來吧。」說著，房東太太走了，王媽想起了少這樣，少那樣，卻也慫恿冰如去一趟。她也覺得心裡頭有什麼放不下去似的。在家裡怪彆扭，穿上大衣，就下樓約著房東太太同走了，在館子裡磨消了兩小時，在街上又買了兩小時的日用品，回得家來，已經是十二點半鐘了。

王媽迎到樓梯口上，接過去冰如手上提的東西，她第一句便道：「江先生回來，搬著行李走了。」冰如問道：「搬走了？」王媽道：「搬走也不過半個鐘點。」冰如也沒做聲，回到了房裡，才皺了眉向她道：「妳怎不留他坐一會等我回來呢？」說著，還把腳在樓板上頓了兩頓。王媽道：「誰不是這樣說呢？江先生說，他見著上司了，叫他搬著行李到武昌去。他想著，若是去了再來搬行李，過江嫌麻煩。太太說是請他吃晚飯，那更來不及。不是星期六下午，或者星期日早上，他一定來。這不能怪我。」說著，把嘴鼓了起來。冰如想了一想，笑道：「我又何必怪妳呢，不過，我想著已經約了請人吃飯，結果又算了，這倒像開玩笑似的，別的無所謂。」王媽沒有敢拿話駁她，只是默然避開。可是冰如安了家之後，終日地皺著眉頭子，果然不如在路上走著，時而船上，時而岸上，倒有些興趣，總是懶洋洋的。但也有一件事是她所熱烈追求的，別人很難猜到，便是每天早上起來，等不及送報的上門，就要去買一份報來看。報到了手，

很快地捧著看了一遍，嘆口氣就放下了。但放下了不久，第二次又捧起來看看，有時感覺到一份報看得不夠，又再買兩份報來補充著看。王媽在一邊看到，雖知道她是為了時局的關係。可是自己不認得字，更不懂得國家大事，也沒有法子來安慰她。好在這位房東太太是喜歡說話的人，有時便悄悄地下樓，把她請上樓來，和太太說話。還有這樓上隔壁屋子裡，同住了一位劉太太，慢慢地也熟了。劉太太的先生是一位公務員，機關雖撤退了，他還在南京為留守人員之一。劉太太正是和自己太太一樣，每日都留心著報上的消息。不過她有一位七歲的小姐，伶俐活潑，還有個解悶的。是這日上午，樓上兩間屋子都靜悄悄的，正是看過報以後，各人都有一番心事。王媽隔著房門向裡看著，見劉太太斜坐在椅子上，將一隻手託了頭，似乎在想什麼。那劉小姐坐在矮椅子上玩弄著小洋娃娃。桌上放了一張報，一半垂在桌沿上要落下來。王媽低聲叫了一聲劉太太，她回過頭來，問道：「孫太太起來了沒有？」王媽道：「早就起來了，妳請到我們這邊來坐坐吧。」劉太太笑道：「我正要找妳們太太談一談呢。」說著，走了出來，她到了走廊上時，冰如也出來了，相見之後，第一句話就問道：「今天的報看了嗎？」劉太太點著頭道：「看過的，消息不大好呢。」說著，皺了兩皺眉頭子。冰如道：「敵軍在金山衛登陸了。我翻了一翻地圖，這戰事會延長到太湖後面來。」劉太太道：「地圖借我看看，

自從出學校門，好久不弄這東西，現在倒常翻著看看。」冰如在房裡取兩張分省地圖來，交給劉太太，因笑道：「幾個戰區裡的地圖，現在讓我看得嫻熟，這倒長了不少見識。」說著話，兩人就坐在沙發上看地圖，閒談了一陣。劉太太那個小姐貝貝卻由屋子裡跑出來，把地圖搶了過來看了一遍，因問道：「媽媽，這個書上沒有畫的小人嗎？」劉太太道：「這不是玩的書，不要撕了。拿過地圖來折疊著。」小貝貝舉了小白手，鼓了嘴，偏著頭道：「孫伯母，我爸爸在南京給我買了好些個小人書，他會帶來給我玩。」劉太太聽了這話，也不知道有什麼感觸，立刻有幾點淚水擠了出來。但她自己也感覺到，立刻胡咳嗽了幾聲，彎著腰下去，同時扯出了衣襟上披著的手絹擦抹著眼睛。

冰如倒感覺為難，便搭訕著整理地圖，送到屋子裡去，順便拿出一聽煙捲來，請劉太太吸菸。她將小貝貝抱在懷裡，用手摸了小孩子的童髮，因道：「她爸爸有半個多月沒有信來了。這一陣子南京每天都有幾次警報，我真放心不下。」冰如道：「警報倒不要緊，我在南京受過了一兩月的空襲，人沒有損壞一根毫毛。像我們先生在最前線打仗，據這兩天的消息看起來，可真有一點讓人著急。」劉太太道：「妳們先生在前線哪一段防地呢？」冰如道：「那怎麼會知道呢？在前線打仗，時時刻刻都有變化，絕沒有永遠駐守一個地方的道理。至於向後方通消息，那更是難說了。戰區

裡有軍郵，那是沒有固定時候來往的，到了火線上軍郵不能去，打仗的人，也沒有空工夫寫家信。我現在簡直沒希望接到他的信，如能得到他長官在哪裡的消息，就很滿足了。可是軍事長官的行跡，又是絕對祕密的。」說到這裡，她特別覺著懊喪，把頭低了，兩手放在懷裡，互弄著手指頭。劉太太又來勸她，笑道：「據你說，孫先生是個很精細的人，既是精細的人，在前方就會照料自己。」冰如也沒有說什麼，只是低了頭。

那小貝貝聽到母親提她爸爸，她很高興，就到屋子裡去，拿出幾張相片來，手舉著，直送到冰如面前，笑道：「孫伯母，妳看看，這就是我的爸爸。」冰如接過來看看，哄了孩子幾句，交還了她。劉太太倒拿了一張相片捧在手裡，只管出神。冰如覺得每一件事，每一句話，都是牽引著彼此心裡難受，正想怎樣把話來撇開。可是貝貝爬到沙發椅子上，兩手環抱了劉太太的頸子，眼望了相片，嘴對了母親的耳朵，問道：「媽媽，我爸爸幾時回來呢？」這話問得冰如心房都跳上一下，立刻走向前牽著她的手道：「來來，我帶你到馬路上買玩意兒去。」貝貝聽說買玩意兒，跳下椅子來，就同冰如走了出去。冰如也覺得心裡這一層鬱結，不容易解除，真在馬路上兜了兩個圈子，買兩件玩意兒給孩子，方才回來。可是走進房裡時，立刻勾起了心事。原來自己在南京搶出來的那一隻布袋放在這衣櫥裡，就不曾放在眼前。

這時，袋子裡那一柄佩劍，卻掛在床頭的牆上，梳妝臺上，茶几上，床前小櫃桌上，都支起了相片鏡框子，裡面放著志堅大小的相片。猛然看看，倒不免怔了一怔，拿了桌上支的一張相片在手，還是兩手捧住，遠遠地注視著。正好王媽由外面進來，迎上前笑道：「太太，我猜到了妳的心事吧？我把妳心愛的東西都擺出來了。」冰如放下相片，卻沒有答覆什麼，只長長地嘆了一口氣。

第八回
噩耗陷神京且煩客慰 離懷傷逝水鄰有人歸

　　屋子裡的空氣沉寂極了。那放在雁桌上的一架小鐘，還咪嚓咪嚓發出了響聲。冰如斜躺在床上，頭枕著那疊起的棉被，高高撐了上半身，眼望了這桌上正響著的小鐘。這小鐘旁邊就支起了一個盛相片的鏡框子，裡面放了孫志堅的武裝相片，是正了面孔，將那炯炯發光的眼睛對著人。冰如向著那裡看看，也是呆呆地目不旁視。那鏡框子旁邊，有一隻花瓶，瓶子裡插了一束月季花，似乎是日子久了，那花瓣散開，支在葉子上。這屋子也沒有什麼人移動，那花枝上的花瓣，卻好好地有兩片落下來，順了鏡子面，落到雪白的桌布上。白布襯著這鮮紅的兩點，頗覺醒目。冰如彷彿是吃了驚一樣，立刻由床上站了起來。這一下子，地板受了震動，雁桌也跟著有些微微的搖撼，於是有兩朵散得太開敞的花，那花瓣就像下雨一般，落了下來，在這鏡面子上黏貼著，把人影子遮掩了好幾處。就是孫志堅的臉上，也讓兩片花瓣蓋住著。冰如走到桌子邊站住，右手緩緩地撿起了桌面上的花瓣，放在左手心裡握住，然後手一揚，待要向痰盂子裡扔去，可是剛一彎腰，忽然有一種感想，這不是把鮮豔的東西向汙穢的裡面葬送了去嗎？這樣凝神想了一想，手裡這一

把花瓣就沒有扔下去。

回頭看那雁桌上的相片，卻見志堅凝神注視了自己，對自己帶一些微笑，又似乎帶一些怒氣。便拿了相片在手，也對他注視著，然後點點頭道：「志堅！你對我有點懷疑吧？我聽說，前線的犧牲是很大的。假如你有了不幸，那我怎麼辦呢？我一個孤孤單單的女人，我就這樣在後方住下去嗎？」於是將相片握著，人倒退了幾步，挨著了床沿，便坐下去。坐下去之後，還繼續地看那相片，於是就倒下去睡了，心裡也說不出是怎樣一種悶得慌，眼睛覺得枯澀，就昏昏沉沉地睡了下去。彷彿之間，志堅由相片上走了下來，臉上似乎生氣，又似乎發笑，因道：「冰如，妳要問我將來的路徑嗎？我的意思，妳最好是自己早作打算了。這個世界上已經沒有了我，妳要找我回來，是不可能的。前方將士，浴血抗戰，傷亡的人不能用數目去計，難道我的生命，就特別的有保障，還可以回來？」冰如待要問他的話，卻是震天震地幾陣炮響，立刻煙霧連天，自己在一個廣大的戰場上。那戰場的情形，和平常在電影裡面所看到的情形差不多，眼前所望到的，是一塊平原，除了幾根歪倒的木樁掛著鐵絲，這裡沒有樹木，也沒有青草，倒是砲彈落在地面，打了好多的乾土坑。

身上一陣火焰過去帶了彈片飛濺，自己就挺直地躺在這坑裡面，把面前一塊石頭抓住。也許是自己用力過猛了，那

塊石頭，也隨了自己這一拉，滾將過來。猛地一驚，看時，躺著的乾土坑是被褥上面，抓著的石頭是枕頭，而志堅的相片，卻依然壓在手下。這是一個夢，可是這個夢，給予她的印象很深。她覺得志堅那句話，是最可想像的，前方浴血抗戰，傷亡的人無數，難道他就可以安全地回來嗎？這一個感念放在心裡，便覺得自己坐立不安。恰好這幾天的戰事，極不順利，報上大題目登著，敵人正在猛犯南京光華門。看過這個題目之後，心裡頭就恍如用熱油煎著心窩一樣，非常的難受。終日說不出是一種什麼心情，只是要睡覺。到了晚上又做的是整整一宿的夢。早晨醒來，便聽到門外皮鞋走動響，一個翻身由床上坐起來，隔了門問道：「是江先生來了？」外面江洪答道：「嫂嫂還沒有升帳？只管睡著吧，我沒有什麼了不得的事情。」冰如自不會依著他這話，已是匆匆穿衣起來，先開了房門，向江洪打了一個招呼，方才到後面洗澡間洗臉。江洪坐在樓廊的沙發上，等著王媽送茶來的時候，低聲道：「妳太太這兩天心裡非常的難受吧？我看她的臉，瘦削得像害了一場病一樣。」王媽道：「沒有哇。」江洪道：「剛才，她披著衣服，打開半扇門，伸出半截身子來，我見她頭髮披散了在肩上，臉色黃黃的，肩膀垂了下來，和我點個頭就進去了。我以為她是病了呢。」王媽又連說了兩聲沒有沒有。這些話他雖是極力地低聲說出來的，可是冰如在洗澡間裡，一句一句的都聽到了，這幾日洗過臉，

　　隨便抹一點雪花膏，就算了。聽了這話，覺得一張黃臉對著人，那不大好，便在撲過一陣乾粉之後，又塗抹了兩個胭脂暈兒。身上穿的是一件青綢面子的舊羊皮袍子，既臃腫，也不乾淨。這就也脫下來，換了一件綠絨袍子，窄小而輕薄，現出這苗條的身段來。在洗臉盆上的大懸鏡裡，她看著有這樣的觀念，她梳攏了一會子頭髮，又塗抹了一層油。那桌上花瓶子裡，已是新換了一束月季花，她摘了一朵，插在髮邊。又照了一照鏡子，這才轉著念道：「這樣子收拾過了一遍，應該不帶什麼病容了吧？」果然，她出來的時候，江洪不免吃了一驚，不多一會子，孫太太又換了一個人了。他心裡這樣想著，雖沒有說出來，可是他預備了一番安慰的話，覺得有點多餘了，於是起身笑著點了一點頭。冰如道：「江先生怎麼這樣早就過江了？」於是隔了茶几在沙發上坐著。

　　江洪沒開口，先皺了眉頭子，接著又抿嘴吸了一口氣，因問道：「嫂嫂看到這幾日的報了嗎？」冰如道：「正是這樣想，我覺得南京的情形，已是十分嚴重了！」江洪靠近了茶几一點，把頭伸過來，低聲道：「豈但是嚴重，昨天已經失陷了！」冰如突然聽了這話，心房倒是猛可地跳上一下。隨著也起了一起身子，向江洪臉上望了道：「這話是真的？」江洪點點頭道：「這消息大概不假。但嫂嫂也不必發急，志堅兄並沒有在城裡。這個時候，想著他繞過南京，隨著部隊，撤退到安全地帶上去了。」冰如道：「你又怎見得

他已撤退到安全的地帶上去了呢？」江洪道：「那……那，我想，除非是他有特殊的任務，不然，他是個很機警的人，一定有辦法可以到達安全地點的。」冰如先是微笑了一笑，然後又嘆了一口氣道：「現在我也顧全不得許多，只好過一日是一日了。」於是把手撐在椅靠子上，將手託了自己的臉腮，身子略微歪躺在沙發上。江洪道：「現在我們所得的消息，還是一個很短的報告。究竟失陷的詳細情形怎麼樣，還不知道。」冰如也不動，也不說話，卻把手托的臉腮，微微搖撼了幾下。

　　江洪在衣袋裡掏出錶來看一看，因道：「我這時抽空來看嫂嫂，是怕妳突然看到報上消息之後，心裡會難過，所以先來報告一聲，免得妳摸不著頭腦。嫂嫂放心吧，再有什麼消息，我隨時會來報告的，我告辭了。」冰如聽了這個消息，頃刻之間，就像喝醉了酒的人一樣，腦子裡喪失了主宰。江洪說了這些個話，她卻不知道找什麼話來答覆。只是知道對江洪這麼一個人，是應該客氣些的，看見他走，也跟在後面送了下樓。只走到半截樓梯上，江洪站在樓下，回轉頭來笑道：「嫂嫂，妳又送我嗎？以後我也許隔一兩天就探望妳一次。妳只管這樣向我客氣，那樣我受拘束了。」冰如手扶了欄杆，向下望著，點了兩點頭，竟是真的不送了。她回到樓上，把這話告訴了隔壁屋子裡的劉太太。那劉太太倒沒有她這樣能忍耐，已是眼圈兒一紅，兩行眼淚直流。冰如

見到別人這樣掛念丈夫，自己也是黯然。這日的報上，雖還沒有登著南京失陷的消息，可是字裡行間，也就表示著情形十分危急。覺得江洪送來的這個消息，絕不會錯誤，當日就在屋子裡睡了一天。到次日，南京的失陷情形，報上也就大致登載出來了。這已算完全絕了希望，倒不必像昨日那樣發悶。吃過了午飯，索性出去看電影。

　　晚上次來，卻見江洪手捧了一本雜誌，坐在走廊上的沙發上看。他脫去了制服，卻穿起了一件藍綢面的皮袍子，突然改裝，倒顯著特別年輕些似的。便笑道：「喲？江先生怎樣改了裝了？」江洪起身道：「今晚我在漢口有點事，無須乎過江去。穿了一身制服，有許多地方要受著限制，這樣到任何娛樂場所去，都自由些。」冰如深深一點頭道：「這點兒意見，我們倒是完全相同。反正是不得了，樂一天是一天。」江洪搖搖頭道：「這種見解，倒是不怎樣妥當。」冰如道：「那麼，你為什麼說要到娛樂場去呢？」江洪笑道：「我這有點用意。」冰如便在他對面沙發坐下，望了他的臉道：「你有什麼用意，我倒願聞其詳。」江洪道：「我想著，嫂嫂心裡，一定是很難受的。我想今晚上陪嫂嫂看戲去。」冰如笑道：「你看，我是怎樣大意。不錯的，王玉這個劇團也來了，我在報上看到這廣告的。這麼一來，江先生每天多一件事可做了。」江洪笑道：「也不一定就去看她演劇。」冰如道：「好的，我陪江先生去看看，我也要看看她到底有

什麼能耐。」說到這裡，王媽捧著一壺熱茶來了，向江洪面前杯子裡斟著茶。

　　一面問道：「江先生，聽說我們的南京丟了，是嗎？那怎麼辦呢？」江洪道：「妳有什麼人在城裡嗎？」王媽道：「親戚朋友總是有的。那些沒有逃出來的人，還會有命嗎？」江洪站起來，接過她手上的茶壺，皺了眉向她道：「不要提南京了，妳不知道妳太太心裡難受嗎？」這時，隔壁屋子裡那位劉太太，站在自己房門口，手裡有一下沒一下地結著毛線手套。手掌裡握著三根鐵針，眼睛雖看在手套上，卻也同沒有看到一般，針尖在手指上，倒縈了好幾下。耳朵裡是在探聽江洪所說的南京消息。因為彼此不熟，又未便問話，只有站在一邊等機會。現在聽到江洪說不必談南京的話，這就是想冒昧問兩聲，也有所不可了。聽話的人寂然，談話的人也就寂然，王媽被江洪拿過了茶壺，沒有意思，悄悄地走了。江洪只是端起杯子來，連連地喝著茶。冰如將手撐了頭，半斜地坐在沙發上，半晌，微微地嘆一口氣。江洪看了一看手錶，因道：「嫂嫂我陪妳到大街上去走走吧？」冰如回來之後，還不曾進房，那手提包還放在茶几上呢。這就把手提包拿著站了起來，笑道：「好哇！我們一路走吧。」於是二人一路走了。那個要聽消息的劉太太還是站在那裡，一兩分鐘，打一針手套。忽聽王媽問道：「劉太太，真的，我們的南京丟了嗎？」劉太太回頭看時，見她站

在茶几邊，自己斟了茶喝，也在望了杯子出神。劉太太道：「報上都登出來了，怎麼會假？這位江先生，是你們孫先生的好朋友嗎？」王媽道：「是的。孫先生托他把我們帶到漢口來的。他為人好極了，就像我們太太自己的兄弟一樣。」劉太太頓了一頓，才道：「他好像是特意來安慰你們太太的。」王媽道：「一路上他總是安慰著我們太太。」劉太太道：「他自己有太太嗎？」王媽笑道：「他還沒有太太。在九江遇到一個唱戲的王小姐，倒很有點意思。這王小姐原來也是一位太太，還有孩子呢，和我們太太是朋友。在九江遇到她，才知道她離婚了。」王媽倒不管劉太太願不願意聽，繼續著向下說。劉太太道：「怪不得他邀妳太太去看戲，他是另有意思的。妳太太和我就不同，我一點也想不開，今天妳教我陪人去看戲，我就辦不到。」王媽還道：「我們太太在南京，就不是這樣，心裡有一點事過不去，就急得不得了。」劉太太道：「急呢，本來也是無用。可是心頭總放不下來。我倒很欣慕孫太太為人了。」說著，長長地嘆了一口氣。有一部分女人，是喜歡管著別人家的閒事的。劉太太和冰如住著隔壁，也就注意著她的態度。在每日早上，她看過幾份報之後，或者在走廊沙發上坐著晒太陽，或者在屋裡睡覺。但到了下午兩點鐘，她就換了一個樣子了。風雨無阻，那位江先生必定來坐上一二小時，用許多話來安慰她。有時也陪了冰如出去，或者看戲，或者看電影。這樣有了一個禮

拜，南京失陷後的情形，由外國通訊翻譯轉載回來的消息，的確是十分悽慘，只看那死人估計的數目，都是說在二十萬以上。凡是有親人留陷在南京，沒有出來的人，都在不能保險之列，至於軍事上不利的傳說，自然是比前更甚。那劉太太隨了這些消息，另變成了一個模樣，臉上瘦削得像黃蠟塑的人，兩隻肩膀向下垂著，掛不住衣服，把衣服都要墜了下來。可是冰如倒不像她這樣難堪，依然逐日整齊地修飾著。

這一個晴天的當午，陽光由玻璃窗子裡穿了進來，很是暖和，將走廊上的窗子推開，屋子裡空氣流通，倒是把連日屋子裡的鬱塞滋味，一掃而空。劉太太手裡捧了一杯茶，靠在撐開玻璃窗戶的窗欄杆上向樓底下望著。冰如也是由屋子裡出來，靠了窗欄杆站定，向劉太太笑道：「今天的天氣，倒不像冬天了。我們到江邊上去散散步好嗎？」劉太太皺了兩皺眉頭，接著微笑道：「也不懂什麼緣故，這幾天幹什麼事都不感到興趣。心裡熱燙得，就像害了燒熱病一樣。」冰如道：「不要那樣想不開。我們有人在南京沒有出來，那是一重損失，把我們的身體急壞了，那更是兩重損失。我們總應當留著我們這個身子來做些沒有做完的事。」劉太太慢慢地喝著那碗茶，出了一會神，因點點頭道：「那也好，我帶著小貝貝出去走走。」小姑娘聽到母親要帶她出去走走，早是由屋裡一跳一跳地跑了出來，抓住母親的衣襟道：「我們走哇，媽媽。」劉太太本來就喜歡這個小姑娘，自從和丈

夫分別以後，越是把這女兒看成寶貝一樣。小手一拖住了衣襟，她就絲毫不能勉強，順手摸了她的頭道：「好，我們到江邊上看看船去。」貝貝道：「我爸爸坐了船回來呀。」劉太太和姑娘說著，本來帶了笑容。聽了這句話，像是胸面前受了一小拳頭，微微地痛了一下，望了貝貝沒有做聲。冰如過來牽了她的手道：「好孩子，妳跟了孫伯母去，不要多說話。」於是她牽了貝貝先走，劉太太跟在後面走出來。她們所住的這地方，正是江岸後面的一條馬路。隨便走著兩步，就是眼界一空。馬路旁的草地，像是狼狗皮的毛毯，鋪在地上。夾路的樹木，落光了葉子，陽光穿過那枝椏的樹枝，照在水泥面的人行道上，越是覺得乾淨，偶然還有一兩片焦枯的落葉，鋪在路面，是表示著江邊還有一點風。江水是太淺了，落下去和江岸懸殊十幾丈，而對岸的武昌，彷彿是鄰近了好多。輪船停泊在一條寬溝似的冬江裡，那輪船上的煙囪比碼頭上的欄杆還要矮得多，這正可以向下俯視一切。掛著白布帆的木船，在江心裡順流而下，小貝貝看著很有意思。尤其是那最小的木船，掛了丈來見方的白帆，在水浪裡漂蕩，貝貝看著有些像玩具。

她就穿過馬路外邊的草地，伏在石岸的鐵鏈欄杆上，向江裡看著，兩個大人隨在後面站定，貝貝指著問道：「媽媽，那小船是到南京去的嗎？」劉太太微微笑著搖搖頭。就在這江岸下邊，有一隻中型輪船，靠了趸船停泊著。碼頭上

的搬運夫，抬著貨物，由坡上下來，向輪船上去。劉太太隨便問道：「這是到長沙去的船呢，還是到宜昌去的船呢？」冰如道：「大概是到宜昌的。到長沙去的貨物，多半是走粵漢路。」貝貝回轉身來，牽了劉太太的衣襟道：「媽媽，我們也上船去吧。我們坐船到南京找爸爸去吧。」她這麼一句不懂事的話，卻把劉太太剛剛排解的情緒，重新鬱結起來，手扶了欄杆，望了江裡的浪頭，只管發痴。很久很久才道：「到南京去嗎？除非變一條魚，隨了這浪頭一塊兒流了去。」冰如見她低了頭，簡直抬不起來，便抱了小貝貝，把話扯開來，指著對岸道：「妳知道那裡是什麼地方，你去過嗎？」她絮絮叨叨和小孩子說著，劉太太再也不說什麼話，只望了江裡的浪，見那浪一峰蓋著一峰向束推了去，便想到這樣向前推去，自然有一日到了南京下關。

再又看到江邊水上，浮了一層草屑，又想，假如自己是這草屑，不也就幾天到了南京嗎？草屑是沒有人注意到它的，它可以太太平平地賞鑑這時候的南京是什麼樣子。正在這樣出神呢，忽聽到有人叫道：「太太，快回去吧，先生回來了。」她始而沒理會，繼而覺得這是自己家裡女僕聲音，回過頭來時，那女僕已經奔到了面前，笑道：「太太，我們先生回來了。」劉太太怔了一怔，問道：「真的？」那女僕道：「真的真的，快回去吧。」劉太太也忘了貝貝，扯腿就跑，貝貝由冰如懷裡掙下來，站在地上叫媽媽。劉太太已是

跑過了馬路，聽到這種喊叫聲，又突然地跑了回來，抱著她笑道：「快回去吧，妳天天盼望的爸爸回來了。」說著，將孩子扛在肩上，就順了碼頭邊的行人路走。路有了缺口，就是走下碼頭去的石頭坡子。劉太太走到這坡子上，未曾怎樣介意，順了向下的坡子就一層層地走去，還是那女僕在碼頭上叫道：「太太妳向哪裡走，要到哪裡去？」這句話才把她提醒，才啊喲了一聲道：「我怎麼往江邊上跑？」說了這一聲之後，才抱著孩子跑上碼頭來。她大概不大好意思，頭也不抬，就回去了。這把冰如一個人留在碼頭上，站著怔怔地望了江心。

她想到劉太太所說，只有變了魚才可以隨了這江裡的浪頭東去。那是實在的話，除了男子預備去衝鋒陷陣，誰能夠徑直向東去呢？她想到了這裡，不免隨了這念頭，只管向東看去。這江裡的水，雖是枯淺得成了一條深溝，可是向東一直看去，正是江流的路線，兩岸平原，一點沒有阻隔。越遠就越覺得地平寬闊，船帆像白鳥毛，一片片地飄著。天腳下白雲被日光照著，略帶了金黃色，把地平線圍繞了。這長江二條水翻著白浪頭，就流到這雲裡去，且不問這雲是多遠，南京是在這白雲以外。

志堅在這白雲以外活著呢，還是……她不敢向下想，遙遙地看到水面上天底下，冒出一縷黑煙，像一條烏龍似的在半空裡盤繞著，那是一隻輪船，在地平線以下，快要升出來

了。且不問這輪船大小，所帶來的人，到了漢口，又有不少像劉太太的少婦要喜歡得認不出路來，自己不知道有這麼一天沒有。這是一個可玩味的境遇。正在幻想著，身後有人笑問道：「嫂嫂看著這大江東去，又在想志堅兄了？」冰如回頭看時，是江洪站在草地的露椅邊。他今天換了一套西服，外套著花呢大衣，斜斜地戴了一頂盤式呢帽，那姿態頗有點電影明星的味兒，因笑道：「我早不做那個痴想了，那有什麼用呢？」雖然她心裡覺著自己撒謊，但她表面上卻裝著很自然，隨了這話微微地一笑。

第九回
別有心腸豐裝邀伴侶 各除面幕妒語鬥機鋒

　　時間可以變換一切，人的心理亦復如此。江洪對冰如原來是極為敬重的。可是廝混得久了，覺得她是不願人拘守形跡的，過於拘板，也怕會引起了她的煩厭，所以有時也隨和地說笑著。他見冰如否認在這裡想念丈夫，便笑道：「難道嫂嫂還不好意思承認這件事？」冰如笑道：「我有什麼不好意思承認？我是覺得這樣空想無益。其實江先生所做的事實，倒是不肯承認。這事，需要我說明白過來嗎？」冰如笑瞭望著他做一個試探式的問話。江洪問道：「我還沒有來得及告訴嫂嫂呢，絕非是瞞著。」他說著這話時，便向馬路很遠的所在，連連揮著帽子招了幾招。冰如倒沒有料到他有此招，只見王玉遠遠地由那裡跑過來，手上拿了一排銅絲扭的鮮花。冰如笑著咦了一聲道：「想不到王小姐在這裡出現。」王玉指著江洪道：「我打電話約了他在廣東館子裡吃早點。到妳府上去找妳，妳們家王媽說，妳到江邊上來了。在前面路口上買鮮花，所以晚來一步。我特意來請妳去看我們今天上演的一出新戲，好嗎？」冰如笑道：「說一句話，妳不要生氣。我對海派皮簧戲劇，感不到興趣。」王玉笑道：「那我有什麼可生氣的呢？各人嗜好不同。譬如密斯脫江，他

就喜歡梅派戲。」冰如笑道：「江先生聽戲，那是人的問題，給妳捧場罷了。」她說這話時臉色有一點紅。分明是玩笑的話，卻有點生氣似的。王玉絲毫也不介意，笑道：「江先生倒是有點給我捧場的意思，不過江先生一個人捧場，聲勢不夠，我希望他多邀幾個人去聽戲。妳不能去湊一個嗎？不要妳聽戲，只要妳捧場而已。」冰如的俏皮話沒有說倒她，反是讓她俏皮了一陣，那臉色就更紅了，微垂了眼皮說不出話來。江洪看到這樣子，倒有點不好意思，便笑道：「只管說笑話，把正事忘了。王小姐不是還有點首飾在嫂嫂那裡嗎？」江洪的話還沒有說完，王玉便搶著插嘴道：「那不要緊，明天我把錢交給江先生，江先生給我代購回來就是了。話已當面說明，孫太太將來把東西交給他吧。」冰如哼著點了一點頭，江洪覺著沒趣，在江岸上踏著步子，說了幾句閒話。冰如道：「說實在的，我不能去看戲。我們樓上的鄰居劉先生由南京脫險回來了，我要回去聽聽消息，改日再來捧場吧。」她說著向王玉笑著點了兩點頭，也不待江洪再說什麼，她竟自走了。王玉站在馬路上望了她去的影子，只管微笑，等看不見人了，便向江洪笑道：「奇怪奇怪，我們交朋友，孫太太倒是有些吃醋的樣子。老江，我們的交情，是與日俱深了。你對我說句實話，你們的關係怎樣？她好像是愛上了你。」江洪啊喲了一聲，正色道：「這可不能隨便亂說的，我和孫志堅是知己朋友。」王玉道：「那麼，她為什

麼有點憤憤不平的神氣？」江洪笑道：「我哪裡知道？女人的心事。」王玉微笑笑，也沒有駁他。她這天上身穿了一件拉鏈子的寶藍色羊毛衫，下套格子花嗶嘰短裙，頭上梳兩個辮子，紮著紅辮花，手臂上挽搭著一件紫紅色毛繩大衣。說著話和江洪慢慢靠近，江洪就把她手臂上那件大衣接了過去。王玉倒不拒絕他這個動作，卻笑道：「假使冰如在這裡，她又會覺得看不上眼了。」江洪道：「便是全社會上人看不上眼，我也無須介意。」王玉笑道：「你果然有這番大無畏的精神，那我就很佩服你了。」江洪聽說，也是一笑，於是二人就並肩向繁華的路上走去了。恰是走不多遠，碰到了王媽，江洪有言在先，全社會人看不上眼，也無須介意，也就只好硬著頭，坦然地走著，只當沒有看到她。可是王玉不肯這樣含糊，卻故意笑著叫了一聲王媽。王媽隨便答應了一聲，還問到哪裡去，王玉笑著大聲道：「我們看電影去，請你們太太，你們太太不肯來嘛。」說著，就挽了江洪一隻手臂走開了，王媽站在人行路上，倒呆望了一陣，她忽然覺得心裡橫擱了一件什麼事似的。突然改快了步子，向家裡走去。這時，冰如門外的樓廊上，圍了許多人，聽著新到的劉先生講說脫險的故事。冰如也坐在自己屋裡沙發上，呆呆地聽。王媽一腳跨進房門，一拍手道：「太太，妳看這是新鮮事嗎？江先生和那個王小姐，手挽手地在馬路上走著。」冰如頭一偏道：「妳才喜歡管這些閒事嗎？」王媽碰了這一個

釘子，只好走開。可是王媽剛走出門，冰如又放下了聲音，低聲道：「妳來我問妳。」王媽見她要問，便又走回房來，正色道：「真的，太太，我不騙妳。我在馬路上看到她，她一點也不害臊，還故意叫了我一聲。」冰如道：「她這種唱戲的人，什麼事做不出來？她怎樣和江先生同走，並排呢？一個在前，一個在後呢？」王媽道：「什麼在前在後，兩人手挽了手走。」冰如的臉，紅裡變青，手託了臉，很久沒有做聲。後來她就站起來，打開雁桌的抽屜，拿了一把糖果，坐下來慢慢嚼，她倒沒有看到王媽站在前面似的。王媽站了很久，感到無趣，也就離開了。

這一天，冰如在許多煩惱之上，又增加了一層煩惱，可也沒有法子對誰說破，只有睡覺而已。到了次日，一看牆上掛的日曆，是一個星期日，料著江洪是必定會來的。於是起早梳洗了一番，換了一件紫絨的夾袍子，天氣已是隆冬，穿絨夾袍子，總算單薄。而這夾袍子還是白綢裡兒。那深紫的顏色，和那臉上的胭脂配起來，真是一個鮮豔欲滴的色彩。她在後面洗澡間裡，足照了一小時的鏡子，她還嫌不夠，隨著又走到外面臥室裡來，又對雁桌上的小鏡子，重新照了兩遍。在照鏡子的時候，她看到前些日子王媽支起的孫志堅照片，就收起來，放到抽屜裡。回轉身來，看到方桌上，床前几櫃上都有志堅的照片，也一一地給收了起來。早幾日，她在北平香粉店裡，買了些通草絹制花朵，這時挑了一朵海棠

花斜插在鬢耳前邊下。她這樣修飾了很久，連王媽都有些奇怪。當她進房來拿東西的時候，問道：「還早呢，太太打算出門去嗎？」冰如道：「心裡煩悶得很，我要去看兩個朋友。」王媽道：「設若江先生來了呢？」冰如道：「反正他也沒有什麼消息告訴我。」王媽拿了兩套衣服，只管對冰如呆望了。

冰如道：「妳對我老望著幹什麼？」王媽笑道：「我們太太比王小姐漂亮得多，她是打扮得那樣妖精古怪的。」冰如道：「妳這比方根本不對，怎麼拿我和她打比呢？」王媽也是莫名其妙，怎麼隨便一比，就提起了王小姐呢？這句話大概是太太不願聽的，不敢再說就走了。其實冰如聽了這話，倒是很歡喜。這樣修飾好了，且不走開，拿了一疊日報坐在樓廊的沙發上看。不到半小時，有皮鞋聲登著樓梯上來，冰如猜著這必是江洪，卻並不回頭，只管半側了身子坐著看報。果然是江洪來了，他走上廊口，看到那裡坐了一個豔裝女人，以為是冰如來了女友，便頓了一頓，然後緩步向前。直走到面前，冰如抬起頭，他才呵呀了一聲，笑道：「原來嫂嫂在這裡。快要出門了嗎？」冰如笑道：「昨天這樓上的劉先生回來說到南京退出來的情形，真是讓人心煩死了，我想今天出去逛游半天。請坐請坐，我有很好的咖啡，熬一壺請請你，好嗎？」江洪在她的對面椅子上坐下，向她笑道：「何必這樣費事？我可以請嫂嫂去吃早點。」冰

如還是撿起報來，兩手捧了報看，隨便地問道：「請我什麼地方去吃早點呢？另外沒有約會嗎？」江洪道：「聽便嫂嫂吩咐，什麼地方都可以。我……我沒有約會。」冰如繼續地看著報，又問道：「王玉沒有約江先生去捧場嗎？」江洪笑道：「昨天晚上已經看過了。今天還演的昨天那一本戲，看第二次就沒趣味。」冰如臉上，現出了一點得意的顏色，將頭點了兩點道：「江先生這話，倒是忠實的報告。」說著，放下了報，正了身子坐著。正好王媽也就送上茶來。她見江洪把皮大衣放在椅搭上，露出了一身紫呢西服，便笑道：「江先生不怕冷，穿這樣薄。」江洪道：「我穿得薄嗎？妳看你們太太穿得更薄呢。」王媽將茶杯放在他面前，又對他繫著的花綢領帶望了一眼，微微一笑。江洪問道：「妳笑些什麼？」王媽道：「我們和江先生也很熟了，江先生一定不嫌我說話直。我覺得自從你認識王小姐後，特別的漂亮起來了。」江洪笑道：「我們當軍人的，沒有長衣。不穿軍衣出來，就是穿西裝，這有什麼稀奇呢？」王媽自未便多言，笑著走了。冰如笑道：「連王媽都有這樣的感覺了，可見江先生有些猛烈進行。我倒是願站在朋友的立場上向江先生進兩句忠告。」說到這裡，把臉色就正了。江洪道：「嫂嫂只管說，我是很樂於接受的。」冰如將手撐了頭，沉思了一下，因道：「你不是要請我吃早點嗎？回頭再說吧。」江洪雖未曾預備陪她去玩，可是話已說到這裡，就未便改口，因道：

「我也聽到嫂嫂的感觸很深,當然陪嫂嫂出去走走。其實我們這場抗戰,是預備了長時間作下去的。也許還有十年八年的戰爭,目前的一點折磨,實在不必介意。現在前方郵電阻隔,志堅兄暫沒有信回來,卻也是常情中應有的事。」冰如嘆了一口氣,又笑道:「江先生,承你的好意,每次都把這些話來安慰我,我不是個笨人,不會不了解,但是心裡的煩悶,是不容易消除。為了這個,所以我自己麻醉自己胡逛。你能陪我消磨半日就很好,不然我一個人是要出去的。」江洪連說:「好,我陪嫂嫂去。」冰如忽然撲哧一笑,似乎是很得意似的。江洪道:「要吃早點,我們就走,去晚了,沒有座位了。」冰如笑著進房去加上了一件皮大衣,兩手抄住衣領,然後走出來,向江洪點點頭道:「走哇。」江洪覺得冰如今天的態度,有些欠著莊重,可是已經答應了同她走,自不能推辭。上街找了一家大的廣東館子進去。在三層樓上角落裡,正好騰出火工廠一副座位。那裡半掩著厚呢帳幃,座廂裡亮著電燈,照著座廂裡黃黃的,冰如對這個環境,很是滿意,立刻就坐進去了。這裡是熱氣管燃燒得很暖和的,二人都把皮大衣脫了。

　　江洪在冰如對面坐下,當茶房送著茶壺點心碟子過來的時候,他忽然挺了胸脯,讚嘆了一聲道:「中國偉大。」冰如笑道:「你不愧是個軍人,處處表現著你愛國。」江洪將筷子指著點心碟子道:「妳看,這些享受,我們還是照平常

一樣地享受著。長江下游，炮火連天，快有半年了，可是我們在上游的人，還照常地吃喝快樂，這不能不說我們地大物博，有以致此。第一次歐洲大戰……」冰如卻提起了小茶壺，向他面前杯子裡斟了茶下去，攔著道：「江先生，我們不談戰事好不好？」江洪笑道：「哦！是是，嫂嫂感觸很多，不談戰事就是。」冰如向他笑了一笑，豎起筷子來，慢慢地吃著點心，江洪因彼此對面靜坐著，感到無聊，便只好找了話說，因笑道：「吃過點心以後，我們到哪裡去消磨幾個鐘頭呢？」冰如聽到，覺得說話的機會來了，便道：「要合江先生的胃口，最好是去看王玉演戲。」江洪笑了一笑，端起茶杯來喝了。冰如正色道：「江先生我倒有兩句話要勸勸你。像王玉這種人，根本是一個向墮落路上走的女子，你要找對象哪裡就找不到這樣一個女子？」江洪沒說什麼，提壺斟了一杯茶喝著。冰如道：「真的我並非說閒話。王玉這個人，我有徹底的認識，她以前和包先生在一起的時候，包先生對她是百依百順。你看，她現在和人家離了婚，還要說人家不對。她說軍人不好，為什麼還要嫁軍人呢？」江洪笑道：「嫂嫂說得過分了，何至於就說到嫁娶的上面去。我是覺得藝術家很有趣，交一個有趣的朋友罷了。」冰如把嘴一撇，道：「藝術家？不要說得讓藝術家聽到了。她才演了幾個月的老戲，就變成藝術家了。自然，你也是需要找對象的時候了。依著我，你求求我，我給你做個媒，找個才貌均

佳的女人和你配對，你看好不好？」江洪微笑道：「好！可是才貌均佳的女人，怕我配不上吧？」冰如夾著碟子裡的點心，放到門牙中間，慢慢地咬著，轉著眼珠，臉上略有點微笑，似乎在想著什麼心事。江洪笑道：「嫂嫂似乎有一段批評的話，暫時不肯說出來。」冰如點點頭道：「最好你是疏遠了王玉我才好給你找對象。自然，你會這樣想，犧牲了現成的，倒去追求那不可捉摸的。可是我能和你保障你絕不會落空。再說，憑你這樣一個英俊軍人，難道找王玉這樣一個女人，還有什麼問題嗎？」江洪道：「嫂嫂反覆地說著，教我真不能再說什麼。」冰如道：「我倒想起了一件事。」她突然地把聲調提高了一點，望了江洪的臉。江洪也就很注意地向下聽去。冰如道：「在九江的時候，王玉拿了一點金器，在我這裡押了一點款子去，這是你知道的。她昨天說，她交錢給你代她取回去，她是不是敲你的竹槓？」江洪笑了一笑。冰如將三個指頭拍了桌沿道：「如何如何？我就知道她追求江先生，是另有作用的。這種女人，你以為有 ·點信義嗎？」江洪道：「她沒有代贖金器這個要求。就是有這個要求，我也會對嫂嫂說明。」冰如微微地把臉色紅了，因道：「你不必理她，這件事我直接和她辦理。」江洪口裡雖說不出什麼來，心裡可就想著，我和王玉交朋友，與她什麼相干？可是心裡這樣想著，口裡又不能反駁她一個字。因為今日冰如除了那身豔裝之外，也不知道身上灑了什麼化妝

品，那香氣襲到鼻子裡來，令人昏昏欲醉，自己也就說不出個所以然來。

　　這一軟化，就無法可以拿出自己的主張來了。吃過點心之後，陪了冰如去看早場電影。看過電影之後，又是吃午飯，午飯之後，再看話劇。直到吃過晚飯，冰如又親自送著他到過江的輪船碼頭上去。約定了星期三下午六點鐘，在家裡等著他吃晚飯。在星期三以前，江洪說了不過江了，這樣，她是相當滿意。到了那日下午，冰如依然是一番豔裝。可是在下午五點多鐘，卻是最不願意的王玉來了。冰如正在屜桌面前，對了鏡子撲粉，便笑著相迎道：「哪一陣風，把妳這忙人吹來了？」王玉道：「還不是有點小事。來得很巧，看妳這樣子，大概又要出門去吧？」冰如道：「雖然要出門，但是妳遠道來了，我一定也要在家裡陪著妳。」王玉未曾坐下，就在衣袋裡掏出三十元鈔票，放在桌上。笑道：「在九江蒙代墊的款子，現在奉還了，恕我沒有增加利錢。」冰如笑道：「王小姐，妳這是挖苦我了。在九江押戒指的時候，我本來覺得太計較了。可是妳非如此不可，我有什麼法子呢！」說著，打開箱子來，取出兩枚戒指交還給她。

　　她笑道：「孫太太，妳對我，有一點不大坦然吧？」她說這話，坐在沙發上，架起一條腿來微微地搖撼著身子。冰如道：「這話怎麼說？」王玉微笑著，點了兩點頭道：「我曉得，為了江洪。」冰如把臉急得通紅，瞪了眼望著她道：「這

是什麼話？為他我對妳不能坦然？」王玉依然嘻嘻笑道：
「妳別性急，我很坦然地告訴妳，我愛江洪，妳也愛江洪。
江洪愛我不愛我，這是另一個問題。可是我很客觀地判斷，
他絕不會愛妳，那原因很簡單，因為你的丈夫是他的好友。
告訴妳，我們天天見面，彼此行動，我大半知道的。」冰如
忍住一氣，等她把話說下去。直等她說完之後，喝了一聲
道：「妳瘋了！」王玉笑道：「我們兩個人裡面，總有一個瘋
了！」她說這句話時，偏頭向外一伸笑道：「好了，說曹操
曹操就到了。」江洪隨了她這話，站在門外走廊中間，倒有
些愕然。再一看到冰如坐在屋正中靠方桌一把椅子上，臉色
氣得發紫，兩眼發直。而王玉呢，卻是很調皮的樣子，架了
腿坐在沙發上。不用說，是她到此地挑釁來了。這只有暫裝
著麻糊，向王玉點個頭道：「王小姐也來了。」冰如道：「她
教訓我來了。」王玉卻站了起來，因笑道：「沒有的話，我
怎敢教訓孫太太呢？密斯脫江，我們自九江認識以來，彼此
友誼不錯。我回了漢口，我們的友誼也加深了。社交公開的
今天，這太無須隱瞞了。不過孫太太對我們友誼加深一層，
不大願意。老實說，我是深深引為遺憾的。孫太太為什麼這
樣呢？那正是和我一樣，共同把你當了一個追求的目的。」
江洪見她這樣在當面直喊出來，也就把臉色變了。兩手緊緊
插在大衣袋裡，不能有一點動作，面上的紅暈，直紅到耳朵
後面去。冰如將桌子一拍道：「妳這個女人太潑辣了。你這

些無恥的話，怎麼可以到我私人住室裡來說？這是我的家，我有權處置，妳給我滾出去！」王玉冷笑道：「你凶什麼？我們往後看。」說著，轉身向門外走，因道：「這一招算我失敗，不宜在妳家裡爭吵，回頭見。」說著，仰著頸脖子走了。江洪心裡雖不免偏愛著王玉，可是她吵到人家家裡來，這是顯然過分了，她雖一怒而去，卻也不願去送她。

　　冰如先是鼓了腮幫子坐著，等王玉走遠了，她忽然哇的一聲哭了出來，兩手臂環攔在桌沿上，枕了自己的頭，哭得肩膀一聳一落，十分傷心。江洪站在一邊看著，很久很久，沒有了主意，只是呆看。倒是王媽進房來，擰著手巾，倒著茶，站在桌子邊，再三地相勸。約十五分鐘，等著冰如收了眼淚了，這才向她道：「嫂嫂妳不用生氣，她一個演戲的人，浪漫成性，她的話也沒有生氣的價值。」冰如道：「你看，這未免欺人太過分了，她竟是跑到我家裡來罵我。你若是同情我的話，你就和她斷絕往來，固然我不能干涉你交朋友。可是你和她交朋友，我就受到影響。」江洪聽到她這話，實在不成理由。可是在她心裡十分委屈的時候，不敢違拗，只好答應了。王媽在一邊道：「為了這種人生氣，那才不值得呢。太太不是說同江先生出去吃館子嗎？現在可以去了。要不然，那就太晚了。」江洪也點了頭道：「是的是的。我請嫂嫂吃晚飯去，我來道歉吧。」王媽聽說，知道冰如要重新洗臉化妝，便下樓去提熱水。冰如便向江洪道：

「你實說，對她的話，作何感想？要不然，我也不煩你常來安慰我了，晚飯你也不必請我吃。」江洪倒想不著她有這一問，因道：「當然她太無理由。」冰如將頭搖了兩搖道：「不是那樣說，我要問的，是王玉所指的事實，究竟真假。」江洪對這話，卻不好回答，望了她沉吟著。她卻把眼睛斜瞟了他，微微一笑。江洪道：「王玉對我為人，還沒有充分地認識，她的話是過火的。」冰如倒不像他那樣含糊，因道：「那麼，你以為我和你的友誼，倒不如王玉和你的友誼了。」江洪道：「那怎樣能比？」冰如道：「你不要把志堅的關係拉扯在內，什麼嫂嫂不嫂嫂的，就是我們認識了許久，不也可以發生一點友誼嗎？你把這點友誼來說，在我和王玉之間，你覺得哪一方面的交情深些？」江洪因她逼問得很厲害，沒法子躲閃，因道：「自然是我們的交情深些。」這句話的肯定語氣，冰如對之倒沒有什麼了不得，唯有我們兩個字，聽了卻十分滿意，便點著頭笑道：「有這句話已足，雖然我受了王玉那賤東西的氣，我也不計較了。今天晚上吃飯，我請你。」這時王媽已泡了熱水來，冰如自到洗澡間去洗臉化妝。江洪道：「有洗澡間，卻沒有熱水？」冰如在裡面屋子裡道：「管子裡的熱水，每天只有晚上九點鐘以後兩小時，哪天你可以到我這裡來洗澡。」江洪並未答言，王媽在一邊看到，覺得女主人的表示，是處處有些過分的了。

第十回
明月清風江干話良夜 殘香剩粉室氏上布情絲

　　身在局中的人，雖然所做的事，極端失卻常態，可是他自己往往是沒有什麼感覺的。在王媽都看著冰如有些過分的這天，冰如在外面卻廝混得很晚回來。或者她也是有意與王玉鬥這口氣，在這日遊玩完畢的時候，便定好下一次的約會，彷彿是讓江洪沒有陪伴王玉的機會。恰好又是到了除夕年底了，江洪怕冰如孤身作客，在外度歲，心裡難過，來探望的次數也比較的勤些。這裡面他卻另含有一種意義，便是江洪在種種方面得的消息，證明了孫志堅所屬的那個部隊，曾退到南京近郊作戰，損失很大。軍官方面所能突圍的人，或已來後方，或尚在前線，但都有消息。只是孫志堅個人，卻是石沉大海，一點聲影沒有。料著冰如的身分，已是一個未證實的未亡人。年輕輕的女人受到這種境遇，那是值得同情的，所以在一念生憐之間，也就不免多來探望冰如幾次。冰如在其初兩個月裡，對志堅的消息，卻也沒有絕望。所有在前方的人，多半是一兩個月和後方斷絕郵電的，也不獨志堅一人。可是到了第三個月以後，漢口到上海的郵電由香港轉了過去，已是暢通無阻。志堅的母親寄居在上海，曾和冰如通過好幾次信，總是說志堅的行蹤，渺不可尋，安全是很可慮的。

　　冰如也曾向其他的朋友探聽消息，據說在南京失陷前一個星期，在常州遇到過志堅，據他說要先回南京補築城防工事。料著南京失陷的時候，他是在南京的。冰如得了這比較確實的消息，再把南京失陷，死亡二十萬人民的情形一對照，卻沒有法子能斷定志堅能在這二十萬人以外逃出了生命。因之越打聽消息，越近於絕望。到了想到個把月的時候，她就索性不再打聽消息，聽其自然了。這時，江洪還是三兩天來探望一次，雖然安慰冰如的話，早已說盡了，可是已不再希望志堅生還，也就不必再去安慰。見面之後，除了說些閒話而外，便是去看看電影，吃吃小館子。冰如雖無法禁止江洪繼續和王玉交朋友，可是她深加考慮之後，倒不是無法對付。到了志堅消息渺然的第五個月裡，她已換上了春裝，除了要求江洪同出去遊玩，更修飾得濃豔而外，卻沒有另用其他的手腕。在暗暗中調查江洪的行動，卻是和王玉來往得少了，而冰如有幾次在街上碰到她，已有另一個西裝男子陪了她一路走，似乎她也不是那樣猛烈地追求江洪。有兩個星期六的下午，冰如都遇到王玉向一家法國西餐館子裡去。而這個西餐館子的樓上，有十來間屋子，卻改成了旅館。

　　冰如忽然靈機一動，在第三個星期六下午，老早地就約了江洪去吃西餐。這餐館並不怎樣大，推開街門進來，是賣糖果餅乾的鋪面，通過了那縱橫放著的幾個玻璃櫃架後，便是客廳，很寬敞的地方，列了有一二十副座位，而在這兩側

的地方，有幾架四折屏風，攔隔了一個小局部，冰如挑選了
樓梯對面一架屏風裡坐下。江洪自然不知道她含有什麼用
意，坐下之後，昂頭四周張望了一下，笑問道：「這個地方
的西餐，是特別的好嗎？好像是外國人小本經營的鋪子，
妳怎麼會訪著的呢？」冰如笑道：「我也是聽到人說，這裡
的菜，有真正的外國風味，究竟對與不對，也不曉得。不過
這樓上是旅館我是知道的。」說到這裡，把聲音低了一低，
微笑道：「房東太太說，她有一個女朋友，常到這樓上來做
那不法的事情，房東太太已和她絕交了。」江洪道：「既然
如此，這裡的西餐，恐怕也未必做得好吃，因為這鋪子是另
有作用的。」冰如道：「樓上是樓上，樓下是樓下，那我們
何必把它混為一談？」說到這裡，茶房已是走過來照應座
位。冰如的目的，根本不在吃，隨便拿了菜牌子看了一看，
並未更換什麼菜，倒是向茶房道：「慢一點送來也不妨，只
是要做好一點。」江洪自然是不明裡面原因，總以為冰如是
到這裡來嘗異味的。及至茶房送上菜來的時候，卻也不見
得有什麼好處。正自奇怪著，外面糖果櫃上，有一陣高跟鞋
響。雖然地板上是鋪有地毯的，可是那轟隆隆的小聲音，依
然可以引起人的注意。隨了響著的所在看去，正是王玉和一
個穿西裝的男人，手挽手地走了進來，王玉在座位的右側，
順了地板上面的地毯子，徑直地就向樓上走去。江洪所坐的
這個地方，屏風是斜掩著的，徑直上樓去的人，眼光老遠地

射在樓門口，就不曾理會到餐廳上來。江洪雖是瞪了眼向她
看著，然而她還是笑嘻嘻地向前走，快到樓口的時候，她扶
著那男子的手臂，還連連地跳了兩跳。江洪等她走著不見
了，偏過頭來看冰如時，見她用刀切著碟子裡的牛排微微地
發笑，便點點頭道：「妳帶我到這裡來的意思，我明白了。」
冰如笑道：「你明白就好，我也無須再說什麼了。」兩人吃
過了四道菜一道點心又慢慢地喝著咖啡，在這裡消磨的時間
就可以了。然而王玉上樓去以後，卻始終不見到她下來。冰
如笑道：「你就不必再注意到她的行動了，反正她上去了，
一刻兒是不能下來的。我看你久坐在這裡，也氣悶得很，不
如離開這裡吧。今天晚上已經有月亮，我們到江邊上去散
步好嗎？」江洪猛然站了起來，卻又坐下。冰如道：「你為
什麼不走？」江洪道：「等她下來，我們俏皮她兩句，不好
嗎？」冰如嘴一撇道：「你還打算俏皮她兩句嗎？不到明天
早上，她也不會下樓。你能在這裡等到明天早上嗎？眼不
見為淨，我們到江邊上去看看月色吧。」說著，就伸手去扯
江洪的袖子。江洪不願在這裡和她拉拉扯扯。便會了東，和
她一路走了出來。這是三四月之交，已到了春深的時候，江
邊的柳樹，拖了金黃的長條，在月光下，堆著一重重的清淡
影子。那月亮是圓了大半，正懸在天心，照見長江一水茫
茫。隔著武昌，東望水天相接。江上浮起似雲非雲似霧非霧
的煙遮在江天盡頭，東南風不甚大，逆著江流吹上來，人站

在江邊馬路上，衣襟飄動，卻有些涼颼颼的。江洪抬頭看了看天空，見著月輪以外，天空乾淨得像一張藍紙，因道：「天氣很好，今天恐怕有飛機夜襲。」冰如道：「你還怕空襲嗎？」江洪道：「我一個軍人，在飛機大砲下討生活的，我怕什麼？不過妳的身體不好，在江風下吹著，似乎不大合宜。」冰如道：「不要緊，我們順著馬路走走。人在運動著，就不怕江風吹了。」說著，她在前走。在沿路的江邊樹蔭下，閃藏著人影。那柳條被風推動著，固然是整株樹舞弄著姿態。便是槐樹榆樹等等，也都發出稀薄嫩綠的芽葉，在馬路上搖撼了一片朦朧的影子。路邊的草地上春草已鋪成了綠氈子，草中間的水泥路面，讓月亮照著，越是濃淡分明，走在這光滑的路上，頗感興趣。所走的這一段路，在法租界外緣，沒有其他碼頭那樣忙碌。在這沉靜的地域裡走著，不會有什麼人來碰撞，頗覺得舒適。冰如慢慢地走著，倒是忘了路之遠近。走到將近熱鬧的路口，卻又慢慢轉了回來。走到臨近一家花園樓房的時候，那短牆上湧出來一叢花木，月亮下面頗有些清芬之氣向鼻子裡送了來。這裡馬路邊上，正有兩棵最高大的柳樹，在月光中搖盪了一片輕蔭。走到這裡她站住了腳，手扯了垂到頭上來的一枝柳條，半提了一隻腳，將鞋尖點著地面，做出沉吟的樣子來。江洪看到這樣子，自然也就站在樹蔭下了。

　　他因冰如只管沉吟著，不知道她有什麼話要說，未便冒

昧著先開口去問，也就兩手反背在身後，昂了頭看天上的月亮。冰如也隨著抬頭望了月亮，輕輕地唱道：「月兒彎彎照九州，幾家歡樂幾家愁，幾家同慶團圓夜，幾個飄零在外頭。」江洪笑道：「歌本是好歌，在嫂嫂嘴裡唱出來就特別的有意思。」冰如將頭連搖了兩下，哼道：「你這樣稱呼不好，誰見叔嫂兩人這樣交情深密的？其實，我們又何嘗是什麼叔嫂呢？現在男女社交公開的日子，本來不必介意。可是你左一句嫂嫂，右一句嫂嫂，叫得我倒不好意思同你一路走了。」江洪嘻嘻笑了一聲道：「這話太奇怪了。我和志堅是極好的朋友，他的年紀比我大，我把他當兄長看待。他的夫人，我稱呼為嫂嫂，有什麼使不得呢？」冰如將頭一偏道：「你這話我不愛聽，難道沒有孫志堅的關係，我們就成為陌路之人了嗎？這樣說，現在志堅的命運，還在未定之天，所以我們還有這點關係。設若志堅有個不幸的消息，你之所謂嫂嫂，已不存在，哪裡還認得我呢？」江洪呵喲一聲道：「這是什麼話？無論志堅命運如何，我對嫂嫂，決計保護到底。」冰如道：「別的話不用說，我最後問你一句話，僅僅我們兩個人而論，我們有沒有友誼存在？」江洪道：「妳這話總問過我一百次了，而我也答覆過一百次，我們是有友誼的，為什麼還要問呢？」冰如道：「有你這一句話，那就好極了。我們既是有友誼存在的，你……」說到這裡，她沉吟起來，把一個字拖得很長。最後她就道：「你應當明

白我的意思。」江洪聽著她說出這句話來，倒不由得心房連跳了兩跳，低了頭不敢做聲。冰如道：「我不知道你的意思怎麼樣，但我覺得我的真心，是把你當了一個最知己的朋友。其實，你卻對我最不知道。我不要成了錯認朋友的尤三姐吧？」江洪呵喲了一聲道：「那怎麼能相比？」說著兩手插在褲袋裡，在路上來回地走了七八個轉轉。冰如道：「為什麼不能比？我覺得我為人率直，熱烈，一切不下於尤三姐。」江洪道：「妳把一個大前提就弄錯了。人家是一位小姐，名花無主，她可以把任何人做對象。妳是一位有主的人呀。」冰如淡笑道：「你還說你是一位有新思想的軍人，可是由你這說話看起來，你的思想就很陳腐，你依然認為寡婦是不能嫁人的，而寡婦也不該有個對象的。」江洪道：「你不要過於絕望，自己把自己擬在一個最不幸的境遇裡，也許志堅可以回來的。」冰如道：「你這就不是以誠實來待我了。一個當軍官的人，半年多沒有消息了，你還說他能夠回來。我實對你說，我這一個多月好幾次都想自殺，終於想到還有你這樣一個人在宇宙裡，我是等著你能給予我一條光明的大道。在今天這清風明月之下，我望你給我一個答覆，不要再裝麻糊。假如你討厭我是一個婦人，不是一位小姐，你也明說，可是你所追求的王玉，她不也是一個離婚的婦人嗎？」江洪見她越是把話說明了，便站住了腳，從容地答道：「我可以答覆的。實在的，我覺得志堅回來的希望，也並沒有斷

絕。妳又何妨再忍兩個月，再等一等他的消息呢？」冰如
道：「你那意思，假如志堅不回來了，我們的關係是在朋友
上面可以再進一步嗎？」江洪還是插了兩隻手在褲袋裡來回
地走著。

　　冰如道：「你怎麼不答覆我的話？難道你這幾個月來所
對付我的態度，完全是虛情假意嗎？」說著，用力將手牽著
柳條一扯，扭轉身就走了。江洪站在路頭上，倒是呆了一
呆。然而她走得很快，轉個彎就向街裡面走去了。假使要跟
著追了去必定追到她家。在這夜晚，追到她家裡去，特顯著
自己戀戀不捨了，因之緩緩地在江邊上放著步子，細想了一
番，最後也還是回寓安歇。由漢口渡江到武昌，再經過幾截
街道的奔波，人也相當的疲倦了。到寓之後，和衣就倒在床
上，他心裡也就想著，薛冰如之為人，卻是有點奇怪，她對
丈夫原來是很好的，只幾個月工夫的別離，何以就變了態度
了？仰睡在床上，睜了兩眼望著那粉牆，這就看到自己一
張一尺二寸的半身相片，懸掛在牆上。二十八歲的人穿了筆
挺的西服，面貌豐潤，很英俊清秀向下俯視著。自己便轉
了一個念頭道：是呵！她是一個青春少婦，遇到我這一個
少年，不斷地在她面前周旋，看到漢口花花世界有什麼不
動心？而況志堅之陣亡，是百分之九十九的事情，她要找
個繼任的丈夫，是沒有比我再合適的了。幾個月來，她只管
濃妝豔抹，與王玉鬥爭，無非是為了我。我應該用好話安慰

她，多少補償她這一點苦心。

今晚這種態度，慢說是一個男子對付女子，就是一個女子對付男子，男子也有所不堪，那是很難怪她一怒而去的了。明天下午決計過江去一趟，向她表示一番好意，一個有家仇國難的女子，又何必讓她過於難堪？他這樣想了，就也朦朧睡去，晚上倒做了幾次夢。下午由辦公室回到寓所的時候，身上照例是穿一身軍服，腰間掛了佩劍。縱然是工作了一日，精神還是很好的，踏著夾了馬刺的皮鞋，走著地板，啪嗒啪嗒地響。他想著，去看女人，那是軟性生活。幹軟性生活，而穿著這筆挺的軍服，那是用不著的，於是站到臥室牆前一面大鏡下去鬆解皮帶。偶然抬頭，看到鏡子裡面自己的影子，卻是一位少年英勇的軍官。自己忽然叫起來道：「我是中華民國一個好男兒。現在是什麼時候，我是什麼人，我能脫了這身軍服去看朋友之妻嗎？笑話，我不去了。」他口裡說這話時，臉上自然顯露著十分堅強的顏色，同時，也就看到鏡子裡的影子，十分興奮，便向鏡子裡點點頭道：「對的！對的！」連說兩聲對的，他也就再不鬆皮帶，依然穿了軍服，走到寓所外的空地上散步了很久。經過了這一番嚴肅的散步，把冰如給予自己的那些影響，也就忘記了。

王玉那條路，自己是堅決地拋棄了，甚至提到這個名字，自己也就有些煩厭。冰如這條路，自己現又不願去。那麼，除了自己故意到漢口去消磨幾個鐘點，就不必離開武昌

了。因此，約有三日的工夫，並未過江。這個時候的長江戰爭，膠著在下游蕪湖一帶，武漢的人心，大為鎮定，而前方同後方的郵電交通，也隨了這個關係，比以前便利得多，可是孫志堅的消息，依然石沉大海。這就是江洪自己想著，要說他還在人間，透著不近情理。那麼，孤身在漢口的薛冰如，那是特別可憐了。在他這樣一念生憐，意志轉變的時候，冰如卻寄來一封掛號信。她破了例，不是女人所用的那種玫瑰色洋信封，卻是一個很長很大的中式信封，厚厚的裡面盛著許多東西。當江洪接到這封信的時候，看到信封下署著的姓名，就不願接受，想一下丟到字紙簍裡去，但是捏著那信封厚厚的，裡面軟綿綿的，像不光是信箋，且拆開來，看她在裡面放些什麼。於是慢慢地將信封口拆開，向裡張望，竟是塞得滿滿的，把信瓢子向外抽著，首先有一陣香氣襲進鼻孔。開來看，是一副花綢手絹，一張四寸半身相片，另外還有一張信箋。心裡暗想，她真會玩手段，看她信上說什麼，自己又向門外張望了一下，然後將背朝外臉朝裡，手託了信箋看，上寫著：

　　洪，你接到了這封信，一定很是訝然，以為為什麼還要寫信來呢？我也本不想再寫信給你。可是我想到我們共過一場患難，縱然那晚江邊你讓我太失望，我為了感謝你患難之中，對我種種恩惠，我依然認你是個好友。我相信，你大概不願再見我了，我也無法要求你再來見我，寄來最近所攝

相片一張，算代我親身前來道歉，請恕我那晚上不告而別。另手絹一副，是我親用的東西，上面雖不覺為殘香剩粉弄髒了，但也有我不少的淚痕，留在你處，權當紀念吧。自那晚回來之後，我就病倒了，至今不能起床，也沒有吃什麼東西，客地孤身，真是十分悽慘。我不敢望你來探望我。如果過江有便，請代買一點醬菜來。明天是星期六，這信上午可到，下午你必定渡江的，我當在枕上等候聽那上樓梯的皮鞋聲了。冰如扶枕上。

　　江洪拿了這封信在手上，先是呆了一呆，在出神的時候，那脂粉香味，不住地向鼻子裡送來，讓人感覺著這不是在軍人寄寓的臥室裡。睜眼看時，左手拿了冰如的那封信，右手就拿著她的手絹和相片，放下信，兩手把手絹展開來看看，雖是她說這上面有眼淚，卻絲毫找不出淚痕，倒是她說的殘香剩粉，那是事實。除了香是很容易證明它存在，而這剩粉一物在將手帕抖上了兩下之後，也就可以看出來。江洪把手絹隨塞在衣袋裡，將放在茶几上的相片，舉著與自己的臉相齊，注意看了一看，見她那影子略偏，雙眸微斜，嘴角上翹，露了半排牙齒，那要笑不笑的樣子，實在風韻豔麗。江洪將相片看了一陣，也放到衣袋裡，然後將冰如的信兩手捧著，讀了第二遍。最後江洪想到她希望發信的次日下午等我。這是昨晚上寫的信，還正是寫信的次日下午了，應當怎麼樣應付她這個要求呢？

第十一回
輕別踟躕女傭笑索影 重逢冷落老母淚沾襟

　　江洪的心事，薛冰如猜得並不會錯誤，若是沒有什麼效
驗，她也就不必寫這封信了。在她信中所指的下午，她和衣
睡了一場午覺。醒來之後，已是三點鐘，她將枕頭疊得高高
的，拿了一本小說，躺在床上看，將一床毯子，蓋了下半截
身體。王媽看到她這樣子，便留了一盆熱水，送到後面洗澡
間裡去，因道：「太太可以起來洗洗臉了，等一會子，江先
生會來。」冰如放了書，掉轉頭來問道：「你怎麼知道他會
來？」王媽道：「昨天太太不是教我寄了一封快信嗎？」冰
如道：「我並沒有教他來。他來，我也犯不上洗臉，我生病
的樣子，還不能見人嗎？」說畢，她自繼續地看書。不到
二十分鐘，樓廊上有了皮鞋聲，冰如頭也不抬，依然看書。
卻聽到江洪在門外問道：「王媽，你太太病好了嗎？」王媽
道：「睡在床上呢。」這房門是半掩的，冰如聽到房門有人
敲了幾下，問道：「誰？請進來。」江洪穿了嗶嘰西服，手
上提了一串紙包，走進房來。見冰如臉黃黃的，未抹脂粉，
蓬了頭髮斜睡在床上，便放下東西在茶几上，近前一步問
道：「嫂嫂病好了？」冰如慢慢地坐起來，手理著鬢髮，向
他看了一眼，沒有做聲。江洪道：「是感冒了？」冰如淡淡

一笑道：「很不要緊的病。我很後悔，不該寫信通知你。」
他將茶几上的紙包提著舉了一舉，因道：「嫂嫂要的東西，
給買來了。」冰如道：「謝謝，其實我已兩天沒吃飯，什麼
也吃不下去。」江洪道：「這樣吧，我陪妳出去吃點東西。」
冰如將扔在枕頭邊的書本，拿起來看了兩行，見他還站在
屋子中間，又扔下書向他笑道：「你和王玉沒有約會？」江
洪搖搖頭道：「何必再提她。」王媽在屋外樓廊上插嘴道：
「對了，江先生陪我們太太出去消遣消遣吧，這兩天她悶得
了不得。」說著，她提了一壺熱水進來，到洗澡間裡去。一
面道：「太太，妳同江先生出去走走吧，不要真悶出病來。」
冰如一掉臉道：「怪話，難道我這是假病嗎？」王媽已在裡
面屋子裡，她笑道：「不是那話，妳現在是小病，再一氣
悶，就要生大病了。」江洪見冰如伸腳下床踏鞋，便退到
樓廊上去坐著，隔了屋子玻璃窗道：「是的，小病會悶出大
病，還是出去走走吧，我在這裡等著。」說著，他聽到一陣
拖鞋響，冰如走到洗澡間去了。約莫有半小時，她濃抹著脂
粉，換了一件綠綢衣衫，扣了鈕扣向外走，笑道：「我這人
最要強不過，我偏不弄成一個病夫樣子。」江洪將掛在衣鉤
上的帽子取在手上，站了向她笑道：「陪妳上廣東館子裡去
吃碗粥，然後一路去看電影。」冰如搖搖頭道：「我懶得走
動。」江洪將兩隻手盤弄了帽子，躊躇了沒說什麼，冰如突
然興奮起來道：「好！我陪你出去走一趟。東西我不想吃，

我有話要和你談談。王媽，把我的絨繩短大衣拿來。」王媽
在屋子裡將一件寶藍色絨繩漏花小罩衣交給了她，將手提包
也交給了她。她向江洪笑道：「這可是你提議的，看你能陪
我多少時？」江洪笑了一笑，隨著她一路走出來。出門之
後，她已經沒有了一點病意，先吃館子，後看電影。散場之
後，她揪住了江洪的衣袖道：「你再陪我到江邊去走走，行
不行？」江洪道：「當得奉陪。」冰如在電燈光下，挽住江
洪一隻衣袖，順了大街的行人路，走向江岸路上來。這下弦
的月亮，剛剛是掛在大江的下游，飄浮了一把銀梳，蕩漾在
白雲上層，照著春江的水浪，搖撼了蠕蠕欲動的月影。望對
岸武昌的屋影，在朦朧月光下，散布了千百點燈光，江裡的
船燈，也零落著像許多星點。江洪說句夜景很好，擺脫了她
的手，走快兩步，奔向江岸的鐵鏈欄杆邊。冰如叫道：「不
要站在那裡，你陪我在這路上走走。」她這樣說了，只好回
頭走過來，且將兩手插在褲袋裡，相隔了她一二尺路，並排
走著。江岸上的樹，綠葉油油的相聯結，猶如一條綠色走
廊。電燈藏在樹群裡，光也帶了綠色。這裡很少有行人，江
風輕輕地吹來，顯著這裡很是幽靜。四隻皮鞋，踏了水泥路
面，咯咯有聲。這樣走了一截路，冰如突然問道：「你收到
我那封信，有什麼感想？」江洪道：「我對妳很表示同情。」
冰如笑道：「表示同情？那不夠！你要知道，一個年輕女
人，送男子一張相片，那不是偶然的。」江洪沒有做聲，繼

續地走著。冰如道：「洪，我不能忍耐了，我有話要明白對你說出來。」江洪聽著，心房連連地跳躍了幾下。因為夜已深了，江面上已很少有輪船來往，一切聲音，也都沉寂下去，倒是風吹到這頭上的樹枝上，將那柳葉柳枝拂刷得嘶嘶作響，隨了這聲音，江洪不免抬起頭來望著，因道：「記得我們上次在這裡說話的時候，柳樹還是剛發了嫩綠的芽子，光陰好快，已是綠葉成蔭了。」他把語鋒突然轉移了，以為冰如那種咄咄見逼的話，倒可以躲閃一下。誰知冰如迎了這話，卻嘻嘻一笑。她道：「呵！你也知道光陰容易逝，說話就綠葉成蔭了。那麼，應當趁著青春還沒有消逝，完了我們一樁心事。」江洪道：「我要說出心裡的話來，妳又要見怪了。我們的友誼，雖然很好，但我除了在友誼上更加濃厚而外，其實並沒有任何心事。」冰如突然伸出手來，將他的衣襟一扯，笑道：「喲！坐下來說，你身上有什麼奇香，怕讓我沾染去了。」江洪只好在露椅上和她並排坐下，見了一雙影子，斜在月亮下草地上，便又略略將身子向外移一點。冰如道：「真的，沒有任何心事？」說著，又嘻嘻一笑，伸了一個懶腰。她兩手舉著，伸過了頭頂，放下來的時候，那隻手便搭在江洪的肩上，手指摸了他的衣領道：「無論如何，你今天要向我有個切實的表示。我們怎麼不能在友誼上更進一步？」江洪沉吟了一會子道：「我也並非柳下惠，所以如此，我完全是用理智克服情感，同時也是情感克服情感。這

話怎麼說？在身分上說，妳現在還是一位太太。我是一個少年軍人，似乎不應該在國難當頭的時候談戀愛，更不應當和一個好友的太太談戀愛。還有一層，我是一個獨子，父母非常鍾愛的，我的婚事，必定要經過正式的手續，先得家庭許可。至於就情感方面說，我和老孫的感情，那比親手足還要好些，我一想到了他那番情誼，我就絕不忍和妳談到愛情。而況他那個影子，卻始終在我腦筋裡的。」冰如很興奮地突然站起來，因道：「這樣說，你始終是以志堅的消息未能證實，不肯想到其他方面去了。那也好，我親自到上海去一趟，探聽他的消息，同時也把我的身分肯定一下。我想假如無從得著志堅消息的時候，他的母親，我的父母，總可以把我的身分證明了。」江洪道：「他們能夠得到志堅的消息嗎？」冰如道：「不過我的意思已經決定了，只有這個法子才可以把問題解決了。到了我這身子很自由，並無什麼阻礙的話，你就沒有什麼話可說了吧？」她隨著說話的興奮姿勢，站了起來，望著江洪，等他答話。江洪低頭坐著，很久沒有做聲，隨後仰了臉望著她道：「妳的父母在天津呢，難道妳還……」冰如道：「我當然可以去，由上海到天津費什麼事？等到我得了雙方父母之命的話，你沒有什麼可說的了吧？」江洪搖了搖頭，又點點頭微笑道：「你真正興奮得很。」冰如道：「好了，多話不用說了。最後我叮囑你一句話，王玉隨著她的劇團，已經到桂林去了，我就怕她又要回

到漢口來，假如她來了，你執著什麼態度？」江洪道：「這
還用問嗎？她的對象多了，也輪不著我的什麼事，而況她
的路線，是由桂林往香港，再上南洋，也絕不會回到漢口來
的。」冰如站在他面前，向他呆望了，忽然哧的一聲笑了，
因道：「為了給王玉一點顏色看，我還要繼續進行，你在漢
口等著我，是沒有什麼問題了。」江洪也只答應一笑，沒有
再說什麼。冰如道：「洪！你為人就是這個樣子，肚子裡用
事，不說可以，也不說不可以，只是給人家一點暗示。管他
呢？你就是給我一點暗示，我也滿意。夜深了，我們分別了
吧。」江洪站起來笑道：「每次都是妳嫌我走得太快，只有
今天是妳向我告別。」冰如笑道：「出乎意外的事，我想你
還不會想到呢，我們握握手再分別吧。」說著便伸出手來。
一個女人伸手給人家，那在男子是絕對不能拒絕的。江洪只
好伸出手來與她握著。冰如等江洪的手伸出來，卻是緊緊地
捏住，搖撼了幾下，笑道：「洪！再會吧！」江洪覺得她的
態度，往往是不能自持，雖說著這樣告別的話，卻也不怎樣
加以理會，握手過了，江洪說句，我過江了，自向輪渡碼頭
去。冰如站著瞭望了一會，一直等到江洪的形影都沒有了，
她才緩緩地走回家去。王媽在沙發椅子上躺著，聽到腳步
響，朦朧著睡眼，突然地站起來，問道：「誰開的門？我沒
有聽到敲門響呢。」冰如道：「還早得很呢，樓下的大門是
半掩著的。」王媽道：「江先生這時才過江去，不太晚嗎？」

她道：「妳這話卻問得奇怪，好像我出門去，總是和江先生在一處，江先生回去了，那麼，我也就不再在外面玩，不許我和別人或自己一個人在外面走走嗎？」王媽被她這幾句反駁了，倒無話可說，低了頭，提著熱水瓶向茶壺裡摻水。冰如在沙發上脫高跟皮鞋，在椅子下找出拖鞋來趿著，笑道：「我和妳鬧著玩的，妳猜對了。我的事情瞞不過你，也用不著瞞你。你想，有半年多了，孫先生一點消息沒有。除了我托著他親戚朋友而外，我還在上海漢口香港三處登報找他。他果然還在人間，縱然他不願給我一點消息，難道他的朋友看到這廣告也不能回我一個信嗎？我是這樣年輕，又沒有一男半女，我不再謀一步退路，那怎樣辦？論江先生為人，少年老成，待我又很好，我想拿他做對象是對的。」王媽站在一邊，怔怔地聽下去，這就插著嘴道：「人也長得很漂亮。」冰如笑道：「漂亮不漂亮，那倒不成問題。我還沒有說完呢，我想著，這事總要找個根本解決。我決定明日坐飛機到香港去，然後到上海天津兩個地方，找著兩方面的老人家談談這個問題。大概有一個半月，我可以回到漢口來。」王媽突然聽了這個消息，倒有些愕然，望了她道：「什麼？太太明天就要走，飛機票買好了嗎？」冰如笑道：「我做事向來不事先叫喊，票子到了手，我才決定走不走呢！」王媽道：「那我怎麼辦呢？」冰如道：「若不是坐飛機，我就帶了妳走了。妳就在漢口等著我，我回來了一定還用妳的。就是

江先生為人脾氣很好，妳也很願意在他家裡做事的吧？」王媽道：「不，太太！」她說這話時，頸脖子有些揚起來，臉色也紅了。冰如道：「為什麼？妳和江先生不也很說得來？」王媽站著凝了一凝神，臉色和平過來，微笑道：「太太，我有我的說法，我伺候孫先生和太太多年，兩位主人待我都好。太太疏散到漢口來，太孤單了，我不能不陪了來。現在太太走了，雖然不久要回來，可是就不再孤獨了，我走開也可以。我老闆，聽說已經由內地到了上海，我也想去找一找他。好在這裡到廣州的火車，現在買票也不難，我想我一個人繞彎子回到上海去，太太總可能幫助我一點川資吧？」冰如向她周身上下看了一遍，因道：「我不走，妳也不要走。我要走呢，妳也要走了。」王媽道：「不，我早就有這個意思了，不過還沒有得著機會，現在太太另有打算，我不能不說了。」冰如道：「妳既要走，我也不能留妳，我送妳兩百塊錢川資，夠不夠？」王媽道：「那太夠了，多謝太太。不過我還有點要求。」冰如道：「還有什麼呢？那我倒想不起來。」王媽道：「我跟隨太太一場，這一回分手，什麼時候再見得到，很難說，我要求太太，把孫先生和你合照的那張相片送給我，留作紀念。」冰如道：「妳要這個有什麼用？」王媽聽到這一反問，她先不答覆，卻嘻嘻地笑了。冰如昂頭想了一想，因把嘴向雁桌一努道：「相片都在那裡，我走後，妳隨便拿就是。」王媽道：「這些相片，還是太太在下

關上了船，又跑回南京去拿的呢。為了這個，沒有趕上輪
船，就在中華門外遇到轟炸，現在全不要了嗎？」冰如紅著
臉，沒有話說，卻打開箱子來，取了一沓鈔票，向桌子中間
桌上一丟，沉下臉道：「妳拿去，多話不用說。」王媽鞠了
一躬說著一聲謝謝，自走了。冰如本是一團高興，被王媽這
幾句話說著，多少有點掃興，點了一支紙菸，坐在沙發上慢
慢地抽著，直把一支紙煙抽完了，突然跳了起來，自言自語
道：「管他呢！我幹我的。」過了一會，王媽又進房來了，
見她在檢箱子，便問道：「太太明天什麼時候走？這些東
西，是轉存到別處呢，還是鎖在房裡？」冰如道：「我已經
和房東太太說過了，我要走了。我把房門鎖起來就走。妳要
拿相片，趁著我在這裡妳先拿吧。廚房裡東西我不鎖，妳可
以隨便使用。我大概明天九點鐘以前就要動身，飛機在九點
前後起飛。」王媽聽了這話，便打開屜桌的抽屜，在一疊大
小相片中間，拿了一張相片在手上，望著冰如，將手顛了兩
顛。冰如笑道：「妳還有什麼話說？」王媽也笑了一笑，然
後才低聲道：「譬方說，太太若在上海得著孫先生的消息，
妳還回到漢口來嗎？」冰如卻不答覆這個問題，向她嘆了一
口氣道：「妳這個人，怎麼這樣死心眼？到了現在，還找得
到他嗎？妳不要發傻了。」說著，撲哧一聲笑了。王媽倒摸
不著她是什麼情緒，雖然說到分別，自己有點戀戀不捨，可
是在她這種高興的情形下，倒顯著自己有些多事了。站了一

站，問道：「明天早上，太太要吃了一些點心才走吧？」冰如道：「那倒用不著，熱水瓶裡有開水，我吃幾塊餅乾就夠了。」王媽已是再無話說，又這樣痴站了兩三分鐘，然後走開。冰如又點了一支煙卷在沙發上坐著出神。

　　她原是不吸紙菸的人，為了近來善用心事，也就不斷地用紙菸來刺激思想。自這晚起，一聽香菸，一盒火柴，始終放在左手邊的茶几或桌靠上，當她手邊的香菸聽子，已經換到第五支了，她也是架了腿坐在沙發上，但這不是漢口自己家裡，變成了上海一家旅館裡了。她原是穿了一件葡萄紫的紗衫，在她坐著吸完了一支菸之後，倒是打開箱子來，取了一件青色的印度綢衫穿著，原是赤著足，穿了一雙花幫子高跟鞋，這時，將襪子套上，換了一雙青緞子平底鞋，對了鏡子照著，胭脂粉多半脫落，這便將粉撲子輕輕在臉腮上撲了幾下算事。並不像往日出門，要費很多的時間來化妝，她在鏡子裡端詳得好了，然後手拿了皮包走出旅館來。不遠便是上海最繁華的南京路，所看到的，汽車是那樣奔馳，電車是那樣擁擠，兩邊人行路上的行人，一個挨一個走，那熱鬧反勝戰前，女人們也一般地穿了鮮豔的衣服，搽著通紅的臉腮，這絕不像四周是淪陷區域包圍的孤島。只看那三公司樓前，掛出來大廉價三星期的長旗子，在奔波的各種車輛頭上飄蕩，也正和戰前每次減價的情形一樣。

　　在漢口所想像的上海，以為是悽慘得不得了，現在看起

來，後方人未免過於替這裡人擔心，而在上海的人，卻是歡天喜地，照樣的快活，那麼，在南京上海一帶，不曾撤退的人，連孫志堅在內，他又何必到內地去？也許孫志堅留戀在上海吧？想到這裡，心裡卻有些怦怦亂跳。人坐在人力車子上，也不容自己有什麼猶豫，一直到法國租界來。她所要尋找那個弄堂口上，早是聽到人喊了一聲道：「嫂嫂來了！嫂嫂來了！」看時，便是自己的小姑子志芳，她正提了一串大小紙包，站在弄堂口。冰如見她十來歲的姑娘，穿了一件半舊的青綢長衫，兩腮黃瘦瘦的，也不抹什麼脂粉，倒顯著一種楚楚可憐的樣子。下得車來，想到南京一別，彼此落到這種樣子，心裡一陣酸楚，眼圈兒一紅。志芳迎上前來，將她的手握著，因道：「妳怎麼事前也不寫一封信給我們就來了呢？」冰如道：「我臨時動念的，說來就來了，老太太還好？」志芳道：「老人家好是好，只是孤孤單單住在上海，怎麼是個了局呢？」說著，兩個人同進了一座石庫門的房子裡去。

這倒是打破了慣例，並未由後門廚房裡進去，卻是進大門，穿過天井先到樓下客堂。這房子嶄新的，天井也有丈來見方，牆角上還擺著兩盆花，表示這房子原來是寬敞的。可是現在不然了，天井裡放了桌椅之外，還有兩隻網籃，向上堆疊著，斜倒在牆上。客堂裡卻有點像江輪上的統艙，圍繞著展開了五六張床鋪。中間一張長桌子上，也堆滿了茶

壺茶杯之類。志芳帶她在床鋪縫裡穿過，由客堂後登梯。冰如道：「我聽到說上海人口很擠，倒沒有想到擠成這個樣子。」志芳道：「這樓下一家人家，本來只有四五口人，後來鄉下親戚都來了，一時又找不到房子，只好都擠在一處住著，在上海這還算不錯呢。媽呀，我告訴妳一件意想不到的事，嫂嫂由漢口來了。」她突然高聲喊著。這就聽到樓上顫巍巍有人答應了一聲：「是嗎？」那正是孫老太太。冰如上得樓來，見孫老太太瘦削的臉上，加上了許多皺紋，支撐了房門站著，她穿了一件青綢舊短衣，胸襟角上，便綻了一塊補丁。

　　冰如雖一路海闊天空地走來，全有她的主意，可是見了老太太之後，這顆心立刻軟化起來，口裡叫了一聲：「媽。」站定著，就鞠下一個躬去。老太太連點點頭道：「很好很好，妳來了就減少我心頭不少牽掛。」說著，冰如走進房去，見這座客堂樓內，除了一張大床外，有一張小鐵床，另有一張帆布床，此外堆了桌椅箱櫃，這裡面擠得哪裡還有一點轉身的地方？心裡也就極其不安，想著，怎麼這裡還有一張行軍床？因道：「這屋子裡擠得這樣滿，老太太受苦了。」老太太道：「這行軍床是志芳一個女同學的，年輕輕小姑娘在上海無依無靠，要在這裡住一兩個月，也不能推辭。」冰如聽說是小姑子一個女同學，心裡一塊石頭，又落下去了。大家坐下，彼此對望著，倒先默然了一會，大家好

像有許多話要說，卻又不知從何說起。老太太倒是先向志芳道：「嫂嫂來了，妳也不去沖一壺水來喝。」冰如就坐在那小鐵床上，對周圍上下看了一番，因皺了眉道：「母親，妳這樣子太苦了，連娘姨都沒有用一個。妹妹，別走開，我們談談。」老太太道：「也沒有什麼了不得的事，何必用一個人，工錢事小，吃食事大，而且也沒有地方讓人家睡覺。現在只有支出，沒有收入，我也不能不打點算盤。」志芳坐在一邊，倒有些不耐了，便插嘴問道：「嫂嫂怎麼突然想到上海來？」冰如微笑道：「妳這有什麼不明白的，一來看看老人家，二來是打聽志堅的下落。」老太太聽了這話，雙眼圈兒一紅，立刻有兩粒淚珠，由眼角滾到衣襟上來。冰如也低了頭下去，又默然不做聲了。老太太在衣袋裡，抽出一方手絹來，揉了一陣眼角，問道：「冰如，妳的行李呢？」冰如道：「我是坐飛機到香港的，沒有帶什麼東西。我又怕一時找不著地點，就先住在旅館裡。」老太太道：「妳是沒受過委屈的，暫時住在旅館裡也好，慢慢地再找房子吧。」冰如道：「這倒不用急。我還想到天津去一趟，看看家父家母，只有一兩晚的工夫，就住在旅館裡吧。」老太太對她周身上下看了一看，因道：「妳有錢用嗎？」冰如道：「暫時的錢，還有得用，不過⋯⋯妳看，七個月了，志堅還沒有一點消息。我又沒有一點生活技能，這可不能不著急。我倒是願到前線上去找一個了結，無奈一個年輕女人，要到前線去，也

不容易。」老太太對她的話，倒是很注意地聽著，等她說完了，低頭想了一想，因道：「那是當然的。妳在漢口住著，我就非常之不放心。總對你妹子說：『怕她經濟上受著委屈。』可是我手邊上，也是幾個有限的錢，要不然，我一定寄些錢給妳。雖然家裡還有田租可收，妳看，現在怎麼到鄉下去收呢？」冰如道：「我也不負累妳老人家，我有手腳，我為什麼要家庭贍養我一輩子呢？而況現在時代不同了，做一個舊式女子混去，那也太無聊。」老太太將頭深深地點了兩點，表示對她意志肯定的樣子，因道：「孩子，我不是那糊塗人，妳青春年少，又沒有孩子，絕不能耽誤妳的終身，不過直到現在，沒有得著志堅一個生信，也沒有得著志堅一個死信，我能硬說他不回來嗎？這事再過兩個月看看，妳以為怎樣？」冰如低了頭坐著，兩手盤弄著一條手絹。志芳道：「嫂嫂吃過飯沒有？我陪妳出去吃點東西。」冰如將放在床上的手提包拿起來，站著道：「我出去看兩個朋友，回頭再來，母親，我回頭來吧。」說畢，也不等老太太許可，她便出門去了，老太太望了自己小姐，倒有很久作聲不得。

　　志芳悄悄道地：「這樣看起來，朋友寫信來所說她在漢口的行為，倒不是完全無稽的。」老太太皺了眉道：「一個人要變，怎麼變得這樣快？她儘管有離開孫家的意思，別後重逢，沒有談的話也很多，三言兩語，怎麼就把這話說出

來？妳看，一點親熱的樣子沒有，一言不對就跑了。可是以前她還是相當持重的人。」志芳道：「我看這回到上海來，大概就為了這個事。她的表現如此，她的心早就飛走了。妳若留她兩個月又有什麼用？」老太太道：「假如妳哥哥還有回來的希望呢？我把妳嫂嫂放走了，那他豈不要怪我嗎？」志芳道：「話雖如此，妳不讓她走，鬧出什麼笑話來了，那反不好。」老太太道：「我兒子沒有回來，我兒媳婦又生生地要走，這不是讓我老年人心裡太難受嗎？」說著這話時，兩行淚又拖長索似的流了下來。志芳道：「這也沒有什麼可傷心的。哥哥回來了，這樣不忠於哥哥的女人，隨她去，說句不幸的話，倘若哥哥不回來，留著她幹什麼？她再來了，妳就說婚姻問題，請她自己做主吧。」老太太點點頭道：「那也只好這樣解說。」說著又垂下淚來。這位生離死別而又重逢的兒媳，給她帶來的不是笑聲，卻是淚痕，這是她所未及料到的呢。

第十二回
千里投親有求唯作嫁 一書促病不死竟成憂

在這天傍晚的時候，冰如又到孫老太太這裡探望來了。孫老太太已經有了她的計畫，已是擦乾了眼淚，陪了她說話。冰如坐在床上，對屋子裡上下看看，因道：「假如我不是走進人家來，我不會想到上海這地方有什麼變更。妳看，戰前所有的繁華，這裡不但沒有減少分毫，而且有些地方比以前更為繁華了。」孫志芳還是坐在一邊陪話，便插嘴笑問道：「這樣說，嫂嫂到上海來，跑的地方已經不少了。」冰如回轉頭來，看到這位小姑子臉上，頗帶有一些譏笑的樣子，因正色道：「妳知道的，我不大喜歡上海這個地方，因為這裡過於熱鬧了。我四處奔波，還不是想找一點妳哥哥的消息？」說到這裡，又在臉上放出憂鬱的樣子，望了老太太道：「我請教了許多朋友，他們說到南京撤退的情形，那一分悽慘，在中國歷史上不容易找到前例。一個現役軍人，在這種場合，是很難奮鬥下去的。實在的情形，我也不願告訴妳老人家，免得老人家傷心。」孫老太太將頭扭了一扭道：「毫沒關係，我早已知道南京撤退的時候是一種什麼情形了，我兒子既是一個軍人，他為國犧牲，那是他的本分。我今天若是苦苦地傷心，那我老早就不應該讓他當軍人了。冰

如妳也不要難受，有道是：留得青山在，不怕沒柴燒。妳年紀還輕，事業還在後面呢。」冰如兩次來到這樓上，臉上都是帶了憂愁的樣子的，聽了這話之後，臉上倒是有了些欣慰的樣子，眉毛展開瞭望了老太太道：「妳老人家是個思想開通的老人家，雖然我現在落到這不幸的境遇裡，我還希望妳老人家只當多生一個女兒，多多地指導我一點兒。」孫老太太道：「我們這樣大年紀的老婆子，那是落了伍的了。不過妳上午和我說的話，我倒是仔細想了一想，那算妳是對的。志堅身為軍人，為國犧牲，那是應當的，不能再教妳又跟了他犧牲下去。關於婚姻問題，以後完全聽取妳的自由。我們媳兒倆在一處多年，妳總能相信我這是真話，絕不欺騙妳。不過妳處世要慎重些，好在妳也很有眼光，也就用不著我多說了。」冰如聽了這話，先是默默地沉思了一會，後來忽然眼圈兒一紅，就流下兩行眼淚來。孫老太太見她這樣子，倒覺得勸又不是，不勸又不是，也只好呆呆望了她。志芳坐在旁邊看到，想要冷笑一聲，卻又忍了回去，因問道：「嫂嫂還覺得有什麼心裡受著委屈的嗎？」冰如揉擦著眼圈兒道：「我還有什麼受委屈的呢？我想著，老人家待我是太慈愛了，我可沒有方法報答老人家的恩惠。」孫老太太道：「有妳這兩句話，我心裡就很安慰了。說到我的恩惠，那倒是讓我更加慚愧。妳不幸嫁了志堅，以往他就是公事纏住了，不能夠陪伴著妳。現在他又一點消息沒有了，妳這樣青春年

少⋯⋯」志芳搶著接住話道：「妳老人家不是說了婚姻聽各人自由嗎？怎麼又說到耽誤嫂嫂青春的話。」孫老太太道：「我的意思還是這樣，並沒有更改。」志芳站起來，握著冰如的手，笑道：「母親老了，說話有些顛三倒四，說多了倒是累贅。就只聽她那婚姻自由一句話就夠了，多話不必說。我們的姑嫂關係快滿了，我們在一處的日子也會極少。我不記得在什麼舊書上看到這樣一句話，人生行樂耳。那實在是對的。走！我們一路出去玩玩，我一算和妳洗塵，二算和妳送行，妳不是要到天津去安排一番嗎？」口裡說著，手裡是不住地用力來拉。冰如道：「妹妹，妳要我陪妳一路出去玩玩，那是可以的。可是妳說的這種話卻讓我不敢當。」孫老太太也道：「是的，冰如妳和她一路出去玩玩吧。把事總悶在心裡，於事無補，可是反把身體弄壞了。」冰如總覺得在老太太一處，有些芒刺在背。雖然老太太的態度是十分客氣的，然而在身分上，自己多說話是不合宜，少說話是把老太太冷落了。

那麼，離開也好。她這樣轉念頭，也就隨了志芳出去。僅僅是走到房門的時候，說了一句明天再來看妳老人家。其實她明天這個約會，是虛約了的。因為明天有船到天津，她要預備北上，就沒有工夫來理會這過時的婆母了。天津這個地方，雖然有租界，那環境究竟有些與上海不同，箱子裡應當帶些什麼，自己應當是怎麼一個裝束，這都應當考慮一

番。所以在動身以前，忙著料理自己的事情，事實上也不能來看孫老太。她的家庭在天津，父母卻還是健全的。她父親薛小山率領著全家大小，都住在法租界上。他手上既很有幾個錢，無所求於人。而且已往曾在北京政府下面，做過多年官，各方都找得出熟人，也不愁有事無說話之地。好在他自己，除了上鬧館子聽聽大鼓書，以及到澡堂裡洗澡之外，根本就少著出門的機會。樓上屋子裡，堆有兩個屋子的線裝書，足夠消磨時間的。抱了個閉門不問天下事的姿態，頗也過著坦然的日子。冰如在漢口的時候，顧全到她父親的環境，並沒有給父親通過信。直至到了上海，才向父親打了一個簡單的電報，說是即北上。為何北上，和誰一路北上，都沒有提到。

　　小山知道自己女婿是一個在京滬作戰的軍官，而自己的這位大小姐，又是個新人物，且與姑爺感情最好，不見得她會無故地拋了丈夫北上。所以接到這個電報之後，倒出了一身冷汗。這日冰如到了天津，由碼頭上坐著一輛人力車子到家門口，只拿了一隻手提箱和一個小藤籃進門，小山看到就有好幾分疑心。家人久別重逢，各有一番敘談，家中少不了有一陣紛亂，小山暫不作什麼表示。到了晚上，小山在樓上小書房裡看書，聽到家裡人嘈雜的聲音，緩緩停止下去了，便吩咐老媽子把大小姐叫了來。冰如進屋子的時候，小山穿一套舊紡綢褂褲，正在左手捧了水煙袋，右手夾了燃著的紙

煤，坐在籐椅上，顛簸著兩腿，似乎在沉吟著什麼。冰如站在門口，便叫了一聲爸爸，小山將紙煤指著對面的椅子道：「妳坐下來，我有話要緩緩地對妳說一說。」冰如坐下來，先笑了一笑。接著看到父親滿臉一本正經的樣子，便也隨著將笑容收住。小山吹著紙煤，先吸了兩袋水煙，然後問道：「妳這次回來，在路上沒有遇到什麼岔子嗎？」冰如道：「我是坐飛機到香港的，時間很短。香港是天堂，有什麼岔子？」小山道：「我是問妳在海輪上有什麼事沒有？」冰如道：「有的，在青島的時候，全船人受過一道檢查。好在我是個女人，又沒帶什麼東西，倒也不擱在心上。到了塘沽進口子的時候，也是這樣，再受一回檢查。這是我意料中的事，倒沒有什麼感想，誰教我到天津來的呢？要到天津來，就得受這份委屈。只是隨在檢查日軍後的幾個中國人，那副形象太是難看。他們翻翻我的箱子，除了幾件衣服之外，什麼也沒有得著，也就算了。後來檢查我的手提小皮包，看到裡面有一卷鈔票就拿去了。這是我大意，本來一路都收得妥妥的，因為到了天津，又拿了出來。這也不過幾十塊錢的事，也就不必去提了。」小山道：「雖然妳這次來是很平安的，但究竟是個冒險舉動。妳在上海就很妥當，何必回到天津來？我們家雖是住在法租界上，但是比之在上海，那就差遠了。」說著，皺起眉來。冰如道：「我也明知道回到北方來，相當的冒險。但是為了根本問題，我不能不來。」小

山聽了這話，臉色一變，不知不覺把水煙袋放在茶几上，把紙煤架在煙袋上，又摘下鼻子上架的老花眼鏡，對冰如望著，低聲問道：「什麼根本問題？妳可不要來和我找麻煩。」冰如看到父親這種驚慌的樣子，才醒悟過來，因微笑道：「喲！這是我沒有說清楚的緣故。妳老人家不必多心，我說的根本問題，是我自己的根本問題，與任何人無干，更談不到什麼天下大事。」小山聽了，這才把老花眼鏡戴上。接著問道：「妳自己的事，妳自己去解決就是了，妳又何必千里迢迢地跑來天津？」冰如道：「當然我有來的必要我才來。您倒別忙，讓我慢慢地來告訴您。」小山經了她這番解釋之後，便覺得心理上的緊張，又慢慢鬆懈過來，於是把茶几上的水煙袋和紙煤都拿了起來，又從從容容地吸起菸來。在他吸菸的時候，冰如是無須慌忙，把自己的婚姻問題，由南京出來起，直到這次在上海和孫老太太談話為止，儘量地都說出來了。小山等她說完了，又吹著紙煤，吸了兩筒菸，因道：「據妳說，姓江的這人，既是待妳很好，妳自己已十分願意了，我們做父母的，還有什麼話說？現在時代不同，我縱然是個舊頭腦，我也不能強人所難，讓妳青年少婦去守節。但是話說回來了，志堅雖已有七八個月沒有消息了，但或存或亡，究竟還缺少一個確實的證據，妳要顧到夫妻情分，姓江的也不能有負朋友所托，事出萬全，似乎不必這樣忙，再等個三年兩載，我以為都沒有關係。」冰如道：

「什麼？三年兩載，都沒有關係？你老人家不了解青年人的心事。現在時局千變萬化，哪裡能約定著那樣長的時間？」小山道：「並非是我故意拉長時間，耽誤妳的青春。可是妳要轉念一想，若沒有這樣長的時間，假如志堅再出了面了，那個時候，妳怎麼去應付？」冰如將頸脖子一扭道：「那有什麼不能解決的？現在非常時期，一切事情就不能照平常法理人情去判決。何況他也有七八個月沒露面了，這婚姻問題，也可通融辦理。幸而我還是有幾個積蓄的，假使我是一個每日等著丈夫供給柴米油鹽的婦人，有這七八個月的消息隔斷，那就餓也餓乾了。」小山道：「妳究竟不是靠丈夫供給柴米油鹽的人呀，並無什麼不得已，拿什麼理由去改嫁呢？我的主張不過如此，妳一定要這樣辦，我也無法反對。不過志堅出面了，我無面目見他，將來我不能承認曾經許可妳這樣辦！」他說著，把臉色沉了下來。冰如道：「您不體諒人情。」小山將紙煤插入煙袋紙煤筒裡，重重地把煙袋向茶几上一放。在煙袋放下，碰著茶几面，卜篤一聲重響。在這一聲重響裡，表示了他的氣憤。他道：「我不體諒人情？我這是最講人情的辦法。無論是中國哪一個角落，寡婦再改嫁，在丈夫死的最近期間，總也不便開口。

　　妳的丈夫死與未死，還不能說，妳就要改嫁，妳一點人類的同情心也沒有，妳還講個什麼人情？」冰如見父親這樣教訓著，心裡自也大為不快，站起來道：「您說我沒有人類

同情心，我也承認。您自己應該是有人類同情心的人了，凡
是有心人，這時都應該到內地去同赴國難，為什麼住在租界
上求外國人保護呢？」小山道：「妳不求外國人保護，妳是
好的，妳為什麼也到這地方來？」冰如正還想找一句話來回
駁她父親，可是她母親鄭氏在門外站著聽了很久，這就走進
來，攔著她道：「妳千里迢迢地奔我們來了，有話只管好好
商量，何必和妳父親生氣？」說著牽了冰如一隻手，就向屋
子外面拉去。冰如隨了母親到樓下臥室裡，覺得無話可說，
可是不說吧，又大大地違拂了自己的本意，於是坐在小沙發
上，半側了身子，微微地垂了頭落淚。鄭氏坐在她對面椅子
上，倒是望了小姐這表人物青春遭著不幸，卻十分憐惜。
因道：「妳父親的話，我也聽見了，他的話倒是對的。而且
妳的性子也太急了，一來之後，就和妳父親開談判。妳也應
當等一等，談話之間，把妳的困難說明白了，再來談婚姻
問題，也不遲。妳偏是……」冰如拭著眼淚道：「我偏是太
急了嗎？我不急還不會坐飛機到香港，繞了這樣大的彎子
來開談判呢。我和人家約好了的，說是一個月之內，準有
回信，這樣不在意地談下去，不但一個月內，不能給人家回
信，就是一年也不能給人家回信。這樣做事，顯然是沒有誠
意，妳想人家能那樣靜等嗎？」薛老太太頗也憐惜著這位姑
娘命薄，冰如這個樣子說了，她只是猶疑著發呆，卻說不出
一句安慰的話來。可是冰如的小妹妹松如，是一個好事的小

姑娘，知道姐姐是為婚姻問題在開談判，便樓上追到樓下，只管在門外面打聽這件事。聽到這裡，她忍不住了，就跳進屋子來，向她母親笑道：「您只管聽，聽得清楚不清楚，全不理會。您也可以問問姐姐，她左一聲人家，右一聲人家，這一位人家，究竟是誰？」鄭氏皺了眉道：「現在也不是開玩笑的時候，妳這孩子胡問些什麼？」冰如道：「只管問，有什麼要緊，我可以告訴妳的。那個人家姓江名洪，是一位二十多歲的軍官。人長得很英俊，說一口流利的國語，是河北人。本是軍官學校的學生，於今是服務有年了。告訴得妳很清楚了，妳還有什麼可問的？」這位小姑娘聽到姐姐向她說了一大串，分明是有意躁她，也就鼓了一股子勁，因微微笑道：「怎麼沒有呢？有的還多著呢。不過我是位姑娘，我犯不著多事來問。」說著，她一扭身子跑了。冰如冷笑道：「妳看看，家裡這些人，沒一個不有意和我為難，我有了這不幸的境遇，沒有一點同情心，彷彿讓我不幸到底才好。」鄭氏道：「那是妳多心了，妳妹妹向來就是這樣嘴裡多事。其實別人的事……」冰如攔住道：「誰有工夫和她計較，我覺得自父親起，都是把我當路人看待的。」鄭氏道：「喲！妳這樣說，是連我在內，妳都看著有些不滿意了。我才犯不上這樣狗拿耗子呢。妳自己的事，妳自己去料理。妳不必和我商量，也用不著為了這個生氣。妳既到天津來了，暫時住兩三個星期。還有一些親友在北平，也可以等著機會見見

面。」冰如將身子一扭道：「這在北平的親友，見他們做什麼？北平是什麼地方，他們有那忍心在北平住得下去，我也就不願見他們。好了，爸爸已生了氣，媽又不願問我的事，那我就乘原輪船回上海去吧。」鄭氏見她如此，也是沒有話說，許久才道：「妳也不必太任性，還是多住兩天，慢慢地商量吧。」冰如默然地坐了一會，卻也拿不出一個主意。雖是怨恨家裡人不能諒解自己，可是漂洋過海地回來了，總還是要家人給予一點幫助才好。第一是江洪為人太慎重了，不在家庭方面找一點根據，恐怕他也不能放手做去。到天津的第一晚上，自己就想了個透熟，依然要取得父親同意，才好回漢口。這樣，不但減輕了自己的責任，而且也可以減輕江洪的責任。因之到了第二日，她就把初來時的焦急態度，完全改去，只在有意無意之間，把話來和父母商量。對付兒女的心腸，天下父母都是一樣，過了兩天，也就漸漸和緩下來，這不但是冰如自己的家庭，便是留在天津的親戚，也知道她要改嫁個姓江的。親戚見面，少不了道一聲喜，說兩句笑話，那婚姻問題，更是明顯。是一日下午的時候，冰如由外面看電影回來，正坐在樓上母親屋裡談談笑笑，十分高興。忽然松如在樓梯上一路喊了來道：「姐姐，姐夫的信來了，姐夫的信來了。」冰如笑道：「這丫頭總是和我開玩笑。別的可以亂嚷，這姐夫兩個字，也是可以亂嚷的嗎？我算算看，現在有半個多月了，江洪也該和我寫回信來了。」說

到這裡時，松如手上高高舉著一封信，走了進來，笑道：
「妳猜錯了，不是江洪的信，是孫志堅的信，妳拿去看。」
說著，微微笑了一笑，把信扔在冰如懷裡。她聽說是孫志堅
來的信，臉色就首先變了一下。將信拿到手上看時，不用看
那詳細的下款，只看那信上寫的筆跡，就可以斷定是孫志堅
的信，立刻心房撲撲亂跳一陣。鄭氏坐在旁邊，斜視過來，
見冰如的肌膚有些抖顫，因問道：「什麼，志堅有了信來了
嗎？」冰如並不急於去拆信，拿著信封在手上顛了兩顛，因
淡笑道：「許是她妹妹孫志芳弄的花樣。」說著，將信封口
緩緩地撕開了，卻見裡面的信瓤，厚厚的有一疊信紙，信紙
上的字，寫著只有綠豆大，想想這信裡的事情，一定是很多
很多的，抽出信紙來，只看那最前一行是：冰如：我沒有想
到我還能給妳寫信，妳也並不會想到還能看到我新寫的字跡
吧？這絕對不成問題，是孫志堅來的信。她不但心房亂跳，
而且是手足冰涼了。

　　她偷眼看看屋子裡的人，都把眼光射在自己身上，便將
信紙握在手心裡，另一隻手扶著椅子背站了起來，向她母親
望了道：「讓我到屋子裡慢慢地去看，回頭我把信上的消息
告訴妳。」說完了，也不管別人怎樣注意，匆匆地就走了。
鄭氏看了這情形，便望了松如道：「真是志堅來的信嗎？」
松如道：「怎麼不是？信封上清清楚楚寫著他寄信人的姓
名。」鄭氏道：「這倒有些奇怪了。冰如接到這封信，絲毫

也沒有表示什麼高興的樣子。」松如鼻子裡哼了一聲，接著又發上一陣冷笑，於是她就走到梳妝桌面前，對了鏡子，將小梳子梳理自己的頭髮。鄭氏道：「妳冷笑什麼？一個生離死別的丈夫，有了信來了，高興還不是應該的嗎？」松如對著鏡子將嘴一撇道：「高興？孫志堅的信，比刀刺了她的心，還要難過呢。」這時，屋子裡並無第三個人，鄭氏道：「松如，妳也不好。妳姐姐落在這種境遇裡，自也有她不得已的苦衷……」松如將梳子向桌上一丟，扭身就走了出去，在她出門的時候，還咕嚷著道：「就算我多事，大家向後看吧。」松如走遠了，鄭氏玩味玩味過去的情形，也覺得冰如的行為有些奇怪，心想：難道志堅有信來，她反感覺得不高興嗎？看她把信念完了，卻怎樣來告訴人。鄭氏是這樣地揣念著，誰知冰如拿了這封信去，足足看了兩三個鐘頭，也不曾回到房裡來。打發老媽子去探望，老媽子回來報告，大小姐掩著房門，在床上睡覺了。鄭氏心想，這為什麼呢？便悄悄走到那房門口，伸頭向裡面張望了去。見冰如橫躺在床上，側了臉枕著疊的被條，將臉偎在被裡，因道：「天氣還有點熱吧？妳怎麼這樣睡著？」冰如似醒不醒地哼著答應了一聲。鄭氏因她已答應了，索性推門走了進來，因道：「冰如，那信說些什麼？能告訴我嗎？」冰如道：「他沒有死。」說著，一個翻身，將背朝了鄭氏。這倒讓旁觀的人越發的不解所謂。鄭氏手扶了門站著，呆呆望了床上躺著的人

出神。許久，才問道：「妳把那信交給我看看，可以嗎？」冰如一個翻身坐了起來，微瞪了眼道：「這信裡還有什麼祕密不成？」鄭氏道：「唯其是我知道這信裡沒有祕密，才要妳交信給我看。」冰如道：「不用看，我把它撕了。」薛老太道：「這是什麼意思？他來信，是妳夫妻有團圓的希望，妳為什麼反把它撕了？」冰如板了臉道：「您沒有看信，怎麼知道我不應該撕呢？」鄭氏坐在她對面椅子上，不覺向她周身上下打量著。冰如將身子斜靠了床欄杆，半垂了頭坐著，將兩個指頭撥弄了自己的衣襟角，再也不提一個字，鄭氏也默然了一陣，因道：「我看妳神色不定，彷彿是生了病。」冰如道：「我是病了。心裡火燒一般，頭又痛。」她說著，先伸手撫撫胸口，接著又按了額角。鄭氏還不曾跟著把話向下問，老媽子便在門外叫道：「老太爺請呢。」薛老太走出屋子來，在梯子口上，就迎著了小山。

　　他先笑道：「志堅有信來了，一切問題都解決了。他也有一封信給我，報告他怎樣逃出南京，那真是可歌可泣。」鄭氏一聲也不言語，白回房去。小山隨在後面道：「咦！妳是什麼意思？冰如呢？」鄭氏道：「她，她，哼！她接到信就病了。隨她去吧，這事，你我就不必過問了。」說著，她嘆了一口氣。小山站在房門口呆了一呆，便也走回自己的書房去，將志堅寄給他的信撿了出來，重新看了一遍。但這信上除了說南京失陷時，讓人替古人擔憂而外，都是可安慰

的。女婿是死裡逃生了，怎麼小姐得了這信，倒反是病起來了哩？這老人是以君子之心度人，不肯向下想，但冰如的父母，也就不能對她有深切的幫助，這問題是僵持了。

第十三回
舊巷人稀愁看雞犬影 荒庵馬過驚探木魚聲

　　孫志堅不在人間，這是他的親友所認為的共同事實，倒不是冰如過分的錯誤了。唯其是那不曾過分的錯誤，她就聰明地另找出路。於今事業已找到出路，而又不能去。放了的心，教她無法收回，這只有怪造化玩弄人吧？其實造化玩弄孫志堅，比玩弄薛冰如還厲害十倍，這個死裡求生的經過，他自己也是出乎意外的。原來他帶著一營工兵，在蘇滬前方工作，很得上峰的嘉獎。他既是個留學歸國的軍人，技術很好，又十分勇敢，幾個月裡，都在炮火中工作。到了蘇州失守，他們還繼續以往的策略，要在首都作守城之戰，繼續去消耗敵人。上司認為他是可用的人才，便給了志堅一道命令，教他帶了工兵營，去協助守城度布置城防。為了交通的困難，以及在前方的消耗，志堅帶到南京來的，已只有兩連人。這是十二月的月頭，戰事越來越迫近了畿輔。負責城防的長官，加緊布置防事，志堅帶了兩連人，晝夜分途構築工事。他雖料著自己的夫人，一定離開了南京，恰是自上次回到前方後，並未接冰如一封信。因為自己是在前方四處奔走不停，縱有信去，也收不到。這次回到了南京，雖然軍事倥傯，可是一看到南城牆，就不免想起自己那個完美的小家

庭。頗也想得著機會，回去看看。

有一次乘著一輛卡車，帶了弟兄們到南京城去，正好走過自己家門的巷口，便囑咐司機在路邊停車幾分鐘，跳下車去看看。他下車走進巷子之後，見一排排的小洋樓，還是整齊地立著，並不曾損壞。但家家都關閉了大門，不見巷子裡有人來往。直奔到自己家門口，見大門也是倒鎖著的。抬頭看樓上，百葉窗齊齊閉著，短圍牆裡兩棵庭樹，落光了葉子，還向外露了丫杈的樹枝，門縫內外，撒了一些碎紙片以及木塊釘頭之類。兩旁鄰居，亦復如此。這正是半下午，那慘淡的冬日，帶著病色的黃光，照在這空冷的街巷，頗是淒涼。正待轉身，卻有一點響聲，回頭看時，一條哈巴狗，夾了尾巴，挨著牆慢慢走過來，牠看到志堅，似乎有點認識，昂頭向他望著。志堅識得牠是巷口富戶錢公館的愛物，便道：「小丁丁，你不認識我了嗎？」那狗忽然跑過來，兩隻前爪扒了志堅的褲腳，一跳一跳，汪汪亂叫，尾巴亂搖，搖得周身的毛都抖顫。志堅將牠抱起來，撫摸了牠那背上的柔毛道：「你主人自顧不暇，也不管你了。」正說著話，巷底三層大洋房，呀的一聲，開著大門，一個白鬚老頭，穿了青布舊棉袍，迎了前來。

他道：「呀！是孫營長，怎麼回來了？」志堅道：「你是這巷口賣烤薯的劉老闆吧？怎麼還在這裡呢？」他摸了鬍子道：「我七十多歲的人了，有什麼死不得？而且要跑也

跑不動。我受了這裡幾家公館的託付，在這裡看房子。你
太太前一個月就走了。王媽告訴我是到漢口去了。」志堅
道：「那好極了，我這所房子，也托你代照顧一下吧。我公
事忙，不能多談，再會吧。」說著，放下那條狗，轉身走出
弄堂口。這裡有一家帶花園的住宅，圍牆門也是關著，他們
家陪襯風景的一叢水竹子，還是那樣簇擁著，只是凋落的葉
子，由牆上撒到巷口，雜亂地帶了竹頭木屑，卻沒有掃除。
竹子裡有兩枝蠟梅，卻伸出了牆頭，靜悄悄地橫斜著。而
意外的點綴，卻有三隻雞，一雄二雌，伏在牆頭上，牠們也
似乎是被主人所遺棄的，一點沒有精神，偏了小腦袋看人走
過。志堅看了一看，倒添加了不少感慨，只管四處張望著，
忽然有人道：「孫營長回來了。」看時，是個巡警。志堅向
他行了個軍禮，笑道：「閣下還緊守著你的崗位，難得！」
他道：「我是這裡的老警察了。不到最後五分鐘，我也不會
離開。」志堅道：「閣下知道我家眷搬到哪裡去了嗎？」他
道：「到哪裡去，我沒有問。但是我看到你太太和你家用人
把東西搬上巷口一輛卡車的。當天晚上，你太太還回來了。
我自那時起，已改了巡邏警，因為弟兄們少了。我看到空屋
裡有燈光，還去敲門問的，你太太開門出來說，是回來拿你
的佩劍照片的。第二日就看不到她了。她是很平安地離開了
這裡，你可以放心。」志堅道：「她沒有對閣下說什麼？」
那警士被志堅誇獎了一聲緊守崗位，他很高興，他便信口答

道：「你太太說，若是你看見了孫先生，請你轉告一聲，努力殺賊！」志堅聽說後笑了，和他行了個軍禮告別。他舊塢重遊，雖然增加了心上一分淒涼，可是聽說夫人已安全離開南京了，心裡也就得了一分安慰。卡車等在巷口，自己雖然不敢多耽誤，可是一路走著，還繼續回頭看了幾次，然而這前後幾條巷子裡，整片的洋樓空閒著，除了那個守屋老人與巡邏警，已不見第三個人影，也沒有再可詢問之處，走上了卡車，奔上了南城。他們的目的地是光華門，車子浮在路旁，志堅先下車，便覺得這裡已充滿了戰線的氣氛。這城牆裡面，本來是一片空地，夾雜了菜園。

靠西有個房集團，住著鬧市被擠來的人家。這時菜圃雖還存在，菜蔬已拔去十之八九，剩下一些萊菔。零落在菜圃中間的幾幢小瓦屋，有穿灰色制服的士兵進出。東頭一叢竹子，竹下挖了深壕，裡面成了高射炮陣地，炮身上披著竹葉與竹枝，伸出竹林來一大截。十幾匹戰馬，在小瓦屋外幾棵老柳樹的粗幹上繫著。遠遠看到城門洞裡，滿滿的填塞了沙包，這邊的洋樓集團，門口站了兩個衛兵，旁邊小冬青樹下，放了兩挺機關槍。那門口有一面小旗，用竹竿橫斜地挑了出來。那旗邊的弄堂門牆上，也貼了一張某某團團本部的大字條。志堅走向那裡，將來意通知了衛兵。衛兵報告進去，駐在這裡的劉團長，正是志堅的老朋友，他竟是親自迎接了出來，劉團長也是由前方調防到這裡來的，三個月的苦

戰，面孔磨練得粗而且黑，他走出屋來，志堅立正向他行著軍禮，他立刻有一個感想，工兵雖然是一種艱巨的任務，但他們不像步兵日夜受風吹雨打與日晒，不見這孫營長還是個白面書生。他回過禮，向志堅握了手道：「不想在這裡遇到老朋友，我這擔子減輕不少。」說著，引他進了屋子。

這屋子的主角，和其他離開南京的人一樣，丟下了滿屋子的家具，辦公室裡除了寫字臺上一部軍用電話機，牆上幾張軍用地圖而外，還是一所摩登客廳。劉團長讓志堅坐在寫字臺對面的沙發上，他坐在寫字椅上，先笑道：「我到這裡，是一則以喜，一則以憂。喜的是前方回來的人，感覺到這裡太舒服了。憂的是守這個城門，我責任太重。師長在今天上午來過，我陪著登城，看過了這裡的地形。他對這裡的防禦工事，雖相當滿意，但認為這環城的國防公路，必須城外的守軍能控住。否則專靠城牆，不易對付敵人的大砲與飛機。」志堅道：「我是來聽團長命令的。那裡的工事還有修補的必要的話，自是盡力去做。」劉團長道：「好！我們上城去看看。」於是他攜帶瞭望遠鏡，著兩個弟兄跟隨，和志堅一路出門向光華門城牆上來。經過那輛卡車時，那帶來的八九名弟兄，隨著班長尚斌，都肅立在路邊。劉團長道：「孫營長你帶來的弟兄太少了吧？」志堅苦笑道：「我只有兩連人，這幾天各處都要調用，真忙不開來。當然，這裡若有重要任務的話，兩連人都可以調來。」說著，兩人一同登

城。城上布了步哨，已不同往常。

志堅隨在劉團長之後，看了幾處工事，他在他的品級上，雖只能說分內的話，可是他是學軍事多年的人，緘默中自有一番更深的觀察。這段城牆，陡峭高聳有六七丈高，下面的城壕，又挖得四五丈深，而且還不曾估計到水底。壕面的寬度，也有七八丈。由城牆下看，覺得是相當的險要。但壕那面不遠，在層層不斷的水田中，拱起一道堤形的公路，與城垣平行著，空蕩蕩不見一人，往常那裡也奔馳著我們的坦克。西南角上，小山崗子，隱隱的青色的冬林上，迤邐一條烏影，下面是飛機場，往常日子，那裡是經常飛著我們自己的飛機。我們是個工業落後的國家，我們不能自造飛機與坦克，四個月的東線鏖戰，已把我們所買來的那些武器，都相當地消耗了，我們將恃著血肉之軀，與極少數的重兵器，來守這大南京，雖然這是個龍盤虎踞的所在，在立體戰爭下，這是一個精神與物質對比的廝拼了。他這樣想著，看著這城外一片平原，被淡淡的青靄籠罩了。遠遠的崗巒重疊，猶如無數獅虎，披上了朦朧的毛，向南京朝拜。天上的晚霞，映照了半天的蒼茫晚色，越是看到這城外寂無人跡。

劉團長陪他走了一遍，見他很是緘默，這時又見他向城外看得出神，因問道：「孫營長你有什麼意見沒有？」志堅道：「報告團長，若是我們有充足的重武器，這形勢就很好。只是我想到城裡一片敵地，一點掩蔽沒有，萬一我們作

守城戰的話，似乎更要增加兩條交通壕，由馬路邊通到城牆
腳下。」劉團長道：「對的，我也有此感想。」二人說著話，
再回到團本部，還不曾計劃挖交通壕的話，師長來了電話找
志堅說話。志堅接過了電話，因道：「團長，我就要離開這
裡，師長叫我到虎踞關那邊去。」劉團長道：「那怎麼辦呢？
我這裡許多工事，也少不了人。」志堅道：「這樣好了，我
留了尚班長和弟兄們在這裡，我一個人去見師長。假如那邊
有重要的工事，我調另一連弟兄去。」劉團長道：「很好，
就這樣辦。」志堅告辭出了團本部，找著尚斌，把話告訴了
他。尚斌舉手行了個禮道：「報告營長，尚斌願跟隨營長一
處工作。」志堅笑道：「在哪裡工作，也是為國家服務，何
必一定要跟著我，這裡當然我還要來的，你聽劉團長的命令
就是了。」說著，坐上了卡車，直奔清涼山防地。

　　當晚見了師長，知道敵人已攻陷了安徽宣城，蕪湖吃
緊，這南京西角的城牆，也十分重要，當晚和師長計議了一
番，就住在清涼山掃葉樓上，師長撥了一匹馬給他騎，教他
明日早上，騎著馬繞城看看。志堅次日天亮起來，便騎了那
匹馬，順著清涼山後，向虎踞關的人行大路，向西北角走
去。這裡是人家稀少的所在，鵝卵石的人行路，在竹林菜園
間，向北伸長著。路邊有時現出一溝流水，越是帶了鄉村
意味，早上的薄霧，似有如無地罩了無葉的路旁樹林，濃
霜像撒的碎鹽，鋪在路旁草上，和菜圃的木槿花籬笆上，

坐在馬鞍上頗覺霜寒壓背，這樣也就頗覺缺乏戰時意味。
就在這時，天空裡一陣飛機的轟轟軋軋聲，回頭看去，有一
群飛機，在城南上空盤旋。同時高射炮的砲彈，放出幾朵黑
煙，在那邊空中爆炸。他覺得距離頭頂還遠，鎮定策馬繼續
北走。走進了一個小山口，在一叢古樹林中，有一座小廟，
在樹影子下，顯出了一堵紅牆，隱隱的有一陣木魚聲。一個
中年和尚，提了一隻帶繩子的水桶，走到樹林下一個井圈
邊，向井裡從容地放下桶去。南城的炸彈聲與高射炮聲，並
沒有紛擾他的鎮定。他心想，不料南京城裡，還有這種悠閒
的人。

　　此心一動，不免帶轉馬頭，向廟門口走來。和尚已汲起
了一桶水，合掌向他打了個問訊。志堅跳下馬來，手裡牽了
韁繩，走到井邊，向他笑道：「大師父，你好自在。」和尚
道：「長官，我們出家人，守著這個窮廟，很慚愧不能為國
出力，可也不必驚慌。請到小廟裡喝杯熱茶吧。」志堅牽了
馬到廟門口，將韁繩拴在小石獅子腿上，和尚放下那桶水，
引著他進廟門。志堅走進廟來，迎面一座彌勒佛龕，佛還是
笑嘻嘻地坐著。轉進龕後，有一口大天井，有兩棵老柏樹，
映著這屋簷下，陰暗暗的。天井過去，三層石階，是三寶大
殿了。殿宇雖不偉大，卻掃得沒有一點灰塵。走上殿來，一
列三尊佛像，坐在高龕上。龕外半垂著古舊的帳幔，成了絳
紫色，可想其窮。長佛案上很少幾樣錫製供器，倒是有一隻

瓷瓶子裡插了一束蠟梅花和天竹子。另一瓷缸，盛了淨水。一隻尺來寬口徑的銅爐，裡面微浮著一縷檀煙起來。因殿宇裡面，不十分光亮，還看到佛案右角上，一盞玻璃罩子的佛燈，亮著豆大的燈光。左角一個方幾子，布墊架了斗大的木魚，一個年老穿著布袍的和尚，瘦長的臉上，布滿了皺紋，盤腿坐在蒲團上，一下一下地舉了木槌，敲著。

引進來的壯年和尚近前一步，低聲笑道：「長官，對不起。我們這老師父是個殘廢人。」志堅看了那和尚，閉著雙眼，動也不動，繼續他的早課。因笑道：「不要緊。舍下三代念佛，直至現在，家母還不斷看佛經呢。你請自便，我在這廟裡看看。我奉了長官命令，要在這一帶看看的。」說著，繞過正殿，到了後殿。後殿在一個小山坡上，卻有十幾層臺階。殿中只有一尊觀音佛像，很簡單。因見佛龕後，有梯腳露出，便走上梯去，那和尚也隨後跟著。上得梯來，是一個小木閣，中間也供有一座小佛龕，三面玻璃窗戶都閉著。因隔了玻璃，看到一曲城垣堆子，便推開了窗戶，向外看去。見那城牆露出來的所在，是一列小山的缺口子，便問道：「這城牆外面是平原嗎？」和尚道：「外面有一片蘆葦洲，洲外是長江。」志堅道：「這樣說來，你這裡也不算安全地帶。敵人的兵艦，開到長江裡，可以炮轟到這裡。」和尚笑道：「如果在兵船上用炮轟，南京城裡，哪裡也不安全的。長官，你有所不知。在二百年前，這裡還是世外桃源

呢。明朝末年，清兵進南京城的時候，許多遺老，就在這一帶住了半輩子沒有出去。」志堅笑道：「時代不同了，於今敵人是要滅我們的種，不是要亡我們的國而已。你就是為了這一點，很坦然地在這裡出家嗎？」和尚搖搖頭道：「那倒不是，我這廟裡，統共只有三個和尚。殿上那個老和尚，長官看見的，他雙目不明。還有個老和尚，病在床上，你想，我們怎樣走得開？阿彌陀佛，我們望菩薩保佑南京城。」說著，他看了志堅，笑上一笑，因道，「還是全仗各位長官帶了弟兄們保衛南京城。」志堅笑了一笑，沒有說什麼。看看這廟，是一座冷淡了香火的古剎。這和尚也很率真，倒也不礙了什麼軍事，便依了原路走向前殿。殿旁有幾間僧房，也沒有再去看。

老和尚已完了早課，垂了袖子，默然地坐在蒲團上，志堅也不去驚動他，見壯年和尚直送到殿外，便向他點點頭道：「打攪，打攪。」和尚道：「長官茶也不曾喝一杯，說什麼打攪。」志堅走出廟來，解了韁繩，騎上馬去，見和尚再去提那桶水，又向他行了個禮，兜了韁繩自走，順了尺來寬的鵝卵石小路走出那叢荒的樹林，隱隱中還嗅到一種沉檀香氣。心想，怪不得我家三代好佛。這佛家的布置，影響著人的心理很大。在馬上默想了一陣，猛抬頭看到薄霧全散，冬日黃黃的太陽，已高升數丈，自己是個巡查工事的人，哪有工夫去參禪，一攏韁繩，讓馬放開四蹄，向大路上跑去。

第十四回
炮火連天千軍作死戰 肝腦塗地隻手挽危城

　　這天上午，志堅回到清涼山，見著師長，就把西北城角看來的情形，作了一個簡單的報告，供給他作參考。但這個時候，東南角的軍情，比西北角緊張得多。西北城區防務，已另交給一個師長負責，孫志堅所屬的這一師，全部調到南城。他的工兵營，也掃數調到城南。他的營部，在城南某一處民房內。這個地方，本來去六朝金粉地不遠，原來是繁華場所。但因戰事逐日迫近首都，每一條街巷的人家，都緊緊閉了門戶。多數的市民，本已疏散走了，還有那不曾疏散的市民，也都遷居到新住宅區去，那裡是國際人士所指定的難民區。南城這一帶，也未能例外，整個白天，也不看到路上有人行走，看到行走的，也總是現役軍人。營本部鄰近幾幢洋樓，都住著自前方轉來的同志。志堅雖沒有工夫去仔細觀察，其中有兩位長官，似乎在前方見過的，相見之下，不免行個禮。這一日上午，他由白鷺州防地回來，已經隱隱地聽到了炮聲，迎頭看到一位高級軍官，由那空屋子裡出來，便站住腳行了個禮。他望了志堅道：「你是不是孫營長？」志堅道：「是。」他便在衣袋裡掏出一張名片交給志堅。因道：「我在今天晚上，就要到另一個地方去布置防務。我要告訴

你一件事，就是這屋裡，我們還有一部分東西，暫時不能移走，尤其是四支橡皮船。我知道你是個軍事技術人才，你也會照料它們。你拿我這名片交給貴師長，把這事告訴他。這事相當重要，你不可以忘了。」志堅答應是，行了軍禮告別。他想著，在這水上交通感到困難的時候，有四支橡皮船可用，這自是一個好消息。下午見了師長，把名片呈上，將話告訴了一遍，師長點點頭道：「你可以順便去看看，還有其他可用的東西沒有。戰事移到了內地，任何軍用品，都不容易再得著，應當儘量保存。」他說這話已畢，電話已來，志堅也不及詳細請示。而自這時起，炮聲由遠而近，也由稀而密，擔任城南防務的軍隊，已是加倍警戒。志堅這連工兵，都駐在營本部裡，聽候命令。到了晚間，全城在沒有電燈情形之下，又加上是個斜風細雨天，四周漆黑而寂靜。卻是那遠處的炮聲，因著氣壓的關係，反是更聽得清楚。上半夜還偶聽到笨重的卡車，由附近馬路上響過，下半夜僅僅聽到一次皮鞋的步伐聲，由巷子裡過去，遙遠地聽到步哨喝問過兩次口令，其餘是一點聲音也沒有。這種沉寂，倒令人想到暴風雨即刻將到。志堅沒有安床鋪，就把行李攤開在人家樓板上睡著。

　　牆角落裡，樓板上點了一支洋燭，為的是掩了燈光外露。在人家留下的一張桌子上，放著電話機。他睡在地鋪上，睜了眼靜候電話。在前方炮火裡生活了幾個月，疲勞之

後，吃得飽，睡得著。但在這寂寞的首都之夜裡，卻反是不能安睡。心裡也自念著，大概保衛大南京這個念頭，容易教人興奮吧？這一晚並沒有電話前來，還是平安地過去。自己是剛剛迷糊一陣，卻被轟咚的巨聲驚醒。睜眼看時，勤務兵站在房門口，大聲叫道：「報告營長，有空襲，彈就落在屋子外不遠。」志堅坐了起來，喝道：「大驚小怪做什麼？彈落在外面，已經過去了。」他說著這話，也站了起來。這時天已大亮，看那窗子外面，煙焰迷成一團，果是彈落不遠。也就在這個時間，炸彈聲繼續地爆發著。而接著這個爆炸聲，便是大砲轟擊聲的繼起。昨晚的岑寂，到了這個時候，已告一段落，炮聲由東南角蔓延到西南角，轟轟的響聲，此起彼落。約莫兩小時，炮聲由近處猛烈地響出，證明敵人已迫近了我們的射程，我們的炮也在還擊。志堅這營工兵，所擔任的雖不是衝鋒陷陣，可是到了這兩軍炮火交轟，隨時有建築工事的可能，自己已吩咐全營，趕快地做好了一頓飯吃過。

電話機已由弟兄們臨時移到樓下，自己守坐電話機邊，等候命令。有幾次砲彈嗚嘖嘖地發著怪聲，由頭上穿過，益發覺得兩方的炮火已互相迫近。他坐守在電話機邊，未敢離開，但也沒有命令傳來。到了大半下午，炮聲忽然停止，緊張的空氣，略微鬆弛。電話卻來了，電話是師長的命令，光華門裡，有幾個未爆炸的炸彈，攔阻交通，快帶全營弟兄們

來移去。志堅接了命令，先帶了尚斌一班弟兄，跳上門外停的卡車，自己當司機，開了車子，奔上光華門。著其餘弟兄，徒步前去。這時，南京城裡，已不放警報，敵機來空襲，預先不能知道。汽車剛跑上馬路，便有三架敵機的影子，在頭上掠過。他聽了空中輒輒輒刺激空氣聲，知道敵機已投下彈來。坐在司機座上，已看不到投彈的角度。但看到面前不遠，有一幢四五層高樓，料著敵機是把這裡當目標，在幾秒鐘間，他的觀感和判斷和他兩手的動作，很敏捷地聯合一致，將扶機一轉，車子很快地衝入街邊南端一條巷子裡，剛剛鑽進巷子，身後一聲大響，立刻煙霧猛升起來。卡車一點也不理會，繼續向巷子裡沖。衝出巷口，是另一條馬路，車頭轉向東方，還是開向光華門。

　　一路之上，又聽到幾下巨響，隨了幾叢彈煙向空中倒噴，籠罩了馬路，硫黃氣撲人，街邊有幾幢房屋倒塌著，還在陸續地滾著牆磚與屋瓦，想是剛剛被炸的。這一輛卡車，就在彈煙中鑽過，順了路直奔光華門。車子將到光華門那片敞地上，遠遠看到一個彈坑，車閘猛可地關著，嘎的一聲停住。路邊正有一個士兵，舉手招呼停住。車子停後，才聽到他喊，路中心有顆沒有爆炸的炸彈，車子不能向前走了。車子停了，志堅跳下車來，尚斌也帶了弟兄跳下，看時，車子距離那沒有爆炸的小彈坑，不到一丈路。尚斌笑道：「營長坐在司機座上，看不見。我們在後面，抬頭看到頭上三架飛

機，簡直是跟了我們炸。」志堅笑道：「我何嘗不知道，我們停下來，也許讓他炸個正著。你們先在這裡，把這個炸彈搬走，我去見師長。」說畢，他自向前走去。尚斌望了弟兄們道：「你們看看，我們營長，不但是十分勇敢，而且十二分的機警。這車子再開過去幾尺路，就是很大的危險。我們在陣地上，處處都應該學他。」各位弟兄，也是目擊剛才這一招驚人表演的，都在嚴肅的臉上，泛出了一陣微笑。大家也就受了志堅的感動，一分鐘也不敢耽誤，就各個在車上，取下了工具，挖掘馬路中心的炸彈。

志堅由師長指揮所在地走了回來，馬路上已恢復了交通，徒步的弟兄們也來了，兩連的兵士，都站在馬路邊待命。冬日天短，天色不覺已經昏黑了，志堅便自帶了弟兄們在馬路邊的人家屋簷下休息。但是這個夜幕，卻給予敵人一種作惡的掩護，連續的大砲，又開始轟擊起來。敵人的目標，似乎就是這光華門的城垣，在**轟轟刷刷**，隆隆啪啪各種巨響之下，那砲彈，帶著通紅的血光，一個跟著一個，向這一帶城牆碰砸，隨著火花四濺，猶如在黑暗中伸出無數道魔爪與魔網。砲彈間或地越過了城牆，落在門裡空地上，成團的火焰，在地面上湧起，火網裡看到地面上的碎土與亂石，向空中反躍起來。這樣的緊張場面，約莫有半小時，這裡的守軍，卻未曾加以理會。忽然這附近的鋼炮，發出一聲巨吼，向半空裡回答出去一個火球。而附近的迫擊炮與各種口

徑的炮，也一齊應聲而起，向對面噴射了怒火出去。又是一小時上下，這城牆上的機關槍，卻篤篤篤地左起右落，不斷地響著。志堅和他的弟兄們雖是休息在馬路上，自砲彈紛紛射落以來，大家也都找了掩蔽地方伏著，心血是隨了那各種爆炸與碰撞聲，刻刻因之緊張。自機槍聲發動以後，這暗示了敵人在黑暗中借了炮火掩護已在向城牆進犯。

　　機關槍的子彈，已經可以制止住他們。這樣的情形，又是一小時，機關槍聲便停止了。想像著，敵人是被擊退了。但機關槍聲停止，炮聲卻已復起。志堅站起來，拿起身上掛的水壺，嘴對嘴地，喝了兩口水。師部的傳令兵，卻來叫他去見師長。他走到城牆腳下，向那構築的戰壕走來。壕口上站著衛兵，問明了來意，進去報告過，然後才請他進去。壕是丈來見方的地窯，師長靠了一張矮桌子，坐在地上，桌子上點了兩支燭，照著四五個電話機與一沓軍事地圖。他一手握了電話機，一手拿了地圖，在燭光下看著，見志堅進來，便道：「城牆上有幾處工事，被砲彈轟壞了，限你兩小時修好，快去！劉團長在某處等著你。」志堅接了命令，立刻帶了一連弟兄們上城。這時，星月無光，長空裡飛著往來的火球，與無數拋物線的光芒，遙遠地看到城外地平上，噴出成片的火花，火藥氣瀰漫了周圍。我們砲兵陣地，在左右前後，發著怒吼。不時的有一陣土層，在火光下撒上人身。這一連登城的工兵，借了城堆交通壕的掩護，半彎了身體，奔

向師長所指示的地點。砲彈帶著閃爍的火焰，看到劉團長靜坐在掩蔽所在，他讓志堅到了面前，握住他的手道：「你自己來了，好極。這裡兩挺重機關槍，剛才發生很大的威力，將攻城的敵人擊斃不少。不幸是這兩個掩蔽機關槍的工事，都被毀了，敵人二次再來，我們必須恢復這兩處機槍的威力。」志堅道：「師長給了我兩小時的限期，那很夠。我帶了水泥和酒精上城來，很快地就可以把工事堅固起來。我立刻就去。」說著，他已不顧對方射來的炮火，挺立起來，督率了全連弟兄直奔被毀的工事所在。他在城堆缺口裡，向城外探望，見地面上的火焰噴吐的地帶，似乎又迫近了一些。不容再考慮了，他奔走在兩處被毀工事所在，指揮了弟兄們搬運磚塊土石，一面將酒精拌和了水泥，在工事上堆砌。那頭上的砲彈，卻又一個跟著一個，在長空嗚溜溜作聲，飛個不斷。其中也有幾次，恰好就落在城牆上。志堅全不理會，只是來往地指揮。在一顆砲彈落在附近之後，他也濺了一身的土。班長尚斌，跑到面前敬禮道：「報告營長，連長陣亡，還有三位弟兄陣亡，五名掛彩。」志堅道：「知道了，他們很光榮。明天找了好棺木，給他們收殮就是了。現在任務完成了再說。」他說著這話，自己便親自上前，代替了那陣亡連長的職務，擠在弟兄隊裡，建築著工事。他一面做工，一面不住地看著錶。把工事做完了，還只有一小時又三十分鐘，比限期要早半小時。於是教弟兄們先把掛彩的幾

個弟兄，找了擔架抬了，先抬了下城去。自己還在陣亡弟兄面前，敬了一個禮，才下城去向師長報告。他到了這時，才發現了這半晚的作戰，在城上的守軍，傷亡很重。由城下上城來的援軍，在火光與炮聲中，雖絡繹不斷。可是想到在東戰場一個長期消耗戰之後，又接上一個南京消耗戰，這趨勢是很嚴重的。但是他看到師長在城下，團長在城上，都已親臨火線，卻又令人興奮得很。師長已接了團長的電話，知道志堅任務完成，見面之後，很嘉獎了幾句，命他退下休息。其實在光華門附近駐守著的兵士，也談不到休息。敵人在這晚上，用了大砲掩護步兵進犯，前後共有五次之多，槍炮的響聲，如崩堤放水一般，徹夜不停。城裡有幾處著了砲彈，已燃燒起來，幾個火頭，湧起了通紅的火焰，在半個城南，都瀰漫了紫黃色的雲霧。

火光被煙焰罩住，反映了這陣地上的草木房屋，在血光裡露出了很顯明的影子。光華門一區如此，其餘各城門的攻守情勢，也可想像。志堅是個留學回來的少年軍人，又曾親受著領袖的薰陶，對這個可愛的首都，有了充分的熱戀與尊敬，看到這緊張的局面，真恨不得拿了一支槍跳上城去射擊幾個敵人。然而他自有他更重要的責任，不能如此。雖在嚴冬的晚上，他周身血管沸騰，汗溼透了衣服。他忘了炮火向身邊射擊的危險，他不時在休息的民房裡走出，抬頭四望。每聽到自己砲兵陣地裡發出一聲巨響，心裡頭暗叫一聲好。

一夜鏖戰，他沒有片刻的靜止。到了天色將亮，除了敵人的炮火，向這裡加緊射擊之外，敵機又三三五五臨空投彈。這時已不能分出哪裡有彈坑，煙霧濃濃地籠罩了一切。砲彈連續地落到附近，地皮常是發生地震。這時志堅所知道的，只是我軍堅守了城牆，幾次連密的機關槍聲，都把敵人擊退，詳細情形，未曾到戰壕裡去，卻不甚清楚。

這緊張的戰事，到了下午兩三點鐘，卻是震天震地的一聲大響，在那種倒瀑布似的聲浪裡，他料著這是城牆崩坍的象徵，心裡頗感到一種惶急。約在一小時後，大砲雖或偶然地轟兩三聲，而敵機已不在頭上投彈，志堅得著弟兄們的報告，在城門左角，城牆被大砲和飛機轟擊，已崩坍出來一個丈來寬的缺口。志堅聽說，奔出掩蔽所在，恰好師長帶了幾位官長和士兵來到了面前。志堅剛行過禮，他立刻正色道：「孫營長，你帶了所有的弟兄，趕快把這缺口堵上。否則敵人就利用這個缺口，可以衝進來的。南京的存亡，就關係這個缺口是否能堵塞得住。我先前所在的那個指揮地方，已受著缺口的威脅。敵人已有一小股躥到城壕這邊，城牆上的機關槍，正控制著他們。若到了晚上，控制就不容易。你必定拿出大無畏的精神，在五點鐘天黑以前，把這個缺口完全塞好。」志堅道：「關係這樣重要，孫志堅願帶全營弟兄的血肉把這缺口堵上。」師長道：「好！你努力！」志堅轉過身來立刻召集兩連弟兄排隊站在民房的屋簷下，因挺立了身軀

向他們訓話道：「城牆被敵人轟出了一個缺口。

　　敵人有由那裡衝進來的可能，南京城守得住守不住，就在乎能不能立刻填上這個口子。師長把這個偉大的任務，交給了我和全營弟兄，這是我們軍人的光榮，弟兄們，我們接受這個光榮的任務，我們必須成功。我們就是成仁也要成功。大家隨我來。」說著，便叫兩個弟兄，向前面去偵探一下，自己帶了全連弟兄先藏在一叢竹林中的深壕裡等候他的報告。那偵探兵回來了一個，很匆促地行了個禮，面上帶了憂鬱的樣子。他道：「報告營長，那缺口裡，已發現了敵人，他利用崩坍的城磚，做了機關槍掩體，有一架機關槍架著向裡面射擊。」志堅聽了這報告，立刻跳了起來。這竹林外有一條淺淺的交通壕，通到城根，就是班長尚斌帶弟兄們挖的。因叫著尚斌和三名弟兄，帶了步槍與手榴彈，滾下這壕溝，蛇行著向前去探望。這壕溝在菜地裡彎曲著，斜斜地經過那城牆缺口。五個人在壕裡爬著，還不曾抬起頭來看，不知那缺口的敵人，發現了什麼，突突突地，就向空地上射了一陣子彈。志堅微微看了一看，那缺口的機關槍，居高臨下，控制了這整個城門裡面的空場，慢說兩連人，就是二隻耗子也休想上去。

　　不把這挺機關槍消滅，就不能堵上缺口。不能堵上缺口，在今晚上，敵人就可以繼續增援，衝入南京城，因悄悄地退回了竹林，對弟兄們道：「敵人很厲害，他們爬進那缺

口，至多三個人，他們立刻構成工事，威脅了這整個光華門。難道我們這些個人，就不如他們？我們現在可以在前面佯攻，吸住他們的注意，另派一個人帶了手榴彈，迂迴由左角斜坡上過去。就在那亂土堆裡，逼近機關槍掩體，向裡面塞進一顆手榴彈，不怕他不消滅。」他坐在竹林下說話，弟兄們蹲伏了圍繞著他聽訓。尚斌移近一步，臉色一正道：「營長，我去！」志堅道：「你是勇敢的軍人。但這個任務，非完成不可！因為第二次再去，就不靈了。」尚斌道：「報告營長，我願肝腦塗地，報效國家，不消滅那挺機關槍，我也不回來。」志堅連連點頭，握著他的手說好。他身上掛著三顆手榴彈，手裡又拿了一顆手榴彈，二次就滾下交通壕。志堅伏在林根下的工事裡，向外窺探著，不到十分鐘，見他已爬出交通壕，在左角菜地溝裡；順了溝向左爬。自己便命令全部弟兄，蛇行出了竹林，故意向城缺口所在露出一些形影。

　　自己卻帶了一名弟兄，由交通壕裡前進。果然，那裡的機關槍，卻向竹林右角，不住發射，向左看時，尚斌已由菜地溝裡，迂迴到城牆腳下。在不平的地面上，看到一片灰色衣服在移動，那裡正是崩潰的城土亂堆著。見尚斌已鑽進那堆裡，二十碼，十五碼，十碼，五碼，一塊灰色衣服的影子，逐漸移近了那機關槍掩體。到了五碼，他不蛇行了，只見他突然向前一跳，全身暴露出來，人向前一栽，右手伸

著，把那個手榴彈塞進掩體裡面去，那機槍突突地吐著火
舌，還在向著右角射擊。響聲突然停止，只見一把刺刀挑
起，在逼近掩體的尚斌身上，接著一陣響，一陣煙，由機關
槍掩體裡噴出，手榴彈爆炸了。志堅從交通壕裡向外一跳，
高舉了右手，叫道：「尚班長成功了，弟兄們，上！」於是
竹林右角湧出一陣人浪，一陣風似的奔向城牆。大家到了那
裡一看，機槍和三個敵人，都炸死了，尚斌成了功，也成了
仁。原來這手榴彈在拔開引線和塞進掩蔽部的中間，有幾秒
鐘的時候，才能爆炸。尚斌要一定消滅這挺機關槍，他連手
都伸進掩蔽工事裡去，給予敵人挑上刺刀的一個機會。可是
他這一隻手，挽回了光華門的危局，以軍人的武德言，已是
至高至上的了。

第十五回
易服結僧緣佛門小遁 憑欄哀劫火聖地遙瞻

尚斌的一顆手榴彈，消滅這光華門的危機，立刻將許多將校都感動了。弟兄爭先恐後地，隨在這兩連工兵之後，一小時內，把那城牆缺口，搶堵成功。等到這缺口填塞完了的時候，城外的敵兵，竟有一小股竄到城根。這時，他們既爬不上城，敵我迫近，敵人的大砲，也不能掩護，城牆上一陣步槍與手榴彈，就把他們消滅乾淨。自這以後，城內外又鏖戰了兩日。但敵人的後續部隊，隨了飛機大砲增加。而我們守城軍，卻沒有重武器與飛機，光華門雖是屹立不動，而全城的嚴重性，卻已時時增加。到了十二月十三日，留守的最高長官，已下令作策略的撤退。志堅在光華門附近，原可以先退，但是他的弟兄們，已在一日前，被調上城垣，加入了步兵火線作戰。他僅僅帶了兩個勤務兵在營本部裡候令，他不忍走開。後來師長下令，劉團長在城上掩護退卻，其餘部隊開始向城北轉進。一面叫孫志堅去取出那四支橡皮船，送到某處支起來使用。志堅見大勢已定，除此不能更有為國殺賊的機會，只好帶了兩名勤務，奔向原來做營本部的西式樓房來。可是，這時候的南京城，已踏上了浩劫的途徑。接連四五日的敵機轟炸，南城原來有七八個火頭，始終在燃燒著。

　　這日又有幾處破家的百姓，自己放著火，實行焦土政策。由光華門順了馬路向西北走，就經過了三處火場。烈焰飛上天空，與其他一處的烈焰會合著，半空裡成了火海。人家的濃煙，由門裡窗戶裡，帶了火焰，向街心裡流著熱浪，半空裡的火星，像雨點落著。匆忙中繞了許多小巷，才奔向目的地，然而那幾幢樓房，也正成了一叢火焰。所指藏橡皮船的那所樓房，只有四周的禿牆，帶了門洞與窗洞兀立在煙霧中。牆裡一堆焦土，還有幾叢矮小的火光在燃燒著。志堅望著怔了一怔，不免嘆口氣。回頭看兩個勤務時，又走失了一個。便在身上一摸，掏出一小卷鈔票交給他道：「現在我們已沒有了渡江的工具，你拿了這錢去做川資，自己找出路吧。」勤務道：「我願跟了營長一路走。」志堅道：「你跟了我做什麼？我還要到光華門去給師長回信。難道你還跟我到光華門去嗎？」勤務道：「營長，光華門你也不必去吧。一來是路難走，二來是師長未必還在那裡。」志堅道：「你不必管我，你自去。」說著，把鈔票塞在他手上。勤務流著淚道：「我跟營長這麼多年，就是在前方火線上，也沒有分離過。」志堅道：「不必做這種沒出息的樣子，我們將來還可以會面，一同殺回南京。你快走！」那勤務只好並腳立著正，舉手行個禮。志堅也來不及再管他，再由原路向東南奔走。不想這一兩小時的情形，大為不同。轉上了馬路，不斷逢著友軍，向北走動。一路問著消息，說是我們掩護的

部隊，已離開了城牆。這就想著，勤務說的話不錯，師長未必在光華門。心想站了定一定神，在兩三分鐘內，把計畫決定。記得那天在西北城角經過那座荒庵時，和尚說了，附近城牆外面，便是長江，那麼，由那裡越過城牆去，或者就是出路。這樣想定了，立刻轉過了身體，順著小街小巷，就向城北的西北角上走。所走的街巷，由空洞現著生疏，全是關門閉戶的人家，大地都像死了過去。有時見幾個由東南向西北角走的人，穿了破爛不合身材的衣服，面帶了死色，大家匆匆忙忙地走著，各看一眼，也沒有言話。回頭看南城的天空，煙霧遮掩了半邊城，炮聲聽不見了，持續的槍聲，卻四處響著。由於天空的火焰太多遮蔽了雲霄，在南方斜照來的太陽，已不可見了。這便分不出來天晴或天陰，只覺眼前淒悽慘慘的，沒有一些生氣。那嘩一下啪一下的槍聲，在這行人絕跡的路途上，增加了一分淒楚。

志堅越過兩條馬路，也曾遇到兩隊向北急走的軍隊，而除此以外，那整條的柏油馬路，像一匹灰布展開在兩旁店戶的中間，沒有一些點綴。這一些景象，令他不便停留，加緊地向那荒庵一條路上走，出乎意外地，到了那廟門口，卻見三三五五的百姓，背了包裹走。也有些人紛紛跑向廟裡去。自己走到樹林外那口井圈邊，站著凝了一凝神，一個穿破藍布短襖子的人，穿一條白色單褲，赤了雙腳，由樹林跑出來。他看到志堅武裝整齊，站定瞭望著他道：「朋友，你還

不改便裝嗎？」志堅道：「我是剛由火線上下來。」他道：
「你打算向哪裡去？」志堅手一指樹林外道：「我打算由這
裡跳了城牆，想在這裡找一根水桶上的繩子。」他搖搖頭
道：「我們都是打這個主意的。這外面長江裡現在有了敵人
的兵艦，你聽，這不是機關槍響？敵人看見了岸上有人，
不問男女老少，他就掃射一陣。要走得了的話，我不向回
跑了，朋友，快打主意吧。聽說中華門敵人已進了城。」說
畢，他又跑了。志堅聽時，果然在西北角上有機槍的掃射
聲。便坐在井欄上想了一想。他將手去扶著井欄時，觸到腰
上掛的佩劍。不覺笑了一笑，自言自語道地：「要什麼緊？
有這柄佩劍，我足以自己了結了。」同時，卻聽廟裡有一種
紛亂的聲音，便慢慢蹀著步子，走進去看看。轉過那彌勒佛
龕，卻看到一群衣衫不整齊的老百姓，在大殿上紛紛進出。
有的將碗捧了一碗水喝。有的拿了一塊飯鍋巴，靠了柱子咀
嚼。有的將破衣服包了一包米向外走，滿地撒著米。有的抓
了一把蘿蔔干，坐在臺階上吃。有的將瓦罐子盛了米扛在肩
上。還有幾個人圍了那壯年和尚商量著要錢與食物，志堅站
著看了些時，想起自昨日下午到現在，還只吃一個乾饅頭，
看著人家吃東西，引起自己腸胃的慾火了。三天三晚的火線
生活，現在由南到北，又跑了半日，興奮既已過去，疲勞也
就充分地感到。於是取了殿上一個蒲團放在牆角，就靠了牆
坐著。這樣有半小時，那些紛亂著的老百姓，各拿了一些東

西走了，自己還坐在那裡不動。那個壯年和尚，看到他這個樣子，倒出乎意外，因近前問道：「長官，你和我要什麼東西嗎？」志堅站起來道：「假如有什麼吃的，送一點給我充饑，那是最好。否則給我一口熱水喝，也是好的。」和尚皺了眉道：「剛才這群人來，把我們廟裡都搜刮空了。不過你這位長官，進得我們廟來，並沒有和我們要什麼，我們很感謝。柴堆裡我們還藏著一大罐粥，分兩碗給你吃吧。」志堅道：「那太好了。」和尚也無二話，立刻用大碗盛了兩碗粥來，放在香桌上。碗上只放有一雙筷子，卻沒有一些菜。志堅也來不及客氣了，先端起一碗來，站著就吃。雖沒有菜，卻喜有點溫熱，唏哩呼嚕，一口氣吃完。兩碗粥吃過，向和尚道了一聲謝謝。那和尚站在一邊，對志堅望著，因道：「你這位長官，好像很面熟。」志堅道：「你忘了嗎，前幾天我騎馬來過這裡的。」和尚道：「阿彌陀佛，我記起來了。幾天的情形，南京大變了。長官穿了這一身軍衣，打算向哪裡去？聽說敵人已經進城了。遲早這個地方，敵人也是會來的。」志堅道：「我不能連累你們，我現在吃飽了，有了幾分力氣，我再去拿佩劍拼幾個敵人就了結了。」和尚道：「那太不值得吧？」志堅道：「那我有什麼法子呢？大和尚，你這兩碗粥，幫助我不少。我這裡有兩塊錢送你結個緣吧。」說著，掏出兩元鈔票，伸了過去。和尚打著問訊連說不必不必，向後退了兩步。這時，上次所見的那個敲木魚

老和尚摸索著走到大殿上，問道：「這裡還有人嗎？」和尚道：「就是我剛才說的那位坐了不動的軍官。」老和尚道：「南京情形很嚴重了，長官，你一個人穿一身軍裝？」志堅近前一步，向他行了個禮。

　　這回看清了，他果然是個瞎子，但他很靈敏，知道有人給他行禮，合了一合掌。問道：「長官，你是什麼階級？」志堅道：「我是工兵營長。」老和尚道：「那麼，是學校出身了。」志堅道：「說來慚愧，我還是個西洋留學生呢。」老和尚道：「啊！那是國家一個人才了。南京怕是失陷了。長官打算怎麼辦呢？」小和尚插嘴道：「他打算去拼幾個日本人。」正說到這裡，遙遠的有一陣槍聲送來。老和尚道：「你聽，你走得出去嗎？你是國家的人，你不當為國家愛惜羽毛嗎？」志堅道：「呀！老師父，你出家人有這種見解？」老和尚笑了一笑，接著道：「我也不是一個無知識的和尚。」志堅道：「老師父，請你現在指示我一條路。」老和尚退後兩步，盤了兩腿坐在高蒲團上，頭微微地垂下，默然地沒有做聲。志堅看他這樣子，心裡一動，也就肅立著。看他這樣約有十分鐘之久，老和尚道：「長官，你肯暫時解除武裝嗎？你聽著，是暫時。」志堅依然肅立著，因道：「可以的，我只暗留下一柄佩劍也可以……」老和尚向他搖搖手。志堅道：「那也好，我可以脫了武裝，請老師父暫時收留我一下。」老和尚道：「我留你一下，與你無用。我要

救你，就救個徹底。我剛才想了一下，覺得與你有緣。你答
應我做幾天和尚，我成全你的前途。」小和尚在旁插嘴道：
「阿彌陀佛，這是老師父大發慈悲心。你不聽那槍聲又密起
來了嗎？」志堅抬頭看看那佛龕裡的佛像，肅靜地坐著，似
乎有些微笑。便將帽子猛地一取，在老和尚面前跪了下去，
因道：「願拜老和尚為師。」老和尚伸手撫摸了他的頭道：
「佛門不說假話，老僧覺得與你有緣。我釋名沙河，我有個
師弟病著，叫沙明。這個小和尚是我徒弟，叫佛林，替你取
字叫佛峰吧。你頭上還有頭髮，叫佛林給你去剃光了。因
為剃不得，萬一日內有敵人進廟來，看到你這樣子，他會
疑心的。」志堅拜了兩拜，站了起來。又和佛林合手一揖，
叫了一聲師兄。佛林道：「你快隨我來，事情遲不得。」說
著，他帶了志堅到後殿披屋裡，去取一套僧衣僧鞋，教給他
徹底地換了。將他的軍衣皮鞋佩劍捲了一捆，匆忙地拿了出
去。志堅料著他是拿去毀滅了，既是做了和尚，也就不能管
了。過了一會，佛林拿了一把剪刀進來，向他笑著點頭道：
「來，我來給你剪去這一頭煩惱絲。」說著，端了一張方凳
子，放在門邊，讓志堅坐下。於是扶了他的頭，去把那滿頭
西式分髮，用剪子齊頭皮給他剪掉。剪了之後，找了掃帚糞
箕來，將滿地的短髮都打掃乾淨，送了出去倒掉。然後回轉
身來，向他道：「師弟，我帶你去見見師叔吧。」說著，又
引他走進了隔壁一間屋子裡去。這裡橫直有三張床鋪，正面

一張床鋪上，睡了一個和僧衣躺下的老和尚，鬍渣子長滿了臉腮，睜了兩隻大眼睛，向窗子外面望著。佛林搶前兩步，向那老和尚說了一遍。然後招手將志堅叫了進去。志堅拜了兩拜。老和尚沙明道：「師兄是有慧眼的人，既然他說和你有緣，一定借佛力保護你的。」志堅見這個老和尚，也是很慈祥的，心裡自是安貼了許多。因已換過了僧衣了，就完全是個和尚，由著佛林的引導，重到大殿上，點了三炷信香，參拜佛像。沙河坐在佛案邊，招招手把他叫過來，低聲道：「佛峰，你聽聽這外面的槍聲，從今天起，南京要遭浩劫。你在這裡雖有佛光照護，凡事你還得加倍慎重。不是我叫你，你不必出來。你可以在師叔房裡伺候著他的病，跟他學習些佛門規矩。萬一敵人來到這裡，你要鎮定，不必驚慌。」志堅一一答應，因道：「我所有的東西，都請師兄毀滅了。只是帶的一百多元鈔票，還藏在身上，怎樣處置？」沙河道：「今天廟裡洗劫一空了，你這錢很有用，交給你師叔就是，將來也許對你用得著它。天色晚了吧？佛林去關上山門，我要做晚課。關了山門以後，佛峰可以在廟裡自由行動。你初入佛門，我不拘束你。」佛林聽說，自去掩廟門。這老和尚卻盤膝坐在蒲團上，兩手做個半環形，手託了手，垂在懷裡，漸漸地低下頭去。志堅覺得不便打擾他，自退到後殿來。一個人站在殿檐下，抬頭向天空看看，只見紅光布滿了長空。那紅光反壓下來，見牆壁庭樹，都映著發紅

光，這也可知道天色已入晚了。那零碎的槍聲，卻比下午更密切，遠遠近近地響，不會停一分鐘。自己靜靜地聽去，彷彿有些號哭聲在空氣裡傳遞著。心想，不知道今晚上的南京成了什麼世界？低頭看看，自己穿了僧衣僧鞋。又想，不料我今日會在這裡做了和尚。呆站了許久，佛林走了來，約他到廟後菜園裡去，就在火光下，摘了兩籃子菜回來。又和他到齋廚裡，煮了半鍋粥，做了兩碗素菜，都用瓦罐裝了，藏在柴堆裡。因道：「老和尚說了，從明天起，這兩天，我們最好靜坐不動。師弟，你明天就坐在師叔屋子裡，不必出來了。」志堅總覺雖是成了和尚，這個身子已在危城裡面，不能憑了自己的血氣之勇，連累這三個和尚。當時在天井下呆站了半小時，同和尚共同又吃過了一頓粥，也就回到沙明的禪房裡來。沙明是個病人，也不能和他多說話。志堅穿了僧袍，也不曾脫下，就和衣躺在小鋪上。佛林曾分了一被一褥給他，他就將被子一卷，高高地撐了身子，歪斜地仰面坐臥著。為了外面的劫火漫天，槍聲不斷，老和尚早是叫大家熄了燈火。志堅坐在暗屋子裡，看了窗紙上被火光照得通明，自己只想著整個南京城的人民，不知已陷在什麼境地裡。雖然在光華門有兩三晚不曾睡覺，但是自己的神經比在火線上受著刺激要增加十倍。每每迷糊一陣，卻又自己驚醒過來。到了下半夜，槍聲已不大聽到了，似乎多迷糊了一些時候。醒來時，天已大亮了，只見佛林站在面前向他合掌

低聲道：「阿彌陀佛，師弟，你與佛有緣。你昨晚若不在這廟裡，你免不了在劫裡。」志堅一仰身，站下了地，問道：「敵人已經進城了？」佛林道：「不但是進了城，恐怕在屠城，今天天不亮，我和師叔悄悄地溜出廟去，想在附近種菜園子的人家，去分一點米。不想就在這廟外樹林子外，人行路上，就有幾個人死在地上。有兩個人衣服剝得精光，還沒有頭。我們沒有走半里路，已看到三十多具死屍，我們不敢走了；只好回來。這個地方，向來是很僻靜的，一夜晚都死了這些人。大街小巷裡，那情形是不必說了。師父叫我大開著廟門，只管等魔鬼前來，他和師叔，會在大殿上，對付他們。叫你就在屋裡，少出去。」志堅聽了這些話，只管呆站著。佛林又向他望了道：「老師父的話，你是要聽的。」志堅點頭答應了兩聲是。自此，他沒有敢多出房門。有時悶不過，走出來站到屋簷下向天空望望，見東南城角的天空上，濃密的焰，比昨天還要占領得空間大，便是這天井裡的空氣，也帶了焦煳味。雖然槍聲已聽不到了，卻更感到情形的悽慘。這天在屋子裡悶了一天，只覺心緒如焚，坐臥不是。

　　所幸這一天廟裡沒有來敵人，也就平安過去。到了晚上，天空裡像晚霞一樣紅亮，便是殿前殿後不點燈火，也照得每個角落裡都是亮的。沙河是雙目失明的人，他不曾看到，沙明和佛林卻是不斷地念著佛。志堅心裡頭，是怒，是恨，是慚愧，滿腔全是說不出來的一種情緒，他倒不言語

了。這樣又忍耐了一晚，天色將明，他實在忍不住了，便悄悄地起身，走向後殿小閣子上去，這一登樓，首先讓他失驚一下，南城的天空，那火頭已分不出幾個，只是高低大小聯結著，像一列火山。生平遊蹤所至，也看過兩處火山，那火山口上噴出來的烈焰，也沒有這偉大兇猛，這南城的火頭，下半截是紅色的，有時也帶了一陣綠焰，湧起幾十個尖，形如蛇舌，在空中煽動，中一層是零碎的火星，湧成百丈巨浪。上一層是紫色帶黃色的煙，像雲團一般捲著，倒了向上滾。照著方向判斷，必是夫子廟以北，新街口以南。也就是南京市的精華所在，這全完了。回看城北，也不平安，有兩座火頭，遠近大小相照。

再向東看，紫金山卻是像平常一般的，挺立在天腳，東方漸漸地放出了白色。在山後面托著，襯出了山峰大三角形。山的東端，漸漸向下傾斜，伸出了幾個蒼翠色的支峰，由北向南伸展。天色更白一點，忽然一叢白色的建築物小影發現在眼前。啊！這不是中山陵？他心裡一陣驚訝，不免推開玻璃窗子，伏在窗欄上注視著。天越發的亮了，那陵墓正殿，白色的立體形，依然是個有亭翼然的姿勢，俯瞰著南向的丘陵地帶。白石的臺階，在赭色與蒼綠色中間，在高巒上，劃了兩道寬的白影。鐘山帶了樹木，披了青綠色的厚甲，高高地，長長地，屏圍在陵殿之後。他忘了身穿僧衣，立著正，舉手行了個敬禮。敬肅地低聲道：「願總理在天之

靈，寬恕我們這不肖的後輩。我們不保守南京，我們使腥羶玷汙了聖地，我們使魔鬼屠殺了同胞，我們使魔火燒了這首都。但我向總理起誓，我們不會忘了這仇恨，我們一息尚存，必以熱血濺洗這恥辱。」他口裡念著，舉了那手不放下來，只管向聖地注視著。很久很久，在東郊有幾陣濃煙，捲了雲頭向上升，又必是哪裡被敵人所燒殺，他一腔憤怒與悲哀，萬分遏止不住，臉上兩行熱淚，直流下來。

第十六回
半段心經餘生逃虎口 一篇血帳暴骨遍衢頭

在這種情形下，孫志堅當然不是個安心做和尚的人，便是老和尚沙河，他也知道志堅不是一個做和尚的人。他總怕志堅的英氣外露，老讓他在禪房裡住著。但是到了第二日下午，進了城的敵兵，已鑽進南京任何一個角落。他們第一個目的是找女人，第二個目的是殺壯丁，第三個目的是擄財物。在這三種目的之下，他們想這些目的物，也會藏在僻靜地方的，所以城西北這些竹林菜園的丘陵區，他們也找來了。在上午的時候，已有幾批敵兵闖進這座荒庵，沙明撐持了尚帶三分病症的身體，在大門口彌勒佛面前微彎了腰站著，看到敵兵來，他不但不躲閃，首先迎上去，就舉起右手掌平胸，向他行禮，預備他們問話。這些敵兵，橫著身體，故意把地踏著嗘嗘發聲，搶了進來，都是拿槍帶刀的。沙明也就把生命拿在手上，預備隨時交給他們。他們進門來瞪眼問的第一句話，便是：「錢，有沒有？」這也是他們到中國來學著唯一的一句漢話。接著便是將刺刀在地上畫著字，問這樣，問那樣，他們儘管殺人不眨眼，可是自己卻特別的怕死。在國裡不曾出征的時候，他們就在佛寺裡許著願，請神佛保佑他們。所以他們進了佛廟，看到和尚，卻不致立刻殺人。

　　那意思還是怕得罪了保障他生命的佛爺。這一點，老和尚沙河，十分明白，他老早告訴了沙明。因之沙明恃了這點保障，也很鎮定地向他們答覆。他不敢接用敵兵的刺刀，只是將手指頭在香案上寫了字作答。香案上的浮塵，被手汗塗抹了，卻也分明。那些敵兵在廟裡來一次搜尋一次，看到實在是個窮廟。兩個老和尚，一病，一瞎，絕無能為。兩個年輕和尚，他們也照檢查壯丁例，逐次檢驗。第一，他們頭上沒有戴軍帽的印子，第二，他們大拇指與食指之間的肌肉，沒有扳槍的肉趼，也就不疑心了。志堅雖是個現役軍人，因為他以往曾蓄過西式分髮，髮剪短了，頭上沒有那太陽晒照著與否的分界痕。其次他是工兵營長，他並不常常抱著步槍，因之這兩個軍人的特徵，他全沒有。他學過三年以上的日文，日本人說話，他是懂得的。敵兵來了，他裝著不懂，只管把眼望了。而他們互相商量的話，他先知道了，等來問話，他更能迎合他的心理去答覆，當第一次他遇見了敵兵的時候，共是五個人。他們各穿著沾遍了泥土的服裝，手裡夾著上了刺刀的步槍。臉上的灰塵和他們的殺氣融化一處，各人的面皮，都是紫銅色的。

　　而這五個人裡，有三個人的眼睛都犯了充血的毛病，細血管變成了紅絲，網罩了他的眼球。他們在大殿上圍住了沙河問話，沙明在屋子裡，把他師兄弟兩人叫出，悄悄告訴他，敵人要清點廟裡人數。志堅走上大殿來，看到了他們，

正是俗言所說，仇人見面，分外眼紅，恨不得張開口來，一氣把他們吞了。可是他看到老和尚圍在刺刀中間，他立刻把氣忍下去，隨著低了頭，在老和尚身邊站定。沙明已有了答覆敵人的經驗，在佛案上預備下了紙筆。志堅走過來，有一個敵兵夾了槍在脅下，近前先看了他的頭，再奪過他的手，捏摸他拇指食指間的肌肉。志堅不做聲，由他檢驗。檢驗畢，那敵兵扶起筆來，在紙上寫著：是自幼出家否？志堅另拿了一支筆，在紙上寫個「然」字。那敵兵又寫，廟中藏有婦女否？志堅答了「不敢」二字。他又問：「附近有無婦女？」寫畢，他鼓了嘴瞪著眼望人。志堅答：「廟旁並無人家。」他又問：「何處有婦女？」志堅答：「出家人向來不曾注意此事，請向民間去問。」其餘的敵兵，張開口來大聲狂笑一陣。他們找不出什麼破綻，在廟中逡巡一遍，也就走了。沙明眼見他們走遠了，回頭向志堅點了兩點頭，又慘笑了一笑，那意思是說，他居然忍受過來了。

　　自這次後，當日誌堅曾遭過幾次盤問，都平安過去了。到了城陷的第三天，曾有兩個老百姓逃到廟裡來。據他們報告，城裡的老百姓，不能和日本兵見面，見了就休想活，因之滿街都是死人。他們想躲一躲，後來聽說日本兵也常上這裡來，不敢停留又走了。這是三日來，首先所得的廟外一點消息。志堅在這些滿城火焰上去推測，也想了這消息不會誇張，但實際的情形，不曾看，也就不能加以想像。在第四日

的早上，因為廟裡一些劫餘存糧，都快乾淨了，和佛林二人趁著天色微明，敵人還不曾出動，就各帶了一隻籃子出去，到菜園去掘摘些蘿蔔青菜吃。他們預備多儲蓄些，隨去菜地擗菜，漸漸走遠，又迫近了那條人行路。他們剛一伸直腰，卻看到這路上死人，猶如擲下的鋪路石板，左一具，右一具，不斷地橫倒在地上，估計著怕不在百人以下。佛林念了一聲佛，向志堅搖頭道：「師弟，我們不能再向前了。」他手提起盛菜的籃子，扛了在肩上，就向廟裡走。志堅一人也不敢落後，提了菜筐走回廟去，剛進得廟門，卻看到樹林子裡奔出兩個老百姓來。他們上身穿了兩件破棉襖，下面卻各穿了一條青布褲子，是警察制服。後面有兩個敵兵，各端了一支上著刺刀的槍，追了上來。

前面這兩人還不曾踏上廟門臺階，兩個敵兵已經追上。這兩個人回頭看著刺刀尖伸過來，不隔三尺，料是跑不了，索性回轉身來去奪他的槍。不幸第一個人的手，先碰上了刺刀，啊喲一聲，向旁一閃。敵兵再一刺刀，向他胸膛直扎穿過去。那第二個人，倒是握住了敵兵的槍，正在用刀拉扯，這第一個敵兵，卻回過槍來在他背脊上扎了一刀。他隨了這一刀，倒在臺階上，兩個敵兵便倒提了步槍，在他身上亂扎了幾十下。扎過一陣之後，又將刺刀，在頭上拉鋸也似，橫割了幾下，把人頭割下，然後伸腳一踢，踢球一般，把人頭踢進廟門，砰的一聲落在彌勒佛面前的香案上。志堅看到這

情形，直覺有一股熱血，要由嗓子眼裡噴出來。自己只是看
著垂了兩隻大僧袍袖子站定，怔了一怔，未曾走動，這兩個
魔鬼皮鞋亂響已闖進廟門來了。志堅覺得驚慌不得，只好笑
著打了個問訊。這兩個敵兵進門來，見彌勒佛嘻嘻地向他
笑，他們也笑了。一個敵兵放了槍，在佛案上斜支著，向佛
鞠了個躬，操著日語，說聲抱歉得很。另一個寇兵卻站在
旁邊，哈哈大笑。這寇兵道：「人頭踢到佛案上，這是不大
敬的，我們找和尚寫一張符，求求神佛保護吧。」志堅聽懂
了他的話，便料著不會逞兇。便站在菜籃子後面靜候著。那
鞠躬的寇兵拿了槍上前，將刺刀劃著地，寫了五個字「會畫
神符否？」志堅緩步向前，便在香爐裡拔了一根信香棒子，
在地面上劃了答道：「當畫符奉贈。」他便點點頭，招手和
志堅走上大殿。志堅在佛案下面，找出一張黃表紙，裁了兩
條，就把佛案上的筆提起，站著在佛案角上，寫了兩張符。
他知道日本軍人怕死帶符出征的習慣，在字條中間，寫了
一個佛字，在旁邊左右各注了四個小字，「永保清吉，幸福
長生。」寫畢放在香爐上，跪在蒲團上，放出十分敬誠的樣
子，和他禱告了一番。然後站起來向他們彎腰各一合掌，把
兩張符交給了他們。這兩個寇兵，竟在兇殘的臉上，放出
一線笑容。照了他們倭國的規矩，每人掏出一個輔幣，交給
志堅算香錢，然後笑著走了。出門時他們把佛案上那個人頭
也帶了走，但那兩具屍體卻不管了。佛林由後殿大了步子，

輕輕地走出來，先張一張嘴念著佛道：「師弟，我替你捏著一把汗。」志堅道，「到了現在，我也只有逆來順受，也不必擔心許多了。」他這樣說著，把這事也就坦然處之。可是這兩道神符，卻引出了許多意外的事。這兩個寇兵的駐在地，就在附近民房內。

他們回去把神符給同夥看了，大家都來找和尚寫神符，又過了兩日，有兩個倭軍下級軍官，突然衝進廟裡來。他們掛著手槍和佩刀，進門來四周亂看。佛林以為這又是來求神符的，直將他們引到志堅禪房裡來。其中一個年老的軍官，細長個子，是副三角眼，嘴上有一撮仁丹鬍子，滿臉煞氣。進得門來，看到志堅，便用日語向一個年輕的軍官道：「這個和尚怕是假的。」這年輕的是矮胖子，倭瓜臉，翻嘴唇，露出一排扁牙，瞪了紅眼看人。志堅只裝不懂，靜靜地站在一張小桌子邊。桌上有現成的紙筆，正是他預備寫神符的。那年輕的聽了這話，猛可的拔出他帶的佩刀，白光燦燦地射人眼睛，就放在志堅頸脖子上，另一隻手卻奪了志堅的手來檢驗。他在志堅大二兩手指之間，極力捏著。志堅不動神色，隨他去檢查。這年輕的向年老的發出乾燥的聲音道：「他不是軍人。」那老賊橫了三角眼，向志堅頭上望著，便在桌上紙面，寫了一句「為何用剪剪髮？」那年輕的已把刀縮回去了，志堅便筆答道：「二月未剃頭。」那年老的特別狡猾，他竟不信這個答覆。他又拔出刀來，放在志堅肩上，

刀口對了頸脖。另一隻手在紙上寫著：「有行李否？」志堅點了點頭。

　　他又寫：「在何處？」志堅就胡亂向面前一張床上一指。其實那床上的行李，並不是他所睡臥的。年老的倭軍官，便向年輕的軍官道：「搜查一下。」那年輕的果然將刀尖挑著那被褥翻弄了一陣。這被縟下面，並無奇異東西，只有一本緣簿和一把剪刀。年輕的將剪刀取出夾舉了一舉，向桌上一扔，提起筆來，寫著字問：「是用此剪剪髮否？」志堅肩上雖扛了那面刀，但坦然地點了點頭。年輕的向年老的用日語笑道：「可以放了，他是和尚。」那年老的抽回刀來，在紙上寫道：「能誦經否？」志堅心裡想著，這個年老的倭寇，實在可惡，自己何嘗會念經？這回算是完了。但沒有到最後關頭，自己也不和他翻臉。他兩個人雖有武器，自己桌上一塊大硯池，也可以拚他一個人，於是大著膽子彎身下去，提起筆很快地在紙上寫了一個「能」字。他寫是寫了，卻是打著誑語。小的時候，隨在念佛的祖母身邊，看過幾本佛經，只有最短的那篇心經，曾念熟過。而心經的後半段，是梵語譯成漢字的咒語，佶屈聲牙，很難上口，現在丟了十幾年，已記不得了。那年老寇軍官，在紙上寫了一句「試誦之，不能則殺爾」。說著又把刀猛地一伸，放在志堅頸上。他的頸肉，雖觸到鋒口上一陣涼氣。

　　但他毫不驚慌，便自心經頭一句觀自在菩薩念起，自己

一面想著，念到咒說，便給他含混過去。那老寇瞪了眼睛，
側著耳聽他念經。他把經文念了大半段，剛剛要到咒語揭諦
揭諦那段。老寇把刀收了回去，仁丹鬍子在嘴唇上掀動了一
下，一擺手，告訴他不必念了。卻向那年輕寇笑道：「幾乎
錯殺了他，他是和尚。」那寇也就昂起頭來哈哈大笑，在紙
上寫了一句道：「僧人，爾頗有道行。」於是兩人將刀插入
掛著的皮鞘內，轉身走出房去。他們走遠了，還有笑聲，他
們似乎以畏嚇和尚當為有趣。直等笑聲聽不到了，志堅還呆
站著。很久很久自言自語道地：「怪不得老和尚說我與佛有
緣，生平只聽得半段心經，不想就是這半段心經救了我出
險。」當晚把這話告訴了沙河，老而瞎的和尚盤腳坐著，只
微微一笑。到了第二日，已是南京失陷的第六天，南城的火
焰，大半已熄了下去，也不大聽到槍聲。寇兵屠城的工作，
也告了倦意，因之廟裡雖有敵兵來到，只是求神符的，卻不
再搜檢。寫符的事，老和尚都交給志堅辦，他也寫好了許多
符，放在佛案上預備著。而這送符的事既傳了開去，寇兵怕
死求福的人多，竟是紛紛地來要。

　　有一次來了幾個寇中的知識分子，寫著字問志堅道：
「爾能寫詩句否？」志堅因這是個陰天，廟外樹林子上飛著
煙一般的細雨，遠處都被雲罩了。便寫了一首杜牧之的七絕
給他。詩句是「十里鶯啼綠映紅，水村山郭酒旗風，南朝
四百八十寺，多少樓臺煙雨中」。一個穿西裝的賊人，看了

字條搖頭晃腦，嘰咕了一陣，臉上露出了笑容。點點頭，竟掏出五元法幣，送志堅做香火錢。志堅先合掌謝謝，然後寫一張字給他看：「香資謝謝，不敢領。小廟僧人四名，七日未嘗粒米，只以野園菜蔬度命，閣下能護送僧人出門購米否？」那幾個倭寇商量了一陣，答應可以，香資也沒有取回。志堅便將這事告訴了在旁打坐的沙河，沙河低頭想了一想，因道：「你既要去，凡事小心，務必請他們派一個人送你回來。」志堅答應著是，到齋廚裡去取出一隻小米袋，便隨著這群倭人走出廟門。他們離廟向東走，不久就踏上了中山路。

　　第一個給他深刻的印象，便是四五十具屍體倒順交加堆疊在馬路旁邊，堆下的血水，淋了幾丈面積，凍結成了紫膏。他隨在倭寇後面，已不敢看。其中有個人，是敵軍的宣撫班人員。卻反是回轉身來，伸了一個食指，指給他看，而且舉起兩手捲了筒形，一前一後。頭彎下去，眼睛由手向外看，身子轉動，做個機關槍掃射的姿勢，口裡舌尖撞動，嗒嗒嗒地學著響聲。志堅沒有敢表示，只略點了兩點頭。順了路向北走，屍體是不出十丈路，必有幾具。死的不但是中國的壯丁，老人也有，女人也有，小孩也有。有的直躺在枯的深草裡，有的倒在枯樹根下，有的半截在水溝裡。而唯一的特徵，女人必定是被剝得赤條條的，直躺在地上，那女人的臉上，不是被血糊了，便是披髮咬牙，露出極慘苦的樣子，

有的人沒有頭，有的人也沒有了下半截。有幾根電線柱上，
有小孩反手被綁著，連衣服帶胸膛被挖開了，臟腑變了紫黑
色，兀自流露在外面。有的女屍仰面臥著，身上光得像剝皮
羊一般。而她的生殖器或肛門裡，卻插一根兩尺長的蘆葦。

　　最後走到一個十字路口，黃色的枯草上塗遍了黑色的
血。屍體也不知有多少在廣場中間堆疊起來，竟達丈來高，
寒風吹了死人的亂髮和衣角，自己翻動。有那不曾堆上去的
屍體，腳斜伸在路上，敵人的卡車到來了，就在上面碾了車
輪過去。志堅不忍看，又不願不看，心裡頭那份難過，猶
如開水燙著，幾乎昏暈了過去，身子晃了兩晃。兩個倭寇
看到，商量著道：「和尚膽小，不必再引他看到更多的屍體
了。就在附近給他找點米吧。」這裡正有幾家未遭火劫的店
鋪，門窗都劈開了。有家油鹽雜貨店門戶洞開，其中有幾個
寇兵駐守著，店裡也還陳列了一些雜貨。他們在門口站住，
用日語和那寇兵說：「這和尚會寫神符，我們都在他廟裡求
得了。他廟裡七天斷炊，和尚都要餓死，給他找點米吧。」
志堅站在他身後，只裝不知道。隨話出來一個寇兵，操著八
成熟的中國話道：「喂！和尚這裡來。」隨著招了兩招手。
志堅走向前，向他打了個問訊。他道：「你能給我一張神符
嗎？」志堅道：「身邊不曾帶著，請到我廟裡去拿。」他道：
「好，我這裡送你一點米。」他接過袋子去，就在店裡面，
給他裝了半袋米出來，又拿碗在鹽桶裡舀了一碗鹽給他。那

原來幾個倭寇向他道：「你能說中國話，那好極了，我們答應他護送他回廟去的，你送他去，順便去求一張符。」這寇兵答應了，便翻譯給志堅聽道：「和尚你造化，他們讓我護送你回去。那麼，我們走吧。」於是取了槍支在手，向肩上一扛，又道：「你引路。」志堅彎腰謝了一謝那些倭寇，手裡捧著碗，肩上扛了袋，便在前面走。但是他要多看看城裡的慘狀，卻不取原路，另找了一條馬路向廟裡走。城北的人家，本來稀少，路樹在空地中間立著，沒有枝葉，光禿禿地對了死屍，添上一種淒涼意味。有人家的地方，大門都劈開了，有的在門口就倒兩具屍體。路上的屍體雖比中山路上少些，但不出二十丈路，至少有一具。後來經過一口水塘，卻打了個冷戰。原來那水面上浮有七八具裸體女屍，被一根粗鐵絲將乳峰穿著，成串地穿在一處。女屍由水裡漂浮起來，身體浮腫了像許多牛皮囊。那倭兵看到，問道：「和尚，你害怕嗎？」他走著路，念了一聲佛。

倭兵道：「我在你中國多年，我知道你們中國人的。」他回頭看了看，趕上一步，低聲向志堅道：「我替你中國人可憐。」志堅道：「老總，我們出家人慈悲為本。」倭兵道：「你為什麼不叫我『皇軍』？」志堅道：「老總，這樣稱呼，是中國人尊敬軍人啦。」他笑了一笑。因道：「我告訴你一件新聞，你不能不害怕。我們進城的第二天，兩個軍曹比賽殺中國人。十二小時內，一隻手殺了一百八十六人，一隻手

殺了三百一十三人。這個比賽勝利的人，還寫了報告寄回國去呢。」他說畢，也搖了兩搖頭。志堅念了那一聲佛。因問道：「老總，你看南京遭劫的有多少人？」他笑道：「誰知道？我是由挹江門進來的。死屍這裡填平了門路有兩千米遠，這就不少了，但你不要害怕，現在我們不會再那樣殺人了。」志堅正要再說話，頂頭遇到兩個倭憲兵，他將那倭兵著實盤問了一陣，又在和尚身上搜查了一遍，方才放行。志堅因路上去了死屍，已沒有中國人，也怕再會引出什麼意外，暗中告別了滿地的死人，徑直地就走回廟去，而師叔沙明和尚已在山門口盼望多時了。

第十七回
悲喜交加脫籠還落淚 是非難定破鏡又馳書

　　自這次起，他們這廟裡沒有了恐慌，也沒有了飢餓。志堅在老和尚指示之下就忍耐地過著。在兩個月後，他已經知道，我敵戰線相持在蕪湖上游的魯港。我們在武漢已重新建立了軍事政治的新陣容。他也曾悄悄地和沙河老和尚商量，要逃出南京。沙河說：「我不留你在佛門，但現時還沒有到逃出虎口的時候，你還忍耐著。你若冒險出去，萬一有事，豈不把幾個月的忍耐工夫都犧牲了嗎？」志堅對這事，也沒有十分把握，只好又忍受下來。在這個時候，逃出南京虎口，只有到上海去的一條路，而這一條路，我們還在和敵人展開游擊戰。火車逐站要被敵人檢查，敵人殺人，也極隨便。志堅縱有冒險的精神，覺著也犯不上去冒這個險。這樣一延擱下來，不覺在廟裡住下來七個多月。寇兵除了那求神符的，卻也不來騷擾。是一個正熱的夏天，敵人的憲兵司令，帶了一批隨從，由廟門口經過，卻擁進廟來參觀。遇到這種場合，兩個年輕和尚，照例是閃開的。沙明聽到門外一陣馬蹄槍托聲，便趕快迎到大門口來。見那寇司令馬靴軍服，鼻子上架了眼鏡，手上拿了個帶皮梢的短馬鞭子，大步搶上大殿。沙明站在一旁，躬身合掌，他只在眼鏡裡掃了一眼。

　　沙河也站在殿口，合掌道：「殘廢僧人，雙目不明，招待不周，請原諒！」沙明被賊官一群護從隔斷了，不能向前，只好站在天井裡樹下。忽有一個穿西裝的人，走下殿來，向沙明招了兩招手。沙明見他滿臉浮滑的樣子，眼珠左右轉動，想到又是困難問題來了。近前一躬，做個笑容。他低聲道：「不要害怕，我也是中國人，我在司令面前當翻譯。」沙明道：「先生有什麼吩咐？」那人道：「那位拿馬鞭子的，是南京憲兵司令，今天到你這廟裡來，是你們的光榮。」沙明躬身連說是是。又道：「小廟太窮，連茶點都來不及預備，怎麼辦呢？」那人笑道：「那倒用不著，司令看到佛案上那個銅香爐和淨水瓷瓶，是兩項古物，他覺得放在這僻靜地方不大妥當。他願買兩樣新的來和你們掉一掉，你們要多少錢？」沙明道：「這事我不能做主，要問那個瞎子當家和尚。」於是引了那人走到沙河面前來說著。他聽了這消息，臉上放出一種不可遏止的笑容。他雖看不到，他也將面孔對了那當翻譯的人，兩手齊胸合掌道：「我們求司令保護著的事多著呢，司令見愛，把那兩樣東西拿去就是，我們哪敢要錢？不過也算不得什麼古物。我們有一部唐人寫經，是唐朝人寫的，相當名貴，願敬獻給司令。」那翻譯對唐人寫經，也不大理解。但是他又解釋了一句，是唐人寫的，那倒知道是真古董了。便走向那寇司令面前，敘述了一番。這賊他偏知道唐人寫經還是寶物，他忘了他平常作威作福的身

分，自迎向沙河來問話。他將鞭子指了老和尚，教翻譯問那
唐人寫經在哪裡，快拿出來。翻譯問了，沙河深深地向那寇
司令一躬，因道：「這東西太名貴了，放在這裡，太沒有把
握，在戰前已送到上海去了。若是憲兵司令給我們一張出境
證，我叫我師弟到上海去取了回來。」寇司令聽說，將鞭子
指了沙明道：「就是讓這個有病的老和尚到上海去拿？他如
在路上病倒了呢？」翻譯問了沙河。他道：「若是司令許可
的話，廟裡還有兩個小和尚。我著小和尚隨了他來去。這東
西太名貴，小僧也是不放心。」這話又翻譯過了。這個寇司
令，他沒有想到他的詐取得到意外的成功，他遏止不住貪
婪的得意，扛了兩扛肩膀，眼珠在眼睛裡一轉，他那上唇
一字式的小鬍子閃了一閃，閃出嘴裡一粒金牙。兩手握了
鞭子，點了兩點頭，對翻譯咕噥了一陣。那人翻譯了道：
「司令說，可以的，回頭讓那個兜腮鬍子和尚到司令部去拿
出境證。這是一件寶物，叫你們不要聲張。你們既有這番好
意，這個淨水瓶和銅香爐，就不拿去了。」沙河把臉上的高
興，全變了感謝的笑容，深深地鞠幾個躬。那翻譯指著沙明
道：「你就隨我們一路去拿出境證。」那寇司令對廟子四周
看看，點點頭。他意思說，這個古廟，果然是有古物的。他
未曾想到這是中國俗語，端豬頭找廟門，成功是人家的事
了。兩小時後，沙明取得了出境證回來。這日晚上，沙河做
過了晚課，回到自己僧房裡，盤腿坐在禪床上，將志堅叫到

面前來，笑道：「佛峰，恭喜你，你明天脫離虎口了。你師叔已經取得出境證來，明天帶你到上海去。」志堅道：「老師父處處給我設想周到，我感謝不盡。」沙河道：「我說你與我有緣，這不是隨便說的。你記得你來的時候，我低頭想了很久嗎？」志堅肅立著說是。沙河微笑了一笑，因道：「四十年前，我和你一樣，有這樣一個境遇。外國兵追著我們的軍隊，我走進一個古廟當了和尚，直到如今。論我的官階，比你大得多呢。不想四十年之間，我又遇到了這樣一件悽慘的事。這八個月以來，其他的事多了，你想著，這不是一個緣法，一重因果？」志堅不想老和尚和自己一樣，也是執干戈衛社稷的人，他大受感動，在老和尚禪床前跪了下去。因道：「願求老師指示迷途。」沙河微笑了一笑，一手按了他的肩膀，因道：「時代不同，沒有再叫你永做和尚下去的道理。我當年一度逃禪之後，我也是應當還俗的，但我看到滿清政府絕無能為，還俗又有什麼用呢？我再告訴你，我是長江下游幫會上一個大佬頭子，我手下至少有十萬弟兄，我若還俗，就很煩的。所以隱姓埋名，不再出面了。」志堅道：「八個月來，弟子早已知道師父是個不凡的和尚。想不到是這樣一個過來人。但是師父把廟裡唐人寫經送給賊人，為了弟子，犧牲太多了。」沙河笑道：「這又是一點緣。廟裡有一部真唐人寫經，兩部假抄本，但也是清初的東西了。第一部假的，我師父告訴我，已經救過這廟裡的一個和

尚。第二部和那部真的，我保守了三十多年，今天用得著它
了。這兩部經現存在廟裡，並不在上海。說是到上海去取，
你可以知道我是什麼意思了。你有慧根，前途是很光明的，
家庭也許有點小麻煩，那可不必管了。不必很久遠，你可以
回到南京來的。但你見不著我，也見不著師叔，你師兄是可
以見到的。我們的墳，就會在這廟後，回來之後，你可以在
我們墳前再念那半段心經了。」志堅覺得老和尚和聲悅色地
說上這一段話，每一個字都打擊在自己心坎上，他的情感奔
放，理智不能克服，覺得現在別了這相依為命的三個和尚，
倒戀戀不捨，不覺流下淚來。老和尚見他默然，已感到他在
流淚，將手摸了他的頭道：「現在你是和尚，過了幾天，你
是軍人，這眼淚是用不著的，好好地去奔前程吧。」志堅真
說不出一句話，跪在地上，竟不能起來。他這點至誠的感
動，生平是少可比擬的，除非是三十六小時以後，他又在一
個地方跪下了，那與這情景相彷彿，那時，他還穿的是一身
僧衣，跪的不是禪房，是上海洋房的樓上。那受跪的人，不
是和尚，是他母親了。他離開南京，和見著老母同是一樣的
悲喜交集，所以情感的奔放，還是讓他灑了幾點英雄的兒
女淚。老太太更是有不可忍耐的淚在流，將手撫了他的肩
膀道：「你起來，有話慢慢地長談，我們母子居然還可以見
面，那就應當滿足，這一次戰事，家破身亡的就多了。」志
芳站在一邊，便來攙著他起來，小姑娘依然是心直口快的，

　　她忍不住心裡那個疑團，問道：「大哥，你何以灰心到這樣子，出了家呢？」志堅低著頭看了一看身上，穿著僧衣，這又笑了，因道：「你說的是這衣服嗎？這不過是我住在南京城裡的一種保護色罷了。」志芳道：「那就很好。隔壁張先生家裡，有個洗澡間，我商量一下，讓你先去洗個澡，你的舊衣服，這裡還有一箱子，我給你清理出一兩套來，先換上，不要弄個和尚老在屋子裡坐著。」志堅笑道：「這不忙，我得先明白了家裡的事情，才可安心洗澡換衣服。母親和妹妹總平安了，東西的損失，那可不必管它，只要人在，總可以找了回來。現在所要問的，就是冰如怎麼樣了？」老太太剛剛擦乾了歡喜著流出來的眼淚，坐在對面床上，只是向這變成了和尚的兒子，周身打量著。聽到這句問話，很快地向旁邊的女兒看了一看。孫志芳對著這死裡逃生的兄長，實在不知怎樣安慰他才好，匆忙中只有將桌上熱水瓶裡的熱水，倒了一杯，雙手遞了過去。

　　志堅笑道：「妹妹也是高興得過分了，原先已經倒一杯茶給我喝了，怎麼又斟一杯茶給我？」但他雖是這樣說著，兩手依然把茶杯接著，放在面前，向志芳望了道：「妳嫂嫂的消息如何呢？」志芳已是見母親被他一問，對自己用目示意過了，便笑道：「她很好。」只說了這三個字，在脅下鈕扣上，抽下掖住的手巾，拂擦了額角上兩下，退兩步，坐在對面方凳子上。志堅見母親和妹妹的態度，都相當的躊躇，

心裡便很有點疑惑。因做出很誠懇的樣子，向老太太道：「她還住在漢口嗎？她是個喜歡熱鬧的人，單身作客，恐怕耐不了這份寂寞。」老太太道：「她上個月曾來上海，已回天津娘家去了。她老得不著你的信，我這裡房子又擠窄，我也不留她。」志堅道：「她到娘家去了，那也好。只是天津租界上的環境，不比上海租界，打個電報去把她找來吧。」老太太道：「她也很平安，你可以放心了，洗澡換了衣服再說。善後的事多著呢，慢慢地來辦吧。上海人更雜了，一幢房子住七八家，你這樣裝束，也讓人家注意。」志堅看到母親的答覆，卻不怎樣徹底，而妹妹把手絹角咬著，兩手拿了巾角的另一端，只管搓著。志堅覺得話外還有一段緣故，匆忙既問不出來個所以然，只得照了他母親的話，洗澡換衣，還了一個俗家的樣子。二次坐在母親房裡時，見母親和妹妹的臉色就安定些，彷彿已經有過一次商量了。志芳先笑道：「你看，哥哥換了這身綢子小褂褲，身上洗乾淨了，不還是很年富力強的一個軍人？有什麼……」她說到這裡，突然把話停住了。志堅洗澡換衣服的時候也想了許多辦法要套出母親的話來。看到妹妹又給了一個問話的機會，便道：「關於冰如的事，我也知道一點。我想，向江洪去一封信，也許可以得一點結果。」志芳將嘴一撇道：「你還打算問他呢？」志堅道：「他是我的好朋友呀，難道他還能做出對不起我的事？」志芳又冷笑了一聲。這樣一來，志堅就十分明白了，

經了三五回反問，志芳就再也不能忍耐，竟是一連串地把冰如到上海來的情形敘述了一遍。當她說話的時候，志堅只是斜靠了茶几，手上玩弄一隻茶杯靜靜地聽著，直等她把話完全說完了，才點點頭笑道：「那也好，我減少了一份掛慮。」老太太很從容道地：「志芳的脾氣，你是知道的，她就喜歡打抱不平。其實冰如也不能說她有什麼大壞處。不過看到你半年多沒有消息，以為你不回來了，不免要作一番自己的打算。時代不同了，這也是人情中事，不必怪她。」志堅低頭沉思了一會，因道：「想著，這裡面多少還有些外在的原因，讓我也到附近旅館裡去開一間房間，好好地休息一會，躺在床上把這事前前後後地仔細考慮一下。」老太太道：「那也好，家裡也悶熱得很，沒有地方給你容身，晚上我和志芳到旅館裡去和你長談吧。」志堅約好了旅館，提著他的一隻舊箱子，向母妹告別著去了。老太太就埋怨著她，不該這樣性急。志芳道：「這些話遲早不總是要告訴他的嗎？與其悶在肚子裡，讓他過幾日再來著急，倒不如立刻就告訴他，也好早早地作個打算。反正是不能瞞著他的。」老太太只嘆了一口氣，也沒得話說。到了晚上，志芳和老太太到旅館去，卻見志堅睡在床上，床前地板上撕有十來塊紙片，是把冰如的相片撕成的。兩面夾相片的鏡子，也打成七八塊，放在茶几底下。

　　志堅被她們推門驚醒來，志芳便把碎紙片完全撿了起來笑道：「大哥也孩子氣，這也值不得做出這個樣子來。」說

著，把碎紙片拾拿起來，全放到桌子抽屜裡去。志堅跳了起來，笑道：「我不想這件事情了，我不想這件事情了，我們出去吃館子看電影。上海總是上海，暫時找點麻醉。也許，晚上我到跳舞場去跳舞幾小時。」老太太上前一步，抓了他的衣袖，對他臉上偏著頭看了一看，因道：「志堅，你這是何必呢？你這大半天的工夫，比見面的時候，難看得多了。」志堅穿上了長褂子，向老太太笑道：「妳老人家以為我想不開嗎？只要抗戰勝利，我們的前途，那就遠大得多了，豈但是一個女人而已，只要我不死，我總可以看到她薛冰如會有一個什麼結果。」志芳笑道：「大哥，你說不介意，怎麼你嘴裡只管說起來了呢？」志堅打了一個哈哈，便挽著老太太一隻手道：「母親，我們走吧，得樂且樂！」說畢了，又哈哈一笑。志芳，自然知道兄長十分難過。可是他既勉強地要把這事忘了，也就勉強順了他的意思到馬路上去混著。上海這個地方，要找麻醉，是極其容易的，夏日夜短，直混到深夜兩點鐘，方才分散。

次日早上七點鐘，志芳便起來上旅館去，打算問問志堅，想吃點什麼，到了他房間門口，卻見房門是虛掩的；他簡直還起得早。先敲了兩下門，然後叫聲大哥。志堅應道：「你進來吧，我一晚都不曾睡呢。」志芳進房來時，滿屋子霧氣騰騰的，一種很濃烈的紙菸味。志堅坐在寫字臺邊，亮了桌燈。燈光下堆了一沓信紙，又是一聽紙菸。因道：「什

麼要緊的信呢？你不睡覺來寫著。」志堅笑道：「我仔細想
想，君子絕交，不出惡聲。對冰如，我不能不做一個最後的
試探。」志芳道：「是的，理是寧可輸在人家那一邊，氣是
寧可輸在自己這一邊。我也要勸勸大哥寫封信給她的。」說
著話走近桌案邊時，見昨日撕碎的那些相片，今天又已拼攏
起來，放在桌上玻璃板下。這在自己心裡頭，立刻便有好幾
個不然，可是看到哥哥昨日大半天的工夫，已經消瘦了半
個人，他心理上既有點安逸了，就不必再去刺激他了。於
是坐在桌子對面椅子上道：「我起個早來，想問大哥要吃些
什麼，好上小菜場去給你預備。」志堅兩手疊理著桌上寫好
了的七八張信紙，然後嘆口氣道：「還是自己的骨肉好，我
倒不想吃什麼。做了七八個月的和尚，倒覺得素食是很好的
了。」說著，把手中疊的信紙，隔桌伸了過來交給志芳道：
「你看看，我這信上的話，措辭是否妥當？」志芳接著，依
然放到桌上去，笑道：「我不用看，大哥是個有良心的人，
我是知道的。不是有良心的人，怎能做一個愛國軍人呢？」
志堅笑道：「妹妹不看，自然是怕我涉著閨房之內的話，其
實沒有。我的態度是很乾脆，我說，我已到了上海，也知道
了她的行為，在這大時代的男女生離死別，那毫不足介意。
不過我想傳言總有不盡不實之處，希望她趕到上海來我們當
面談一談。」志芳紅著臉道：「大哥可不要錯怪了，我報告
給你的，只有真話十分之六七，不盡或者有之，不實可是沒

有。」志堅道：「妹妹多心了，假如她果然是很好的，妳還故意要破壞我們的感情不成？說實在的一句話，我總想給她一個自新的機會。」志芳看看他手邊，還有一沓不曾寫的信紙，看這樣子，大概還有很多的話不曾寫著，因起身道：「我先回去了，這大熱天，給你做幾樣清爽的菜就是。家裡等著你吃飯，我上小菜場去了。」說畢，也不待志堅回話就走開了。

志堅雖知道她很是不滿意，趕著要寫信，也來不及去叫住她了。寫完了信，自己從頭至尾念過了一遍，其間有幾個不妥的字句，又把它們來修正了。本待把信交給茶房去交郵局，既怕他交遲了，又怕有遺失，便黏貼好了，自向郵局去投遞。回來的時候，路上遇到一位西裝朋友，迎面叫道：「志堅！你到上海來了。可喜可賀！」志堅看時，是熟友包爽哉，正也是個軍人。於是上前一步，彼此熱烈地握著手。志堅笑道：「太巧太巧，馬路上不是談話之所，到我旅館裡去談。」包爽哉道：「老伯母在上海呀，你為什麼住旅館？」志堅嘆口氣道：「可憐，母女二人只住一間客堂樓，哪裡還能再容下我一個？」包爽哉道：「唉！這個大時代，不想我們躬逢其盛，實在是變動得太大了。」說著話，他是一路的嘆氣。到了旅館裡，爽哉是首先看到桌上玻璃板下，壓了兩張撕碎而拼攏的相片。因點頭道：「老孫，你有福氣，你夫婦感情很好。」志堅微笑著，拿了紙菸起來抽。爽哉坐在

236 | 第十七回　悲喜交加脫籠還落淚　是非難定破鏡又馳書

沙發上，兩手輕輕拍了椅扶靠道：「我最不幸了，我說給你聽，你不會信，我那位夫人，竟丟下了七年情感和我離了婚。離婚之後，有什麼前程也罷，不過是流落江湖做戲子。前半個月，我在上海遇到你太太，她告訴了我許多消息，我那夫人現在是王玉小姐了。她討厭我是個老粗，跳進了藝術之宮，那算高凡人一等了，可是她還是喜歡軍人，竟在漢口，追求你那位好友江洪。」志堅不覺哦了一聲道：「是她追求江洪？」爽哉道：「可不是？你也聽到有人追求江洪？」志堅點點頭道：「你遇到我夫人，她說了些什麼？」爽哉道：「我們只見一面，談話時間不長，她除了打聽你的消息之外，便是說王玉不對。她以為做個抗戰軍人的太太，是個極榮譽的事情。便是要離婚，也不當在這個日子離婚。」志堅將桌子連拍了幾下道：「對對對！我想著你夫婦離婚的時候，若是她在當面，或者可以給你們挽回一點希望，也未可知呢。」爽哉也極以他這話為然。在兩人談話之間，都是說冰如見識很好，志堅也就感到這情形與母妹所報告的大為不同。自此以後，志芳和他說到冰如的話，他只是聽著，並不加以評論。志芳看到這個樣子，自然不肯多說，而老太太根本不願提，自不能將冰如的言行說出。志堅便專心一意地，在上海等天津的回信。在等候的期中，又去了兩封信，三通電報。他受著包爽哉言語的影響，是有了一個金石為開的誠心了。

第十八回
一語驚傳紅繩牽席上 三章約法白水覆窗前

　　上海的時光，最容易消磨，幾個消遣的場合一打轉身，便是一日過去。孫志堅很不在意的，在上海住了半個月，並沒有接到冰如的回信。可是在上海的好友，卻遇到了好多，都說中央當局，很是惦念，希望他早日回武漢去報到。志堅就想著，無論在哪一方面說，當天津上海間交通，還是很暢利的時候，不能半個月之久拍去三個電報都沒有接到，尤其是自己曾寫兩封信給天津朋友，也就在前五天接到回信了。在一個證明中，已可以判斷冰如毫無舊情。自己再付過了旅館裡一次結帳之後，卻在心裡自定一招退步，還在上海等三天吧？若是這三天內還沒回信，那可以宣告絕望。有了這個意念，當走到老太太寄寓的樓居來吃飯時，也就有意無意地，露出要向中央去報到的意思。老太太聽了，便正色道：「志堅，你這個念頭是對的。我雖只有你這個獨子，但我既讓你做了軍人，我就要你有點成就，絕不能讓你流落在上海當個廢人。而況上海這個地方，你也不宜長久住下去。這環境險惡到什麼程度，你是應該知道的。」志芳坐在桌上吃飯，她是忍不住要說的，因道：「母親怕你在上海要等什麼，不然，早就催你走了。」志堅笑道：「我等什麼？不過

朋友的應酬糾纏著罷了。」老太太正色道：「當軍人的現在
應當以國家為前提，得罪朋友，那是小事，你也不應當讓朋
友糾纏住了。」志堅聽了母親這話，不管是不是暗指了冰如
的糾纏，但她的話是絕對的有理的。自己是受過高等軍事教
育的人，還要老母這樣來教訓著嗎？他當時未曾做聲，心
裡便又加上了一層必回武漢的意念。他那再等三天的猶豫期
間，轉眼又過去了，恰好第二日便有郵船去香港，再也不作
什麼考慮就買了船票。臨離開上海前的半小時，預備好了的
簡單行李，在房門口，自己手上拿了帽子，半彎了腰靜靜地
站在母親面前。他看到母親瘦削的臉上，添了許多皺紋。他
又看到母親的鬢髮，有一半是白的，他不知是何緣故，他想
到了這一層，他已經不能抬起頭來觀看，只有默然地站住。
然而孫老太並沒有什麼異樣的感覺，她道：「你由前線負傷
退回了南京，在南京困守半年多，你還能繞到大後方去，這
是老天給了你一個建功立業的機會，也是老天給你一個報仇
的機會。這樣的機會，絕不可以再失掉了。我手上還有幾個
錢，可以過活。志芳也像個男孩子一樣，她一切都可以照料
我，你用不著掛念。我希望我母子下次在南京見面，你勉力
做到我的希望，就是好兒子。你是個軍人，軍人對光榮，勝
於生命，我望你向光榮的路上走，去吧。」老太太說到「去
吧」兩個字，聲音有些顫動。然而她臉色很自然，並不帶一
些憂愁的樣子。她見志堅始終站著沒有動，也沒有作聲，便

道:「你不必掛念我。你要明白,我的兒子既是軍人,我就要他做個榮譽軍人。你的榮譽,就是我的榮譽。我不能留你在上海不走,那樣增加你的恥辱,也就是增加我的恥辱。你聽我的話,你就孝順了我。」志堅沒得說了,答應了一個「是」字,深深地鞠著兩個躬然後走了。他記住母親的話,「我的兒子既是軍人,我就要他做個榮譽軍人」。母親是太賢明了,非一般婦人所可比,自己縱然取不到榮譽,至少也不可取得了不榮譽。他懷了這個意念,奔上了海天長途,因為武漢許多消息必須要在香港與關係方面接洽,方可證實,到了香港以後,還不能立刻就奔上粵漢路,便在香港旅館裡住下了,分別地去拜訪朋友。朋友之中的羅維明,是多年的好友,來往又更顯得親熱些。是這日中午一點鐘,羅維明夫婦單獨地約了他在家裡的午餐。

羅家是頗為歐化的人家,樓下的客廳與餐堂相連,雙合拉門的門框上,垂了紗簾,隔開了內外。志堅按時到了,維明夫婦,雙雙地在客廳裡陪著。羅太太笑道:「孫先生到了香港,餐餐吃館子,餐餐吃廣東萊,也許你會覺得煩膩,所以特意請孫先生到家裡來吃頓便飯。一來可以隨便談談,二來替孫先生換換口味,說了你未必相信,我家裡竟有一個道地的天津廚子,很能做一點麵食。」志堅笑道:「賢伉儷雖是組織的摩登家庭,而對故鄉風味,卻也不能盡忘。你看,這屋梁下垂下來的電燈,是北平的宮燈紗罩子罩著。牆上不

掛鏡框子，而掛著京裱的中國畫。桌上是中國瓷瓶，養著鮮花。」他說時坐在沙發上，兩手撐住大腿，在屋子四周打量著。羅維明道：「不是我們偏見，北方人也和我說得來，我覺得北方人直爽些。」志堅道：「唯其如此，所以你和北方女子結婚了。」羅太太笑道：「說到北方女子，大概受舊道德的渲染是深些的，可是也就唯其如此，未免有個封建思想的腦筋。」志堅淡笑道：「北方人也不一樣。如其是真正的北方人，那就和嫂子所說一樣，不是男子自私，他倒喜歡女人有前進的思想，可又有封建的貞操。但並非北方人原籍的女子，而寄居北方的人，那就差多了。唉！」說著，嘆了一口氣。羅太太笑道：「你這是有感而發呀。你對冰如之為人始終心裡放不下，那又何必呢？男子漢大丈夫，何必把這件事放在心上？大時代來了，你自有你的幹。」志堅笑道：「我倒沒什麼放不下。不過像她這種人，何以變得這樣快？在心理學上說，這也是一個可以研究的心理變態。」羅太太道：「這個大時代，人事變化就太多了。稍微有點反常的事，孫先生就以為是值得研究的事，那就可以研究的事太多了。」正說著，女僕由隔壁房子裡走過來，說是飯已預備好了。羅氏夫婦將志堅讓到餐堂正中桌子上坐了。第一樣菜便是大盤盛著雞絲黃瓜拌粉皮，因笑道：「果然是北方菜，不必嘗口味，只看這樣子就很好了。」羅維明笑道：「既是很好，你我多喝兩杯酒。」說著，提起壺，就為志堅斟酒。

而這時第二樣也來了，便是軟炸肚肝。這個樣順了下去，菜是碗碗中意，志堅也就吃喝得很有味。酒興方酣，隔壁屋子裡丁零零電話響。女僕在隔壁屋子裡接過了電話，便來請羅太太去接電話。志堅知道他夫婦在香港的交際很廣，這也無須去介意。羅太太接過電話回席，臉色似乎有點驚慌。但她也還強自鎮定，坐下來笑著向羅維明說了一串法語。他聽到之後，也是臉色緊張了兩三次。志堅雖不懂法語，但看他兩人的神氣，這電話顯然與自己有關。因道：「莫非有人打電話找我？」維明笑道：「讓我考慮兩分鐘，這話是否立刻就告訴你。」於是手扶了酒杯，偏著頭想了一想，因點點頭道：「我就告訴你吧。剛才是冰如打來的電話，她由天津搭直達輪船到香港來了。」志堅嘆了一聲，身子一顫動，卻把面前放的一雙象牙筷子，碰落在地板上。維明立刻叫在旁邊的女僕，換了一雙筷子來。因向志堅笑道：「這也不是青梅煮酒，為什麼你聽了這句話，就嚇成這個樣子？」志堅道：「並不是嚇成這個樣子，我驚奇著她為什麼又到香港來？」羅太太道：「本來呢，我以為她到香港來，或者是回心轉意了。我便在電話裡探了一探她的口風，問她知道孫先生的消息嗎？她倒肯實說，說是孫先生已由南京逃出來了，大概還在上海。這樣，她的目的顯然不是到香港來追孫先生了，因此我在電話裡沒有告訴她實話，只說等一會兒，派車子去接她。孫先生你的意思如何，可以接她來當面談上一談

嗎？」志堅在落了筷子以後，臉色也就變了好幾次。

　　雖然屋下有著風扇轉動，但他額角上的汗珠子，卻忽然增多，他抽出了一條手絹，只管擦著汗。然後淡淡地向羅太太笑道：「我現在簡直不能揣測女人的心理，根本我們是很好的夫妻，她雖變了心，而我在上海還等了她一個禮拜，直等她函電均無，我才來香港的，假使她允許我見面，我自是求之不得。可是她若拒絕和我見面時，你這主角到了那時，可成了一個僵局。我和維明是好朋友，我不能為了自己的婚姻，給予維明一種麻煩。這事應如何處置，倒是請賢伉儷給我出個主意。」羅太太望了維明道：「孫先生的話自然是四平八穩，各方面都顧到的。可是我們做朋友的，遇到他們需要人從中拉攏的時候，我們也就義不容辭。」維明點了頭，將筷子輕輕地敲了桌沿道：「對對對！他們兩人之離與合，正在我們手上度著一個關鍵。我們若是怕麻煩，將這個機會放了過去，那不但對不住朋友，可也太沒有做人的氣味。來，就派車子到旅館去接她？」說著站起身來，要去按牆上電鈴。志堅站起來，將他拉了坐下，因笑道：「少安毋躁，你等我解說一下。你這番見義勇為的行為，那是可以佩服的。可是你不曾探實了冰如態度以前，你派了汽車把她接來。見面之後，她給我一個難堪，我無所謂，你做主角的，卻進退兩難。我以為不如在電話裡先和她說明為是。」羅太太笑道：「我已經說過了，我們遇到這個機會，根本就有給

兩人牽一牽紅繩的責任。既是目的在牽紅繩，當然要設法讓你兩個見面。但願能見面，我們做朋友的，就是擔一點關係，也不要緊。」她一連串地說著，眼珠卻向志堅身上不住地打量，忽然微笑道：「是是是，這也是掛一漏方的，沒有想通。你們若是在我這裡會面，坐在我客廳裡，冠冕堂皇地能說些什麼？本來是著妙棋，我們這紅繩一牽，倒成了僵局了。」志堅插嘴道：「怎麼會是一著妙棋呢？」羅太太道：「你看，你到了香港，本來是要走的，我們留著你玩兩天，你才沒走。恰好是我們今日請你吃便飯，並沒有第四個人在席，她竟自來電話，湊成我們兩個調解的局面。一切情形，都像是做好了的圈套似的，這豈不是一著妙棋嗎？」維明笑道：「唯其是如此，我們這紅繩非牽不可了。」說著，笑向羅太太道：「我們雖明知道志堅太委屈了，可是做男子的總應當吃虧點。我想，還是讓志堅最後委屈一下吧，吃過飯，我們一路到冰如旅館裡去，就算我們是引志堅去負荊請罪的。有道是伸手不打笑臉人。只要志堅肯和我們去，他們究竟是夫妻，無論如何，冰如不能說我們帶去失禮。只要她接受了見面這個行為，我們牽紅繩的目的，就算達到，事後如何，就是他兩人的事了。」志堅笑道：「我兄可說前後想個周到，但是我並無絲毫得罪她之處，這負荊請罪的說法，豈不太無根據？」羅維明道：「所以我說要你委屈一點了。為了終身的幸福，為你們過去多年的情感，更為了你是

一個以國家為前提的軍人，對這一個遭受到分離之痛的年輕女人你就受一點委屈，又算得了什麼？」說著，放下了杯，伸手拍拍志堅的肩膀，志堅低著頭，將手把放在桌面上的象牙筷，慢慢地擺齊整了。羅維明道：「你不用考慮了，就是這樣辦。她若是看到你這樣低首下心，也許被你感化了，那你不過受一時之屈，可成就了百年之好。」志堅笑道：「你不用多作解釋，我跟著你們去就是了。」羅太太聽說，十分高興，這倒不耐煩去勸酒，趕著把飯吃過，她向志堅笑道：「請你在客廳裡等十分鐘。」說著，上樓去了，維明向他笑道：「她平常出門，化起妝來，總要一小時左右。她現在急於要出門，竟縮成了五分之一的時間了。」志堅點頭道：「你賢伉儷對我們的事，實在太熱心了，為了這一點，而我也只有盡量地委屈下去。」正說著，見羅太太臉上撲了一些乾粉，換了一件衣服就下樓來了。維明笑道：「太快太快。我說十分鐘未必能完事，不想妳五分鐘就來了。」羅太太笑道：「化妝事小，做月老事大。」羅維明看到太太如此熱衷，自無他事可猶豫，立刻邀著志堅出門，同上汽車，向冰如住的旅館來。志堅坐在汽車上的時候，雖然感到心房有些蹦跳。可是他也存著幾分希望，或者在見了面之後，冰如也不能不念點舊情。既是有了這點希望，也就隨著發生了幾分高興。在他這樣幾番轉念之間，就到了旅館門口，下得車來，也只有跟著羅氏夫婦兩人，上電梯，轉走廊。身不由主

地走，維明問明了茶房，薛小姐住在哪號房間，就雙雙地站
在房門口，讓茶房進去通報。他兩人已是小心了，志堅不知
何故，膽子特別小些，卻退了兩步，站在他夫婦後面。羅維
明回頭看了一看，本待伸手去扯志堅，卻聽到冰如在屋子裡
笑嘻嘻地叫道：「請請請。」維明夫婦隨了這一聲請，走進
屋子去了，卻把志堅留在門外。羅太太卻又立刻笑著走了出
來，她點了頭道：「這位來賓怎麼不進去呢？我來介紹吧。」
她退到志堅後面，微微推了一把。

　　冰如不知道是哪一位來賓，口裡還是不住地請請。志堅
進了屋子，她猛地向後退了兩步。志堅見她已是燙著這時最
摩登的飛機頭，臉上脂粉擦得濃濃的。穿了一件黑拷綢長
衣，露著兩臂，越顯得白皙豐潤，她是很康健的了。便取下
草帽在手，點頭微微笑道：「好吧？冰如。」她手扶了身邊
的茶几，淡淡地笑著答應了兩個字：「還好。」但那聲音是
極低，幾乎對面聽不出來。維明夫婦還不曾坐下呢，他就
笑道：「志堅，你們二位談一下子，我們到下層樓去看個朋
友。」羅太太笑道：「是的，走的時候，我們再來通知。」
說著，他們也不問冰如是否同意，雙雙地走出房門去。維明
走在後，反手還把房門帶上了。冰如手扶了那茶几，倒是呆
住了。志堅在靠牆的沙發上坐下，隨手將帽子放在矮幾上，
看她怔怔的樣子，就沒有作聲。這茶几上有隻茶杯子，冰如
搭訕著向裡移了一移。她挨身在茶几旁椅子上坐了，臉上沒

有一點笑容，只沉沉地垂下了眼皮，去牽著自己的衣襟。屋子裡什麼聲音沒有，彼此默然地坐著，總有十分鐘之久。志堅兩手撐了膝蓋，輕輕咳了兩聲，然後正著臉色道：「這回維明引了我來，是我的意思，不能怪維明夫婦多事。因為妳打電話去，我恰好在那裡。我想著，既然彼此都在香港，有一談之必要，所以我就冒昧地來了。」冰如聽了這話，沒有作聲，卻把鈕扣上懸的一排茉莉花摘下來，送到鼻子尖，低頭嗅了兩嗅。志堅在衣袋裡取出紙煙盒和打火機來，一面打火吸菸，一面說道：「妳過去的事，我已經知道得很清楚了。在這種非常時期，男女離合，根本算不得一回什麼事。妳有什麼意志，我也絕不來阻攔妳。只是我多少還有一點意見，可供妳參考一下。」這時，冰如心事算定了一點，將茶几上的茶壺，提起來斟了一杯茶，待要自喝，卻又放下，另斟了一杯，送到志堅沙發邊矮几上，低聲道：「請喝茶。」志堅起身點著頭，道了一聲謝謝。冰如仍舊坐到原來的椅子上，因道：「果然有什麼好意見，也不妨提出來談談。」志堅噴了一口菸，將紙菸放到矮几煙灰缸上，敲了兩敲煙灰，因道：「我有三個辦法貢獻。」冰如望了他道：「三個辦法？」志堅點點頭道：「是的，三個辦法，那也不算多。」說著吸了一口煙，接著道：「我已說了，大時代，男女離合，算不了什麼。我以為我們根本不曾發生什麼衝突，在南京最後一次分別，感情還極好。所以弄成今日這個局面，完全為

了消息隔斷。妳青春年少，要去找妳適當的伴侶，若不向封建思想這方面去說，妳的行為也沒有什麼錯。」冰如聽到一個「錯」字，輕輕地冷笑一聲。志堅也不管她，接著道：「現在我既是恢復自由了，妳之所以要另找對象的原因，已不存在，那麼，過去的事，自今日以前，一概可以不問。自今日以後，我們還回覆到原來的地位去，依然是很好的夫妻。」他說話時，手指上夾的紙菸，已經燒了三分之二，他就不再吸了，丟在煙灰缸裡，端起杯子潑了一點水進去，把煙熄了，在這個猶豫的時候，很有幾分鐘，可是冰如只靜靜地坐著聽下去，並沒有給一個答覆。志堅接著道：「第二個辦法呢，我覺得比較妥當一些的。我以為暫時不必離婚，可也不必同居。我是個軍人，到了武漢，我自然是去幹我的。這是什麼意思呢？因為我和江洪，都是軍人，軍人的生命是太沒有把握的。這時，妳和我離了婚，也許江洪是個不幸的人，豈不是兩方面都失掉了？假如不幸的是我，那更好，妳無須和我離婚，而江洪也易於接受。」說完了，他又點支紙菸吸。冰如問道：「還有第三個辦法呢？」志堅將點著的紙菸深深地吸了一口，將菸噴出來，因笑道：「那很簡單，就是離婚了。這三個辦法，妳不妨仔細地考量一下。我在香港也許還要住兩三天，妳可以考量一兩天，再答覆我。」冰如將手上玩弄的茶杯放在茶几上，放得很沉著，表示她意志很肯定，微偏了頭答道：「用不著考量，現在我就可以答覆

你。你說的那第一個辦法，我覺得辦不到。第二個辦法，那簡直不是辦法。」志堅道：「妳簡直是認定了第三個辦法，要離婚了。江洪自然是對妳很好，但我對妳，也沒有什麼很不好。何以妳的態度這樣堅決，非離婚不可？」冰如道：「我不能說你對我有什麼不好，但是我到了現在……」她說到這裡，突然站起來，卻把茶几上的玻璃杯子拿在手，走到牆邊洗臉盆架前，扭開自來水管，放了大半杯白水，高高舉起，再走到窗戶邊，就對窗房外潑了出去。回頭來向志堅微笑道：「誰還能把這水收回到杯子裡來嗎？」志堅看了她這個動作，不免臉色一變，倒有好幾分鐘說不出話來。過後他微微一笑道：「覆水難收這個故事，卻被妳這樣借用了。這可是妳自己比著那出山泉水。」冰如鼻子裡哼著，點了兩點頭道：「事實本來是如此，我也無須不承認。唯其是我覺得這覆水難收，根本不作另一個打算。」志堅又靜靜地換了一支菸吸著，約莫有三五分鐘的沉默，他將胸脯一挺，點了頭道：「好！一切都依了妳就是。這手續怎樣辦呢？妳需要在漢口登報，還是需要在香港登報？」冰如道：「那倒用不著。只要你親筆寫一張憑據給我就可以了。自然我也會寫一張憑據給你的。」志堅道：「那很好，本來彼此情願如此，離婚以後，誰也不會糾纏誰。不會打官司，更不會有什麼物質上的爭執，登報與請律師都透著無聊。這離婚契約，我在這裡就可以寫，不過圖章沒有帶來。」冰如笑道：「我很放

心你。你說了的話，是不會變卦的。我大概還有兩天才離開香港，明天送來就是了。當然，我應當寫的那一份，今天我也預備好了的。」志堅站立起來，抖了兩抖西服的衣領，挺著胸脯，似乎吐了一口氣。因道：「好的，我明天將契約送來。幾點鐘呢？」冰如道：「自然是上午十二點以前好。因為到了下午，我就要出去玩玩了。」志堅道：「約好了，我就不會誤事。」他站在屋子中時，猶豫了一下，彷彿好像還有什麼事情未曾辦了，不曾移開腳步來走。可是冰如把他進門來不曾掛在衣架上的草帽拿了過來，笑道：「哦，帽子在這裡。」她右手將帽子交到志堅手上，左手便去拉著房門，讓它大大地開著。又點點頭道：「再會了。」到了這時，志堅覺得有任何一句話，也沒有機會向她進言，接過帽子，說了一句再會，也只好點著頭走出去了。冰如站在房門裡頭，已是把門掩上了。志堅走出了旅館，他固然覺得沒有以先來時那樣高興，但也沒有像來時那樣心房亂跳，倒好像月餘以來壓在心上的一樣東西，已經拿去了。

第十九回
下嫁擬飛仙言訝異趣 論文重老友謎破同心

　　當孫志堅離開那家旅館的時候，他自己覺得世界上的女人，沒有比薛冰如這樣心腸硬的。站在街上，回頭對五層高樓望了一望。他心想慢說是薛冰如本人，便是這家旅館，給予自己的刺激，也太深，實在是此生此世，不必再見一面了。他這樣想著，便悄悄地走去，他看到這街上來往的人，誰都比他快樂，灰心之餘，他什麼也不願幹了。可是在六小時以後，他在旅館的床上，躺著靜想了許久，他忽然跳下床來，開窗向外看著。這是個月的下弦，月亮不曾出土，那深藍色的天空，密布著的星點，平均不會有三寸的間隔。香港全島的高低樓房消失了，只有和天上星點一般攢三聚五的燈光，在暗空裡一層層向上分布著。那雨聲隨了海風吹來，頗像隔了重重的簾幕，聽到暴雨下降，心裡想著，幾十年前，這不過是個荒島，人力的開發，變成了東方的黃金寶庫。

　　這樣大的事業，也不過是人力經營得來，自己的婚姻問題，根據自己就可以操著一半聚散之權的，其餘的一半雖操在人家手上，但能夠挽回一分希望，照著過半數便是勝利的習慣說起來，那是不至於成為過去數小時那種僵局的。香港的燈火與雨聲給予了他一種莫大的興奮。在三十分鐘之後，

他又站在那旅館，冰如所住的房門外，敲了兩下門。冰如說一聲請進，志堅進去了，她倒也不怎樣驚訝，讓著他在東壁沙發上坐下之後，她冷冷道地：「孫先生，我們現在不過是朋友罷了，有何見教而來？」志堅聽她這話，一來就已把說話的門先封上，便覺得她立意不善。但自己是立下了很大的志願來的，絕不能含糊地回去。先把神定了一定，然後道：「這個我還明白，我正是以朋友的資格前來的。」冰如坐在房間的西壁下椅子上，正與他有一個房間面積的距離，點點頭道：「那就很好。你的字據帶來了嗎？」志堅見她臉上沒一點笑容，便道：「昨晚上就寫好了。」說著，在西服口袋裡取出一張字紙來。冰如道：「請你放在桌上。」他笑了一笑，展開了那紙，放在桌上。

冰如走過來，將字條拿起，捧了念道：「立離婚契約人孫志堅，茲願與薛冰如女士脫離夫婦關係。以後男婚女嫁，各聽自便。此據。年月日孫志堅寫於香港。」她點頭道：「很乾脆，夠了。我的一張也給你。」她在床頭邊，取過手提包，拿出一張字紙，也放到桌上，點個頭道：「請看。」說著，把孫志堅的那張，就收進皮包了。她抱了皮包坐下，如獲至寶。他取過桌上那張字據略微一看，塞在衣袋裡，依然在沙發椅子上坐下，問道：「我可以問妳幾句話嗎？」她道：「請便。」志堅道：「妳自然是回漢口了。坐飛機走呢，還是由粵漢路乘火車走呢？」冰如道：「那還沒有決定。」

志堅道：「廣州被轟炸得厲害，尤其是鐵路交通。」冰如笑道：「那怕什麼？我也就是在轟炸下由漢口到香港來的，多謝你為我操心。」志堅道：「這樣說，妳決定了坐火車走了。我以朋友的資格說話，我願和妳盡一點力。因為沿路很可能地隨時遇到空襲。妳如是和我同車走的話，沿路提個行李箱子，買點零食，應該比妳臨時找人便利些。可不可以和我同車走呢？」冰如雖沒有明白地拒絕，猛可聽到時，臉色先變了一變，然後沉默了約三分鐘才微笑著答道：「謝謝你的好意，不過我的行跡，現在還難確定，也許我還要在香港再住個把星期。」志堅哼了一聲，覺得話就不好怎樣追著向下說。因站起身來道：「我大概後天到廣州去。在廣州如交通暢利的話，也許當天就要坐通車北上。」冰如道：「那麼，我們漢口見吧。」她這句話相當沉著。志堅聽在耳裡，覺得她顯然有在香港不再見面的決心，原來持著那份人定可以勝天的觀念，這時卻又完全消失。而且覺得自己拿一番好意來感動她，始終得不著她一點好意的回答。便也笑道：「在漢口再見嗎？人事是難說的。也許在漢口見不著呢。再⋯⋯」他順口想說句再會的別辭，可是他想到與上面語氣不接，立刻改口道：「對不起，打攪了。」說著，他開了房門，挺著腰桿子出來。這次冰如卻又客氣了一點，送到房門外來站定。志堅算是傷心到了極點了，走過夾道，到了電梯口上，始終也不曾回一次頭。這也增加了他快回祖國懷抱的決心，

後天一定是走。當次日早上在旅館裡起來的時候，又讓他心裡有點變動了。那時，茶房送進來一封信，正是羅維明寫來的。信上這樣說：

　　堅兄：君事弟已盡知，殊不想決裂到如此地步。但弟仔細思量，君與冰如實無決裂到如此地步之理由。今日午間，請來舍下午餐。事先，當由內子單獨向冰如詳詢一切。果有可能解釋之處，不妨當面談破。君始終站在妥協地位，諒不反對吾人此舉也。

　　即候早安！

弟維明上

志堅把信箋捧在手，看看想想，覺著他說事已盡知，自己是昨日分手後，不曾和他夫婦見面，這事又沒有第三個人得知，必然是冰如把在旅館公開談判的話告訴他夫婦了。那麼，羅太太單獨約她談話，卻也有可能。今天這個約會，倒是不能不去的了。他這樣轉念一想，就如約地到羅家去吃午餐。在客廳裡會見的時候，維明夫婦，雙雙地都坐在那裡，並沒有看到冰如。心裡頭這就有點狐疑，他夫妻又弄什麼玄虛嗎？維明和他握過手，讓他在旁邊椅子上坐著，先笑道：「志堅兄，我於說話之先，要勸你兩句。便是你還是個年富身壯的軍人，前途無量，大可有為，你還怕找不著女人嗎？」志堅笑道：「我並沒有什麼感覺，今天來是踐我兄之約。」羅太太見志堅的臉色，還相當自然，便笑道：「既然

孫先生這樣說了，那好，回到了漢口的時候，你可以趕快去尋點工作，男子漢有了事業，那就可以把女人的事忘了。」志堅道：「不過這又算辜負了二位一番好意，但不知冰如對嫂子說了些什麼？」羅太太搖搖頭道：「這女人有些變態。我今日是特意到旅館裡去看她，哪曉得她留下一張字條，說是坐飛機走了。昨天都沒有聽到她說要走，怎麼會臨時就買到了飛機票子呢？恐怕是推諉之辭，躲開了我的。」志堅道：「她坐飛機走了，那是可能的。因為她知道我明天要坐火車走，所以她搶我一個先，好把離婚這個消息去告訴對方。因為對方是我的好朋友，若是我和冰如同到漢口，他或者還會有所顧忌的。她既先到，搶著布置了一切，便是對方也會無可反悔了。」羅太太笑道：「若是照你這樣說，那錯處就完全在冰如一方面了。」志堅聳著肩膀笑道：「若是還要把錯處看在我這方面，我也沒有什麼辦法。」說完，他又嘆了口氣。羅維明站起來，拍了他的肩膀，笑道：「老哥，不要灰心，將來我太太給你再物色一位賢良的。那時，抗戰勝利了，你一個勝利軍人，是有不少的女子崇拜的，找冰如這樣一個女人，絕無問題。來來來，下酒的菜已經做好了，我們先來喝幾杯。」說著，挽了志堅的手就向隔壁餐廳裡拖了去。而志堅所認第二個挽回的希望，也就此了結。餐桌上本來預備著四個座位，兩位主人，兩位客人。羅家的僕人依了主人的囑咐，這樣安排著。另一位客人未來，他以為是遲

到，還在那座位前設了杯箸。

　　志堅坐在席上，在衣袋裡掏出手錶來看看，然後指了那位子道：「還虛席以待呢，大概這位客人已經在漢口大餐館吃午飯了。交通便利，便利到這種人，卻已失掉了物質文明的原意。」羅維明聽了這話，哈哈大笑，舉起面前的杯子來道：「喝酒喝酒。」志堅自也不願跟著向下說去，也只微微一笑。他說的話，好像是發牢騷，但所猜的，倒是一個正著，就在這同一的時間，冰如在漢口的一家餐館裡，獨自地坐在面向大門的一副座位上，手舉了玻璃杯子在喝汽水。她不時地，舉著手錶看看，又用右手按著左手的指頭，默默地測算著一種什麼。最後，她又把手皮包裡的粉鏡拿出來，左手拿鏡，右手撮了粉撲，在鼻子兩旁，不停地撲粉。把粉撲完，將手托托頸脖子後面的頭髮。她心裡有那一種感覺，這正是極力修飾的一個機會了。她修飾完了，還不曾把粉鏡收到手皮包裡去呢！那玻璃門一推，江洪穿了青嗶嘰西服，笑嘻嘻地迎上前來，鞠著躬道：「嫂子回來了。」冰如看到他於這兩個月小別中，長得更豐潤，心裡倒是一喜，立刻站起身來。可是聽到他所稱呼的這兩個字，卻老大的不高興。

　　然而在這一剎那，江洪已是更走近了一步，便伸手和他握了一握，笑道：「武漢天氣這樣熱，妳倒是長得更健康了。」說著，拉開案頭的椅子，讓江洪坐下。江洪笑道：「今天早上接著電報，我很是驚訝。」冰如道：「你驚訝什麼？

我在天津上海全都有信給你，你不知道我已經動身了嗎？」
江洪道：「我想不到妳突然坐飛機來。」冰如笑道：「這是我
也沒有打算到的，在香港動身前的十幾小時，我還沒有打算
坐飛機呢。後來，我有了這個意思，向航空公司的兩個熟人
一通電話，居然有辦法，我就毫不考慮，立刻去買票子了，
這原因言之甚長，回頭再談。你吃過了午飯沒有？就在這裡
吃一頓不怎好的西餐，好嗎？」江洪笑道：「談到這裡，我
真佩服妳。妳在電報裡，把會面的時間和地址都已約好，可
說細心之至。但是漢口的大小中西餐館很多，妳為什麼就約
了這樣一個地方？」冰如笑道：「誰像你這樣把以往的事不
放在心裡呢？從前我們總是於江岸散步之後，在這小西餐
館裡喝點咖啡，吃些西點，這是你容易記得的一個所在。第
二呢，你過江來之後，這是你最先到的一條街。」江洪點點
頭道：「原來如此，多謝你為我設想。」冰如道：「到今天，
你才知道我為你設想了。我這樣南北奔走，時而天空，時而
海洋，那也無非全為的是你。」江洪聽著，低頭舉起冰如代
斟的一杯汽水，送到嘴邊慢慢呷著。冰如將腳在桌子下面伸
過來，敲兩敲他的腿笑道：「出什麼神？我知道你還要趕過
江去辦公，就在這裡吃一客西餐。」江洪道：「我下午沒事，
可不必忙著回去。」冰如道：「那好極了，你先在這裡吃飽
了，我們再找個地方長談一下。」江洪對她這話，也沒表示
可否，冰如就叫茶房開兩客西餐來，笑道：「我在香港就預

訂了，這頓午飯要等著你來同吃呢，你能拒絕我這番好意嗎？」江洪微笑著，默然地和她進餐。冰如倒不肯寂寞，說著天津市面怎麼樣，上海的市面怎麼樣，倒很是興奮。吃過了三個菜，江洪也是隨聲附和，並沒有特意提出話來問她。冰如見他手扶在桌沿上，便將手握的刀子輕輕地敲著他的手背，微笑道：「你怎麼也不問問我幾句話？」江洪將眉頭子聳起，輕輕嘆了一口氣道：「我看妳始終沒有提到志堅一個字，大概他是不在人間了。」冰如頓了一頓，對江洪面色注意一番。因道：「這件事我當然要告訴你，回頭我們細說。」江洪見她臉上沒有了笑容，益發料著志堅不在人間。因道：「我倒急於要知道他是怎麼一個下場。」冰如道：「既然如此，吃完了飯，我立刻帶你到個地方去，把這事詳談一番。這些話，恐怕我說出來的時候，我自己有些支持不住我的常態。讓我找個好地方，靜下心來談吧。」江洪點點頭道：「當軍人的下場，那是容易給予人家一種刺激的。也要這樣，才不愧為一個軍人。」冰如微笑了一笑，把這段話收束。吃完了飯，江洪並不拒絕她的邀約，隨著她走。到了目的地時，卻是她落腳的旅館裡。江洪急於要知道志堅是怎麼一個下場，同時，也應當立刻另取一個對付冰如的態度，就不避嫌疏走到她房間裡去。但雖如此，究竟還受到一種拘束似的，手裡拿了帽子，站在屋子中間桌角旁，手扶了椅靠，躊躇不坐下。冰如笑嘻嘻地把他的帽子接過來，放在衣架上。扯著

他的衣襟，向旁邊沙發上拉著，因道：「坐下吧。你又這樣書呆子似的呆頭呆腦。」江洪看她眉飛色舞十分高興，自是有話向下說，就依了她在沙發上坐著。冰如坐在他並排的一張椅子上，因笑道：「我的第一句話告訴你，就是你要向我道喜，我的身子已經自由了。」她扭了身子向江洪這邊椅子靠著。

　　江洪道：「妳這話我倒不明白，以前難道妳不是一個自由的身子嗎？」冰如道：「以前我怎麼會是自由的身子呢？我若是自由的身子，我早就嫁了你了。我這趟算沒有白跑，現在我一點阻礙沒有，要怎麼主張都可以，只等著你的回話了。」說著向江洪瞟了一眼。江洪道：「這樣說，妳證實志堅不在人間了。」說到這裡，他正了顏色，似乎有一點為老友黯然。冰如呆了臉子，把話頓了一頓，因道：「他生存與否，也不能礙到我的自由。」江洪道：「你這話越說越糊塗，我實在不能明白。」冰如看著江洪臉上疑團密布的樣子，於是把腰桿子一挺，揚著眉道：「我實對你說，志堅沒有死，我們而且會了面了。」江洪道：「哦！你們還會了面了。這……」冰如搖搖手道：「你不用忙，等我把話說完。我們的事，他完全知道了，而且他以為在這個大時代裡，男女問題，當然要發生變化，毫不足怪。這話又說回來了，他也知道我的脾氣，事已至此，也無可挽回，不去做那無益的企圖。所以他倒是很乾脆地和我離了婚。」江洪聽這話突然

站立起來，向冰如臉上望著道：「什麼？妳和他會面之後，反倒是離了婚了？」冰如笑道：「你坐著，這也用不著這樣驚慌。我把過去的事，細細同你一說，你就明白了。」江洪不肯坐著，還是站瞭望她，搖著頭道：「這可讓我不解。妳會到了他，你們正好團圓，你們怎麼反而離婚了呢？妳說，我們的事，他完全知道了，知道了就不該離婚。」冰如道：「有什麼不解，你是裝傻罷了。我和他離婚，不就是為著你嗎？這樣一來，我就好毫無掛慮地來嫁你了。你豔福不淺，遇到小孩所聽的故事，有仙子飛來嫁你。」她說到「嫁你」兩個字，雖比較的聲音低一點，可是她僅僅在嘴角上透了一點笑容，並不覺得怎樣難為情。江洪聽到這兩個字，卻多少覺得有些刺耳，閃開兩步，坐到對面桌旁椅子上去。冰如又瞅了他一眼微笑道：「事到如今你大概不能有什麼推諉了吧？」江洪且不答她的話，站起身來要去按牆壁上的電鈴的機鈕。冰如搶上前把他手攔著。因道：「我們的談話還沒有開始，你又去找茶房來打岔幹什麼？」江洪道：「我想喝一點涼的。」冰如笑道：「你覺得你心裡熱得很嗎？」江洪道：「我心裡倒不熱，我口裡有點淡而無味。」冰如道：「那麼，我來吩咐茶房好了。」她說著，出房門去了一會，江洪這倒不怎麼要走動，撐頭斜靠了椅子坐著。冰如進來了，也在桌椅子邊坐了，只和他隔一隻桌子角。因道：「我正說到要緊的地方，你偏偏來打岔。你要知道，我漂洋過海，飛來

飛去，我們的婚姻問題，到了現在，我這方面問題已經解決了，你以前認為不妥之處，總算沒有了。這在我，自然是解除了鎖鏈，你也沒有了什麼阻擋，應該聽了我的話之後，歡喜一番。可是你對我的報告，卻是絲毫不動心。」江洪道：「我動什麼心呢？不錯，我以前說過，我們根本談不到什麼男女戀愛問題上去，因為志堅的存亡未卜，妳是我一個朋友之妻。」冰如道：「是呀，這話我記得。現在志堅活著，我和他離了婚，不是你朋友之妻了。你所謂根本談不到的，於今可以談到了。」江洪兩手按了桌沿，胸脯挺著，望了她，很乾脆地答道：「更是根本談不到。在南京的時候，志堅托我照應他的太太。於今他出面了，我止好把他的太太送給他，不負他所托，這才是做朋友患難相處的道理。怎麼？人家在前方出生入死，不得到後方來，我可對他所托的妻子講戀愛，這已經不合人情。若是他回到後方來了，我還要妳和他離婚，由我來替代他那個位子，這成個朋友嗎？」冰如見他臉漲得通紅，便道：「你起急做什麼？和志堅離婚是我的意思，與你無干。」江洪道：「妳若另找對方，當然與我無干，妳若牽涉我，我怎能無干？不是我引誘妳，人家也說我引誘妳。不是我欺騙志堅，人家也說是我欺騙志堅。天下人都像我一樣，朋友還敢付妻托子嗎？就退一步說，離婚是妳的意思，志堅與社會都諒解了，妳也不應該。丈夫為國效力回來，妳對他沒有一點安慰，給予他的是和他離婚，

　　增加他一種人心不可問的創痛，未免大拂人情。若是他原來和妳感情不怎麼好，猶可說焉。然而他在南京和妳離別的前夜，我是看到的，對妳十分的情厚，妳也未嘗不望他生還，怎麼到了他今天回來了，在彼此毫無什麼衝突之下離婚起來，這事情不是太奇怪嗎？」冰如望了他的臉，靜等他把話說下去。等他說完之後，卻站起來微瞪了眼道：「這是你說的話？你有點裝傻吧。我之有今日，還不完全是為了你？你雖然不說破，我知道你是和我同心的。你說我是個有夫之婦，所以不能和我結婚，也不能和我談到愛情。那是事實所限，你心裡何嘗不愛我呢？我就為了你這句話和他離婚的，你有什麼不明白？」江洪道：「我和妳同一條心？那是妳糊塗心思。在平常的時候，教朋友的夫人離了婚去娶她，已經是有所不可。妳我的情形之下，有了這種舉動，豈但對不起朋友，那也為社會所不齒。再就我的家庭說，是相當崇尚舊禮教的，我若做出這種事來，父母當不以我為子，哥哥當不以我為弟，我有我的前途……」冰如不等他說完，搶著道：「你有你的前途你就不顧我了。我現在為你和志堅離了婚，而且和雙方家庭發生了裂痕，你若拒絕了我，我的前途怎麼樣呢？」江洪胸脯一挺，正待說著：「那是妳自作的。」可是這話還不曾說出來，房門敲著，有人叫道：「酸梅湯送來了。」冰如道：「拿進來吧。」茶房進來，放了兩支玻璃瓶子在桌上，自退了出去。

　　冰如將茶杯先斟了一杯嘗過了，然後斟了一杯，兩手放到桌沿上，向江洪點頭笑道：「抬槓儘管抬槓，交情還是交情，你不是口渴了嗎？先喝這杯。甜酸甜酸的，甜一甜你的心，管你止渴。」江洪也沒作聲，端過杯子去，坐在椅子上慢慢地喝著。冰如站著，身子靠在椅子背上，望了他道：「我買酸梅湯給你喝的這個意思，你可知道？」江洪道：「喝碗酸梅湯有什麼意思？」冰如道：「梅子的梅和媒人的媒同音，喝了梅湯就算是經過媒人的說合了。」江洪撲哧笑道：「亂扯！」冰如見他笑了，很高興，拿起瓶子又代他斟滿了一杯。笑道：「甜裡頭帶了一點酸味，這滋味有點像我之間的情形。我是甜，你是酸。其實……」說到這裡，向江洪瞟了一眼，笑道：「我想，過久了，你也會愛甜的。正像北平蜜餞店裡的酸梅湯一樣，時間越久，質味就越好了。」江洪淡淡一笑道：「不敢當。我受不了妳這種誇獎。我的質味永久是這樣，恐怕不會變好。」冰如兩手扶了椅子背，有點發呆了，望了他道：「你為什麼堅執到底，一點轉彎的意思也沒有？」江洪點點頭道：「妳肯問這個緣故就很好。那麼，我也問妳一句話。為什麼我喝這酸梅湯是甜裡帶些酸味？」冰如道：「你這問得奇怪了，哪個喝又不是甜裡帶些酸味？我也沒有兩樣。」江洪道：「為什麼大家喝著，都是這一個滋味呢？」冰如道：「你扯淡做什麼？說正經話，人的舌頭味神經相同，當然分辨東西的滋味，總是一樣的了。」江

洪道：「哦！你也知道人的舌頭一樣，感觸一樣。人的七情相同，感觸哪會兩樣？這個時候，譬如妳是志堅，我是薛冰如。我把妳對付姓孫的態度，轉以對付妳，妳覺得怎麼樣？」冰如笑道：「說了半天，你是和我打啞謎。那我告訴你，我主張婚姻絕對自由，我若是個男人，女人不愛我了，我絕對讓她離開。嫁我的朋友也好，嫁我的仇人也好，我一概不管。」江洪道：「妳的態度不能這樣解放吧？」說著搖了兩搖頭，淡淡地笑著。冰如道：「為什麼不能？你舉一個例。」江洪道：「好，我就舉個例，例倒是現成。妳可記得在九江遇到王玉的時候，妳對她攻擊得體無完膚嗎？妳說她不該和丈夫離婚，尤其是她丈夫是個抗敵軍人，她不該在這日子對為國盡忠的丈夫離異。到了妳這裡，妳自己責備人的話，就不適用了嗎？」冰如道：「那……那……那各人環境不同。」說畢，一扭身子，到床上坐著。將床上放的枕頭，拖到懷裡來盤弄。江洪道：「說大家的舌頭相同是妳，說各人的環境不同也是妳，妳用得著哪一方面的理，妳就用哪一方面的理。」冰如將枕頭一推道：「我曉得，你還在追求王玉。」江洪道：「無論哪種無情無義的女人，我不屑於追求。就算我追求她，我和她丈夫既不是朋友，而且她的丈夫也沒有把妻子托於我。充其量不過是我不識人，我不會色令智昏賣了朋友，也不會是個社會上的罪人。」江洪說到更著實的所在，把茶杯子重重地向桌上一放，碰著啪的一響。

眼睛瞪起，臉也紅了。冰如坐在床上，怔怔地聽著，等他把話說下去。最後，她臉色由紅紫變成灰白，全身都有些抖顫。兩行淚珠，在眼角裡轉動。因道：「你……你說……說這些話，不是讓我太傷心嗎？我費盡心血，倒受你這樣的白眼。」江洪道：「妳受我的白眼？妳這事要公開了，要受社會上的白眼呢。」冰如道：「江……江……江先生怎麼辦？我千里迢迢捧了一盆火來，你兜給我一盆冷水，我活不了了，你救我一救。」說著，伸了兩手，便迎將上來。江洪將桌子一拍道：「妳自作自受。」說著，在衣架上取了帽子，便開門走去。門掩上了，冰如哇的一聲哭了，倒在地上。

第二十回
故劍說浮沉掉頭不顧 大江流浩蕩鄉巴臂同行

　　這一回薛冰如倒在地上，她絕不是做作，心理上所受的打擊，教她支持不住身體。房門已經關上了，並無第二個人看見，自不會求得什麼人的憐惜。她坐在地板上哭泣了很久，直等自己哭著有些倦意了，這才扶了椅子慢慢地站了起來。先對梳妝臺上那面穿衣鏡看了看，只見自己面皮黃黃的，滿臉淚痕，眼圈兒全都紅了。頭上的長短鬢髮，除了蓬在後腦勺之外，又掛著敗穗子似的，披了滿臉。便是大襟上的鈕扣，也繃斷了兩個。看看房門還是虛掩上的，這就趕快搶著插上了暗閂，然後在洗臉盆架上放了水，著實地洗漱了一番。這又不算，更朝著鏡子敷抹了二三十分鐘的脂粉。這才打開房門上的暗閂，一面想著心事，一面朝了鏡子梳理頭髮。她之所以打開門上暗閂者，她以為江洪究不能那樣忍心害理，看到自己哭得那樣悽慘就這麼一怒而去。根據以往的情形說，每遇到這種事態，他一定會轉念過來慢慢加以安慰的。料著在今天這一番重大談判之後，不能這樣地簡單決定，他必定還會回來加以解釋的，若是關了門，很會引起他的誤會，以為自己出去了或生氣了。這樣想著，她索性將房門半開著，好讓江洪到了房門口，便看見了，那樣，他就無

退回的餘地。

　　她這樣地設想了，她是自己替自己解圍，可是直候到晚上十二點鐘，也不見到江洪轉回來，幻覺中設想的一段事跡，終於還是一個幻覺。自下飛機以後，便是一團高興地預備給江洪報喜信，鬧得那頓午餐，也不曾好好地吃。接著在旅館裡和江洪開談判，幾乎把心都氣碎了，直到現在，還是下午喝的兩杯酸梅湯。這時已死了等候江洪重來的心，便走出旅館，就在附近街上找了個廣東消夜館去吃點心。她因為是一個人，便走上樓在火工廠座位上，找了一個對牆的單座。有一天不曾正式吃飯，自也很想吃飯。便叫著茶房來，要了一個和菜吃飯。賣晚報的來了，她買一份晚報，將身子移著向外一點，就了燈光看報。沒有看到幾行，忽然有人笑著叫道：「孫太太，好久不見，什麼時候回來的？」冰如抬頭看時，卻是老房東陳太太，便起身相迎，笑道：「遇得正好，我正要找妳呢。妳那間房子租掉了嗎？我現在還住在旅館裡呢。」陳太太笑道：「法租界的房子，那怎樣空得下來？不過妳要住，我總給妳想法子，妳就在我屋裡擠擠也沒有關係。」冰如道：「那倒不必，隨便哪裡請妳給我找間房子就是。我住在大江飯店三百零八號，妳明天給我一個電話，好嗎？」陳太太道：「可以，我總替妳想法子就是了。我等著要回家去，明天再談。」說著，她向樓下走。冰如忽然想起一件事，追到樓梯口上低聲笑道：「陳太太，妳是老同學，

我告訴妳一句實話，我和孫志堅在香港離婚了，妳還是叫我薛冰如吧。」陳太太怔了一怔，問道：「孫先生回來了？妳又和他離了婚？」冰如鼻子哼著，說了一聲是。陳太太因為這是樓梯口上不便多問，補一聲再見，到底是走了。冰如對這件事，並不怎麼介意，在這裡吃過飯後，自回旅館去安歇。不料到了次日早上還未曾起床，就聽到老用人王媽叫著太太。冰如開了門讓她進來，因道：「妳還在漢口，沒有走嗎？」王媽道：「我聽說上海向內地不好走。我若是奔到上海，還是停留在那裡，那我就不如在漢口漂流著了。」冰如道：「哦！妳現在有工作嗎？」王媽頓了一頓才道：「工作倒是有的。我特意來看太太的。」冰如臉色變了一變，因苦笑了道：「我和孫先生離婚了，妳不要叫我太太了。」王媽也笑著答應了一聲是，因問道：「孫先生到了香港，一定會到漢口來的了。」冰如隨便答道：「明後天也許會坐火車來的，妳還找他？」王媽道：「我們一個當用人的，自然願意多有幾個做主人的幫幫忙。」冰如將眉毛皺了兩皺道：「我不願意你提他，妳以後不要向我說到他了。妳怎麼知道我住在這裡的，大概是陳太太告訴妳的了。」王媽道：「是的，我的新主人家就離陳太太那裡不遠。」冰如見了她，倒有些手足無所措的樣子，在椅子上坐坐，又站了起來，斟了一杯茶待要喝，將杯子在嘴唇上碰了碰，又放下來。王媽站在一邊，見她神情恍惚，只得告辭，冰如倒還送了她兩步，站在

房門口道：「等過幾天我事情定妥了一點，妳還是到我家裡來吧。」王媽聽了，倒站定了腳，回轉頭來笑道：「妳還肯用我嗎？還是舊人好啊。」她說時，還向她點點頭。冰如雖覺她這言語裡面，頗有點譏諷的意味，也不便怎樣追問，由她去了。但是王媽去了之後，她後悔沒有留下她來談談，因為自己坐飛機到漢口來，本來是投江洪的，料著他這樣年輕的男人，過去又還存著相當的友誼，一個年輕而又貌美的女人去向他提婚，是不會有問題的。所以自在香港和志堅離婚之後，根本就沒有顧慮到回漢口以後的行止怎樣。現在江洪閃避得乾乾淨淨，這卻把自己弄得成了一位毫無倚靠的婦人，早上起來之後，除亟亟地買兩份日報看過而外，卻不知道怎麼是好。在旅館裡坐著是無聊，出去呢，又無目的地。而陳太太約著打電話來的，也沒有了消息。

悶不過，倒悶出來個主意，買了美麗的信箋信封和許多新出的雜誌回來。在旅館房間裡掩上了門，便用著玫瑰色的墨水，將鋼筆來寫信給江洪。這信還怕別人交郵不妥，親自到郵局裡掛號寄出，方才回旅館來。回來之後，便是看那些雜誌。她心裡自想著，只要江洪稍微有轉圜之意，總在旅館裡候著，不要失去這機會。第一日如此，第二日如此，第三日還是如此。每次出去，總要告訴茶房：「有人來找我，說我馬上就回來的。」這樣，她不能好好在街上吃一頓飯，或買一件東西。甚至便是到郵局裡寄信給江洪，也是忙著來

去。可是她實在是神經過敏，三日以來，除了王媽，並沒有第二個人來過。她後來出門，已不好意思交代茶房假如有人來找的那種話了。可是第四日早上，終於有了一個意外的消息刺激了她一下。卻是報上發現了一則給孫志堅的小廣告。那廣告這樣說：「志堅先生：知你已脫險來漢，有要事奉告。請到志成裡八號王寓一談。女僕王媽啟。」將這小廣告看了兩遍，心想，她有什麼要事和志堅談呢？這廣告當然是有人代擬，她背後還有什麼人出主意嗎？照說，她無非是敘述困難，向姓孫的要幾個錢。大概是不會提到我薛冰如頭上來的。那麼，這件事也就不值得注意了。

她將報看完了，照例是寫一封長信，來消磨這上午的時間。卻在這時，茶房敲了兩下門，接著道：「薛小姐，客來了。」茶房對薛小姐之來客，好像是一回很堪驚異的事，所以特地敲著門，代為報告一聲。冰如本人，自是特別驚異。但她腦筋裡，立刻聯想到，不會有幾個人知道自己住在這旅館裡。而同時皮鞋上的馬刺，碰了樓板響，分明來的是一位軍人，這絕不會有第二人，絕對是江洪了。口裡哦了一聲，便來開著房門，但門開了，卻讓她又喊出了第二個「哦」字。第一個「哦」字短促，表示了高興與所想不錯。第二個「哦」字，聲音拖長，表示了奇怪而所想太錯。原來面前站的不是江洪，卻是在香港離了婚的丈夫孫志堅，他穿了一身草綠色的制服，手上提了一隻旅行袋。他笑道：「請恕我冒

昧，我可以進來嗎？」冰如手扶了房門，正站著出神，便笑著點了兩點頭道：「那當然可以。」志堅走進房來，把旅行袋放在桌子上，周圍看了看，覺得手腳無所措的樣子。冰如將椅子移了一移笑道：「請坐。」志堅這才有所省悟，慢慢坐了下來，冰如將桌上擺的信紙信封移了開去，問道：「哪天到的？一來就有什麼見教嗎？」志堅先看了一看她的臉色，然後笑道：「我不會耽誤妳寫信，有十分鐘的談話就可以了。我是前天由粵漢路到的。昨天見過了幾位上司，對我都很好，朋友都不曾去看。」冰如笑道：「我並不問你這些事。」志堅將手移著桌子上的茶杯，搭訕著望了桌面，想了兩三分鐘，點頭道：「我知道妳不問我這個，但是我的話必須這樣說了來。這樣，表示我也沒有看到江洪。今天在報上看到王媽登的小廣告，說是有事和我商量，我就按著地點去了。真猜不著，她在王玉那裡幫工。王玉似乎還不曾嫁人，而且還在追求江洪……」冰如聽到這話，不覺臉紅了，瞪了眼問道：「你……你……你怎麼知道？」說著，又搖了兩搖頭道：「這話不對。王玉那樣亂來的人，江洪早已知道了，他難道還會去接近她？」志堅道：「據王媽說，本來江洪是不大理會她的。但是自前兩天起，他們倒是天天在一起。而且江洪在她面前說，他絕不會愛你，王玉對這種情形，很是得意，我便想到妳的難堪，也沒有和她多說什麼。只問王媽有什麼事找我。哪……」說著，志堅將桌上放的旅行袋一指

道,「這裡面有我許多相片和一柄佩劍,是我給妳留下在南京,作紀念的。據王媽說,妳離開南京的時候,已經上了船了,忘了這東西沒帶來,二次又進城去,以至於趕脫了船,坐火車到蕪湖才趕上船。只這一點,妳那情深故劍的行為,使我冷成死灰的心,又熱起來。王媽把這袋子交給我,讓我留下作紀念,說是妳離漢口時,丟在那所租的房子裡的。我倒起了一點疑心,這東西丟棄了幾次,還是在我手上,也許我們也可以分而復合吧?」冰如聽到這裡,冷笑了一聲,將臉微偏著,望了窗子外面。志堅既說了,倒不中止,又把桌上的茶杯子向裡移了一移,因道:「現在這情形,妳不是鬧得很僵嗎?依我的意思,以前的事,可以一齊忘記掉了,妳還是回到我這裡來。」冰如赫赫地重聲冷笑了一陣,接著道:「那不是個笑話嗎?婚姻大事,也不能像兒戲吧?」說著,不但把臉偏過去了,而且將身體由椅子上轉了過去,左腿架在右腿上,兩手抱了膝蓋,臉子一板,表示毫無可以轉圜的餘地。志堅站起來,手提了那旅行袋,笑道:「薛冰如小姐,對不起,我打擾妳了。」說著,點了兩點頭。

　　冰如還是那樣朝外望著,並不回過臉來。志堅也不再說什麼,帶了笑容,悄悄地走了。冰如坐著,一點也不動身子,只是呆想。忽然聽到身後有人叫道:「薛小姐,妳好哇!」冰如回轉頭來看時,又是一個意外的來賓,王玉卻笑嘻嘻地站在房門口。志堅走時,不曾帶攏得房門,這時,

人家很客氣地打招呼，倒不好意思拒絕她進來。硬笑著點了兩點頭道：「哦！王小姐，請進來坐吧。」王玉進來了，笑道：「薛小姐，請妳原諒我多事，我是代人送信來的。要不然，我也不敢來打攪。」冰如道：「我在這旅館裡，並沒有什麼工作。請坐請坐。」王玉就坐在志堅剛才所坐的椅子上，因笑道：「剛才孫先生來過了啊！我們在電梯口上遇到的。」冰如不免將臉紅了，因強笑道：「我們都是遭遇著一樣的命運。」王玉笑了一笑，卻沒有答覆。冰如搭訕著給她斟了一杯茶，又站在梳妝臺前的鏡子面前，摸了兩摸頭髮。王玉端著杯子喝了一口茶，笑道：「我告訴妳一點消息，就是我和江洪的友誼，現在倒很好，妳寄給他的信，也都收到了。他說，他和孫志堅的友誼很好，他絕不能讓妳愛他而和孫先生離了婚，而且根本上他不曾在你身上想到一個『愛』字。他若肯愛一個離婚的婦人，那他的心早就有所屬了。」說著，兩道眉毛一揚，也將手撫摸了兩下頭髮，接著笑道：「薛小姐，妳絕不會疑心我是來報復的，要在妳面前表示什麼勝利。我完全是一片忠厚之心，來勸妳兩句，還是回到孫先生懷抱裡去的好。」冰如聽了她第一句話，眼淚已經流到了眼角裡來了。只是自己有了一個感覺，無論如何，也不能夠在王玉面前示弱，所以極力地把眼淚忍住了，反故意做出了一番笑容，把她的話聽了下去。等她說完了，索性向她點了個頭道：「多謝妳的好意。我們都是同樣命運的

人，還用得著王小姐來勸嗎？」王玉笑著搖兩搖頭道：「雖
然說命運相同，也不完全相同吧？我雖不必回到姓包的那
裡去，但我始終就在人家追求之中，倒也不見得前途怎樣悲
觀。薛小姐現時住在旅館裡，這就很感到寂寞了。」冰如臉
越發的紅了，由桌子對面椅子上移坐到較遠床沿上去，身子
有些抖顫，含住了眼淚，向王玉望瞭望：「妳這還不算在我
面前誇耀著勝利嗎？可是人的境遇是難說的，妳知道將來
會怎樣，也許更不如我。」王玉還是很從容的，笑著站了起
來，打開了手提包，取出四個扁紙包封放在桌上，笑道：
「這是江洪托我送給妳的，大概是妳給他的信吧？他全數退
回了。可是我聲明，這是江洪包好了才交給我的，我並沒
有看到信。」冰如想不到有這一著棋，周身只是發抖，不能
動，也說不出話。王玉笑道：「我告辭了，最後我告訴妳一
句話，我也不一定要愛江洪，但在這一段過程中，我要將他
把握住，妳不會有什麼希望的。志堅既是還來要妳回去，妳
正好借了這一步臺階下臺。這是實情，妳若以為我有意挖苦
妳呢，那只是妳自己犧牲這個絕好的機會而已。」她一面說
著，一面走了出去。走出去之後，卻又推了門，伸進半截身
子來，她又笑道：「薛小姐，不要灰心，努力吧。」說著，
她把門一帶，方才走了。冰如就這樣呆坐在床上，絲毫不曉
得移動。這樣總有二十分鐘之久，她忽然想著省悟過來，又
哇的一聲哭著，倒在床上了，這麼一來，王玉不表示著勝

利，實際上是大大的勝利。她出了旅社，坐了輛車子，直奔了一家廣東館子，在樓上一間小雅座裡，遇到了江洪。他笑著站起來道：「對不起，要妳做了一趟郵差。我靜坐在這裡喝茶，並沒有吃東西，意思就是要等著妳來同吃。」王玉坐下笑道：「雖然我不辭給你當一次郵差，可是我也有我的作用。以往，我很受過她的奚落，好像一個女人和丈夫離了婚，就不是人了。現在呢？」江洪向她連連地搖了手道：「不要提這個了，不要提這個人了，我們點菜吃飯吧。」說著，把桌上的菜牌子，交給了王玉。王玉將菜單子放在懷裡，望了他笑道：「我的意思你知道，你的意思我也知道。你是故意做著和我要好，讓薛冰如死了追求你的那番心。你之所以如此，又無非是要她和孫志堅言歸於好。可是，她不會回到孫志堅那裡去的，她不好意思回去，她也不甘心回去。」江洪將肩膀抬了兩抬，笑道：「妳已報復得夠了，何必還要損她？」王玉道：「我告訴你，我是按照你預定的計畫做的。果然十點鐘的時候，志堅就來了。他沒有想到王媽是在我那裡，先有些驚奇，我又告訴他，我們的友誼很好，我還要把冰如給你的信退回去，他又是一番興奮。可是這位先生，是太不受他離婚夫人的歡迎，我到旅館門口，他已經飽受冰如的白眼，退了出來了。」江洪道：「這是我顧慮得錯了，我免得冰如疑心是我們做成的圈套，所以讓志堅先去。假使讓你先去刺激她一下子，也許志堅後去，比較的讓

她容易回心轉意。」王玉道：「她又飛不了，假如她可以回心轉意，孫志堅此後還可以去找她。不過我看孫志堅的態度，也不會再去找她的了。」江洪嘆了一口氣，又搖搖頭。王玉道：「你這是什麼意思？」江洪道：「我本來是一番好意，維護她由南京到漢口來，不想把我這番好意埋沒了，倒讓他夫妻拆散了。我與志堅十幾年的老友，我簡直無臉見他。」王玉笑道：「你有這番志氣，那就很好，現在所缺少的是一番決心。有了決心，她自然就不會糾纏你了，這決心你應當知道是什麼。」江洪笑道：「我有什麼不明白？宣布我和妳結婚。」王玉聽著，點頭微微一笑。她這樣一笑，雙眉飛舞，卻給予了江洪一種更人的印象。陪著王玉吃過午飯以後，他已知道志堅住在哪裡，單獨地便到旅館裡去找他，到了旅館裡時，茶房笑著說：「這位孫先生，很少在旅館裡。不過你要會他，也不怎樣難，他成日地是在江邊散步的，我在江邊，遇到過他好幾回了。」江洪想著，只有法租界附近一段江邊，比較的幽靜，自己是個老在江邊散步的人，當然還是到那種地方去尋找他了。他如此想著，故走向江邊去試試看。這自然是不能發急的事，他到了江邊先站著定了一定神，向周圍張望了一番。

這已是仲秋的天氣，江岸馬路的梧桐樹，已有十分之二三的焦黃葉子，柳樹的葉子，都長著每葉二三寸長，變了蒼綠的顏色，西風颳過樹梢，葉子吹得唆唆有聲，天便成了碧空淨三

個字所形容的情形，透著這武漢三鎮在天氣中，頗覺得偉大雄壯，順了江流望去，極東天水相接的盡頭，隱隱約約地，浮起了幾片白雲，有幾片鳥羽一般的東西，在水面上浮著，那正是東去的船帆，看長江的水，起著微微的白花浪頭向那鳥羽的地方滾滾而去，令人起了一種故都在望的感想。這樣看著，不免順了江岸向前走著。這裡正有一列高大的柳樹，有七八株，它們凌空搖曳著波浪似的枝條，蒼老的柳葉，在日光裡撥動了陽光。樹下是一條水泥人行路，略略撒布了幾片樹葉。有一個戎裝掛劍的人，單獨地挺立在路的外沿，正對了江心出神。雖然那柳條不時地在他的軍帽上拂擺過去，他也沒有加以注意。江洪心裡也就想著，這正是一位愴懷祖國的同志。慢慢向那人走近，看那後影，倒有些像志堅。心裡也就想著，這必是自己心理作用。因為自己正想著他，所以也就看到這人影像他。但不管他是誰，究竟是一位同志，倒值得和他一談。心裡這樣想著，腳步是越靠近了那人。

　　腳跟上的銅馬刺，碰了水泥地，那特別是鏗鏘有聲。那人受了這聲音刺激，終於是回轉身來了，彼此四目相射之下，各個地咦了一聲。江洪搶上前兩步，握了那人的手，叫道：「志堅兄，我們到底是見面了。」志堅笑道：「你很好，身體還是這樣康健。」他說話時，向江洪周身上下望著。江洪臉色正了一正，因道：「志堅兄，我很慚愧，我對你所託付的事，不但沒有做好，而且還壞了你的事，這簡直不成為

朋友了。但你一定能原諒我，尊夫人的行為，一切皆出於誤會，她何以會有了這誤會，我真是不解與遺憾。你能夠原諒……」志堅不等他說完，連連搖搖手道：「你所謂的尊夫人，早已不是我的夫人，我對她仁至義盡，良心告訴我，不必理她了。你還提這個做什麼，我今天上午遇到王玉與王媽之後，我對你不但十分諒解，而且十分欽佩。必須一個確守私德的人，才可以辦好公事。必是一個對朋友守信義的人，才可以對國盡忠。疾風知勁草，到現在越是讓我認識你更深一層。這也就讓我知道自己沒有錯交了朋友。」江洪聽了這話，說不出他心裡那一份感動，只有握住了志堅的手，緊緊地搖撼了一陣。

志堅倒是拍了他的肩膀，笑道：「老朋友，不要為了這件事為難，我們有我們的前途，把這不相干的小事，丟了開去吧。」江洪道：「雖然，這樣說，我良心上是很受著處罰的。我正在竭盡我最後的一份力量，要促使你兩個團圓。連你約會一個時間……」志堅笑著，連連搖了手道：「用不著，我明天就要離開漢口。」江洪道：「明天就要離開漢口！你到哪裡去？」志堅將手指了長江的下流頭，因道：「你看，這白雲下面，江水上面，無窮盡的前途，都是我們的錦繡江山，我要到這白雲底下的最前線處。」江洪道：「這話是真？」志堅笑道：「還有什麼不真，我也用不著為這個撒謊。明天下午三點鐘，有一隻差船去九江，我要坐

了那隻船走。」江洪道：「哦！是的，明天有一批人到南昌去，取道浙贛路，到廣德宣城去，你是隨了這批人走嗎？」志堅挺起了胸脯子，揚著眉毛笑道：「若要打回南京，我該比你先到了。」江洪道：「你剛剛到武漢來，怎麼也不休息兩天，就要到前線去？多少受著薛小姐一點刺激吧！」志堅笑道：「哈哈！照你這樣說，倒是她的偉大之處了。我之所以如此，倒也不是上司的命令，是我連日在江邊散步，發生的作用。每次在江邊走著，看了這東去的江流，我就想到了東戰場，我就想到了南京。因此，我見著幾個老上司，表示我的志願，我要即刻回到前方去。正好有了一批幹部人才，要上江南去工作，上司就把我的名字，寫在名單內了。我們當軍人的，在國家存亡關鍵中，這樣才是正當的幹法，女人的離合小事，算得了什麼？」江洪聽他這番言語，站在柳蔭下面，望了大江滾滾東去，很久沒有做聲。志堅笑道：「你覺得怎麼樣？不贊成我的話嗎？你究竟比我年輕兩歲。老弟臺！」江洪微微笑一笑，因道：「我不是想著這個。我想著，你既是初來，又快要走，我應當接風，又應當餞行，今天晚上，我們約兩個朋友敘敘，好嗎？」志堅道：「那無須，我們是精神道義之交，不在乎此。你想我明天下午走，今天也應當抽出一點工夫來，在漢口辦些未了之事。」江洪笑道：「那麼，我倒要駁你一句了。晚上你沒有工夫赴朋友的約會，這個時候，你怎麼又有工夫在江岸散步？」志堅點

點頭道：「你這話有理。但是這幾天以來，不知是何緣故，無論有多少事，我必得到江岸上來散步一番，才可以解除胸中的煩悶。這個散步的癮，今天已經過了，不是你來，我也該離開這裡到武昌去了。」江洪道：「好，我也該過江去，我們一同走吧。」志堅毫無芥蒂，自是如約過江。有許多老朋友，知道他們有點女人的三角關係的，倒很奇怪。以為他們不但不發生衝突，而且友誼如舊，這實在出乎常情。朋友們正這樣驚異著，到了明日，更有可驚異的事。下午三點鐘的時候，志堅將一挑簡單的行李，運上了差輪。紛擾了一小時，把舖位弄好，把送行的朋走辭走，知道距輪船開行的時候，還在半小時以上，就站在小輪的天棚上，手扶了欄杆，對了江天望著出神。心裡也正想著，下次再到武漢來，卻不知是什麼時候，也不知道武漢成了個什麼局面。

正如此出神，卻有一隻手搭在自己手臂上，笑道：「志堅兄，我來送行了。」志堅回頭看時，卻是江洪，他也穿了一身軍服，精神抖擻地站定了。志堅握了他的手道：「你公事很忙，又何必如此？」江洪笑道：「在我們的交情上，不得不如此。」正說著，汽笛鳴的一聲響。志堅道：「船要開了，你快登岸吧。」江洪並不慌忙，在衣袋裡取出一盒紙菸，一盒火柴來，抽出一支菸，遞給了志堅，然後取一支自銜在口角，擦了火柴，彼此燃著煙。志堅道：「不必客氣了，你請登岸吧。」江洪手夾了紙菸，指著江面道：「你看

秋高氣爽，正是軍人勇往前進之時，秋江如練，和老朋友談談，看一程江景，多送你一程，又待何妨！」說時，船身有點搖盪，已是發動了鼓水輪子，離開碼頭了。志堅道：「呀！真的，你送我到哪裡？順風順水，船行很快，你打算在哪裡登回岸來？」江洪笑道：「我送你到宣城，也無所謂。」他說著，噴出一口煙來，態度很是悠閒，志堅這倒有些愕然，不免對他身上望了出神。就在這時，看到他胸前換了一方新的證章，番號是白布書著楷字，第一列 ×× 集團軍總司令部，第二列上校參謀，第三列江洪兩個大字，上面蓋了鮮紅的硃印。志堅哦了一聲，握著他的手，緊緊搖撼了道：「好朋友，好朋友！」這時正是順風順水，船到了江心，便走得很快，回頭來看漢口的江岸，原來泊船的碼頭，已隱約雜在白雲秋樹裡。和武漢兩百多萬人都別了，同時那江岸碼頭上，正有兩個少年婦人，站在樹下，對這開行的輪船呆望著。一個是薛冰如，一個是王玉。王玉道：「薛小姐，妳怎樣知道江洪走了？」冰如道：「我剛剛接到他一封信，說是三點半鐘，在這裡坐差輪到九江去，要轉赴江南。不想來遲了十分鐘，沒有趕得及上船。」王玉道：「我倒是比妳先到這裡十分鐘，見他在煙棚上和孫先生握著手。他們為了祖國，不要女人了。」冰如呆呆地向江心那隻輪船看著，但是那船越走越遠，縮成一點影子，漂到水天一色的裡面去，那一縷蒼煙，卻還在雲裡盤旋著。

電子書購買　　爽讀 APP

國家圖書館出版品預行編目資料

大江東去：從顛沛流離的普通士兵，看戰火中的無奈與掙扎 / 張恨水 著 . -- 第一版 . -- 臺北市：崧燁文化事業有限公司 , 2023.10
面；　公分
POD 版
ISBN 978-626-357-649-0(平裝)
857.7　　112014389

大江東去：從顛沛流離的普通士兵，看戰火中的無奈與掙扎

臉書

作　　者：張恨水
發 行 人：黃振庭
出 版 者：崧燁文化事業有限公司
發 行 者：崧燁文化事業有限公司
E - m a i l：sonbookservice@gmail.com
粉 絲 頁：https://www.facebook.com/sonbookss/
網　　址：https://sonbook.net/
地　　址：台北市中正區重慶南路一段六十一號八樓 815 室
Rm. 815, 8F., No.61, Sec. 1, Chongqing S. Rd., Zhongzheng Dist., Taipei City 100, Taiwan
電　　話：(02) 2370-3310　　傳　　真：(02) 2388-1990
印　　刷：京峯數位服務有限公司
律師顧問：廣華律師事務所 張珮琦律師

─ 版權聲明 ─

定　　價：330 元
發行日期：2023 年 10 月第一版
◎本書以 POD 印製